Instare
2

Ilaria Gaspari
A reputação

Tradução de Cláudia Alves
Editora Âyiné

Ilaria Gaspari
A reputação
Título original
La reputazione
Tradução
Cláudia Alves
Preparação
Silvia Massimini Felix
Revisão
Andrea Stahel
Joelma Santos
Projeto gráfico
CCRZ
Imagem da capa
Katrien De Blauwer,
Sleeping Beauties 37,
2021

Primeira edição

Praça Carlos Chagas
30170-140 Belo
Horizonte
ayine.com.br
info@ayine.com.br

Isbn 978-65-5998-160-1

Direção editorial
Pedro Fonseca
Coordenação
editorial
Sofia Mariutti
Coordenação
de comunicação
Amabile Barel
Direção de arte
Daniella Domingues
Designer assistente
Gabriela Forjaz
Conselho editorial
Simone Cristoforetti
Zuane Fabbris
Lucas Mendes

Densa, a nuvem branca de
mariposas enlouquecidas
gira em torno dos faróis opacos
e nos parapeitos,
estende no chão um manto sobre
o qual range
como açúcar sob os pés; o verão
iminente libera
agora o gelo noturno que detinha
nas cavernas secretas da estação
morta...

Eugenio Montale,
La primavera hitleriana

Sumário

Prólogo. Em sonho

Certa vez, sonhei que chegava de manhã, sob a sombra dos plátanos da avenida. No sonho era primavera, talvez maio, porque a sombra era verde, densa e escura. Eu descia do bonde, era minha vez de abrir a loja, a avenida quase deserta, como sempre àquela hora. Os porteiros lavavam as calçadas com o esguicho de água; alguém comprava o jornal; dois ou três cães levados pela coleira por silenciosos domésticos filipinos; e até no sonho a pergunta: no que será que estão pensando, enquanto caminham juntos?

A fechadura da porta estava enferrujada, como se a loja tivesse ficado fechada por muito tempo. O toldo de fora, em formato de cúpula — *Joséphine* escrito em grandes letras pretas, com o acento gracioso que nos parecia um sinal de grande distinção —, também estava manchado em algumas partes da lona branca que Marie-France nos fazia lavar três vezes por semana com água e sabão; pequenas ilhas de musgo, verdes e colossais. Eu enfiava a chave, mas algo lá dentro resistia. Então olhava pelos interstícios da fechadura, para além da vitrine embaçada. As plantas haviam tomado conta da loja: os dois fícus nos vasos de plástico vermelho-laca brilhante atrás do balcão, as clívias e a iúca ao lado dos provadores haviam explodido em uma floresta de folhas mastodônticas, ramos elásticos, lianas grossas como braços que se enrolavam nas cortinas, nos cabides, nas prateleiras em que tínhamos empilhado suéteres e camisetas. Dos três manequins que restavam na vitrine, envolvidos pelas plantas como se elas fossem estrangulá-los, um estava caído no chão, com os tornozelos nus e finos e os pés arqueados prontos para calçar sapatos de salto, que devem ter saído do lugar por causa da queda: pernas de celuloide surgiam do emaranhado herbáceo. E, enquanto eu olhava da rua deserta, a floresta começou a crescer de novo, e crescendo fazia um barulho, como um sussurro insistente, de inseto: engoliu os pés arqueados do manequim, condensou-se contra o vidro, e pressionou, pressionou o vidro para sair. Da fechadura despontaram três, quatro, cinco brotos bem verdes, sinuosos como cobras, e devoraram minha pobre chave. Foi então que percebi que eu precisava fugir.

Até onde eu sabia, a loja de fato poderia ter se transformado em uma floresta. Eu não passava por lá desde que perdera contato com Marie-France. Da última vez que a ajudei a arrumar a vitrine, os três manequins ainda eram quatro e estavam perfeitamente alinhados; fui eu que os arrumei. Eles estavam com sapatos de flamenco, cintas no tornozelo e um salto largo, porque, de acordo com Marie-France, esses eram os sapatos que as garotas gostariam de usar, mesmo que todas elas acabassem usando tênis Superga. Nós havíamos regado as plantas. Lembro-me dos doces, das falsas fatias de laranja e limão embrulhadas em invólucros crocantes, dentro da tigela de cristal esmerilhado ao lado do telefone que não tocava mais.

Marie-France, poucos dias antes, havia passado a tarde esfregando com água e sabão a estrela com a qual tinham sujado de novo, durante a noite, a parede ao lado da entrada da loja. Ela fumava um cigarro com a cabeça inclinada, avaliando o resultado: a tinta tinha desbotado, mas a marca marrom no reboco ainda era perceptível.

«Vamos, *minou*», ela me disse, e abaixou a porta com tristeza, então comecei a andar. Talvez devesse tê-la abraçado antes de ir, mas nunca houve demonstrações de afeto entre nós. Quando me virei para cumprimentá-la com a mão, ela ainda estava ali, na frente da loja, com a porta abaixada e a estrela apagada; imóvel, como se estivesse perdida. Não a vi mais depois do fim daquela história. Mudei de casa, mudei de bairro e mudei também de emprego, é claro. Evitei cuidadosamente ter notícias da loja e do que havia acontecido com todos eles: Marie-France, mas também Marta, Micol e Giosuè. Sabia que eles tinham tentado me encontrar, mas eu estava reclusa em um silêncio intransponível, repetindo a mim mesma que aquilo era para meu próprio bem.

A noite em que tive aquele sonho foi depois de um dia longo e luminoso, era outono. Já tinha passado muito tempo e eu estava convencida de que havia conseguido me induzir a uma amnésia seletiva, a um entorpecimento local que impedia que minhas memórias fluíssem — pelo menos enquanto elas não estivessem desbotadas o bastante para serem, em sua maioria, indolores. Era questão de, como sempre, deixar que o sentimento de culpa desaparecesse, o mais persistente e insinuante dos sentimentos que conheço. Cantei vitória cedo demais.

O que acontece antes
de um terremoto?
Nada, absolutamente
nada.
Dizem que se escuta
um estranho silêncio.

1. Uma revista

Tenho uma coleção de revistas de dar inveja a qualquer hemeroteca. Isso não é tão surpreendente: para quem viveu o que eu vivi, conservar os vestígios seria o mínimo.

Eu as guardo nas prateleiras mais baixas da estante, deitadas, lado a lado. Na maior parte dos casos, são revistas do mesmo ano.

O ano é 1983. Há números da *Grazia*, da *Amica*, e até da *Vogue* e da *Harper's Bazaar*, de janeiro e fevereiro. Tenho alguma coisa das edições seguintes, mas nada depois de 1989.

Uma única exceção: um número da *Oggi* de setembro de 1999.

Eu o mantenho por um artigo publicado em página dupla, 36 e 37. O ATAQUE ANTISSEMITA CONTRA A BOUTIQUE DAS GAROTAS.

A manchete é ambígua, como toda manchete costuma ser: «A sombra do comércio de mulheres brancas na raiva do bairro contra os proprietários».

Subtítulo: *Em 1983, um pogrom espontâneo foi dirigido pelos moradores do bairro Parioli, no coração da capital italiana, contra a boutique da socialite francesa Marie-France Carlier, recentemente falecida. Mas no bairro, hoje, ninguém mais se lembra de nada.*

Embaixo, uma fotografia na qual eu também apareço, junto com Giosuè, Marta e Marie-France. Ela, no centro, com uma tesoura para cortar a fita. Era o dia da inauguração da nova coleção para adolescentes, e de fato na fita clara está escrito repetidamente, em letras maiúsculas, GAROTAS — GAROTAS — GAROTAS. Estamos todos sorrindo, o que causa um efeito um pouco mórbido, se pensarmos no que aconteceria depois. Na página ao lado, em preto e branco, Marie-France sozinha, usando um tubinho escuro e uma estola de pele de raposa, com um cigarro fino (fumado com uma piteira, aposto que só para posar para a foto: nunca a vi se dedicando àqueles acessórios de *gente pretensiosa*). É um clique de sua juventude. Não me surpreenderia se o vestido fosse criação de algum alfaiate para quem ela desfilou quando sonhava com cinema e trabalhava como modelo.

Parece que consigo ouvir, pela fotografia, o tom da voz cantarolante que deixava as clientes da loja extasiadas, convencidas de estarem lidando com o máximo do *chic* — o que, aliás, era absolutamente verdade. *Ah, minha querida, naquela época eu tinha uma bela clientela, sabia? Você não acreditaria, me vendo agora...*

Mas acreditávamos, sim. E a admirávamos como nunca admiramos mais ninguém na vida. Por isso me entristece que tenham sido tão cruéis ao escrever, na legenda da foto, sua data de nascimento, a data real: 10 de julho de 1930, em Besançon. Ao lado está a data de sua partida, mas — estranhamente — isso me ofende menos.

É que ela defendia com unhas e dentes o segredo de sua idade. E aí um editor qualquer chega e a espalha aos quatro ventos. Por sorte ela não chegou a ver isso acontecer.

Vasculhando a pilha de revistas, há também outras coisas. *Amica*, 12 de abril de 83: um artigo sobre COMO AS GAROTAS SE VESTEM. Marie-France, entrevistada, fala com admiração sobre o gosto das jovens pela moda, sobre a inventividade delas. No artigo, ela chega a usar o termo *jovens em flor*. De tempos em tempos, seu italiano adquiria vícios bizarros, como se tivesse aprendido a língua lendo romances do início do século xx. Às vezes eu me perguntava se não teria sido de fato assim. Mas naquela época nunca conversamos sobre isso, e agora é tarde demais para remediar. Com essas pequenas coisas, a gente se dá conta do irreversível. De qualquer forma, no artigo (uma entrevista de duas páginas), ela argumenta que as adolescentes finalmente descobriram o prazer de se vestir como garotas, ou seja, não como crianças nem como pequenas mulheres, imitando suas mães. Elas inventaram um estilo e Marie-France estava feliz em apoiá-lo, pois os tempos mudam e as novidades são como seiva vital.

Marie-France tinha razão: à sua maneira, ela foi visionária o bastante para perceber a mudança iminente e aproveitá-la. Pelo que sei, com nossa loja, ela foi realmente pioneira no setor: coleções *só para garotas*. Um dia antes, vinham com as mães escolher o vestidinho para o aniversário de dezoito anos da prima no clube de remo; no dia seguinte, estavam lá sozinhas, pouco a pouco, em grupinhos, pulando nos provadores como sapos. Divertiam-se muito. Marie-France previu isso, o que aliás na França já estava acontecendo havia tempos. Que as garotas inventariam seu próprio gosto e não se disfarçariam de mulherzinhas; que haveria lojas onde elas se sentiriam livres. No artigo, Marie-France elogia o frescor do instinto, das escolhas. Afirma que elas têm muito a nos ensinar. Sim. O bom é que sei que ela estava sendo sincera. Ela realmente acreditava nisso; mentir não era seu ponto forte, apesar de sua habilidade como *vendeuse*. As garotas eram importantes para ela, assim como a boutique.

Se ela soubesse... Na foto, seus cabelos claros estão presos por uma tiara e ela está parecida com Catherine Deneuve.

No dia em que a revista saiu, Giosuè chegou correndo com uma cópia ainda fresca, que ele tinha conseguido comprar na banca recém-aberta durante sua corrida matinal (*levei o dinheiro no tênis, terrível, mas eu tinha que comprar antes de todo mundo! Era uma questão de princípio*). Corremos para a página, excitados como passarinhos, todos elogiando aquela semelhança meticulosamente desejada por ela.

Ela estava muito feliz. Esquivava-se, mas seus olhos riam.

Eu me lembro como se ela estivesse à minha frente agora. A luz da manhã, a loja ainda vazia, no ar a calma que antecede as tempestades: sabíamos que o artigo as atrairia aos montes, e estávamos prontas para recebê-las. Mas naquele momento, com a boutique fechada e as escolas abertas, éramos só nós, aproveitando nosso momento de celebridade e repetindo o quanto ela, Marie-France, se parecia com Catherine Deneuve na foto. E ela ria e nos dizia para pararmos com isso, que a estávamos constrangendo, que precisávamos ir para nossos lugares, nos preparar para o dia, parar com aquelas bobagens, *allez*, *allez*, já estava tarde. Mas ela ria. Feliz como uma criança. E o mundo prestes a desabar sobre ela.

2. Marie-France

Há pessoas que vivem para trabalhar, outras que trabalham para viver. Para mim, naquela época, nenhuma dessas opções valia. Eu apenas me virava e dava conta, e, como a agulha desmagnetizada de uma bússola, tinha dificuldade de apontar para alguma direção, por isso me esforçava para estar sempre mudando de rumo. Por não encontrar paz, criei um equilíbrio instável que me fazia acreditar que eu estava fazendo alguma coisa.

Eu ficava morta de cansaço sem saber como. Desperdiçava tempo de todas as maneiras possíveis. Em algum lugar dentro de mim, talvez esse fosse o jeito de me convencer de que eu era jovem, de que tinha a vida toda pela frente. E, claro, eu tinha, e estava pronta para desperdiçá-la por completo.

Quando Marie-France me contratou, minhas ideias eram confusas e eu tinha um problema para resolver; na verdade, mais de um. Meu aluguel estava atrasado, a ponto de eu me obrigar a manobras embaraçosas só para evitar encontrar no corredor a proprietária, que morava no andar de cima. E dia após dia ela perdia a gentileza que me pareceu encantadora quando, recém-chegada a Roma, cheia de esperanças e boas intenções e acima de tudo profundamente apaixonada, ela me entregou as chaves do apartamento. Agora, eu tentava não fazer barulho com essas mesmas chaves ao abrir a porta, para que ela não me ouvisse. Outro problema era a universidade: faltavam apenas dois capítulos para eu terminar minha monografia de final de curso, mas minha mania de procrastinar a adiava para um futuro indefinido.

Eu tinha medo de falhar, mas tinha mais medo da orientadora que escolhi: inacessível e idolatrada por nós estudantes. À noite, sua voz me repreendia pela entrega atrasada. Em sonho, eu inventava desculpas; acordada, agravava o problema adiando-o.

Eu teimava em não terminar de escrever a pesquisa intitulada *Körper e Leib na fenomenologia de Edmund Husserl*. O fato é que *Körper* e *Leib*, no fim das contas, significam a mesma coisa. Corpo. Eu havia proposto conciliar as diferenças entre uma ideia de corpo como lugar da experiência e corpo como conceito. Será que conseguiria? Quem sabe. Às vezes, eu pensava em retomar o trabalho e me formar já mais velha, como aqueles aposentados excêntricos que frequentam os auditórios da universidade e que intervêm a todo instante porque não temem mais julgamentos: são velhos, não precisam mais impressionar ninguém. Mas, além do fato de que não tenho a intenção de parecer velha, prefiro não interromper o longo ciclo de procrastinação. Aliás, sobre corpos e a experiência que os transforma, e às vezes os aniquila, na boutique de Marie-France eu aprenderia uma lição muito mais importante do que as que todos os livros do mundo poderiam me dar.

Eu só tinha um par de botas, às quais era muito apegada, mas que me preocupavam bastante porque as solas estavam desgastadas exatamente no meio das plantas dos pés, e os saltos tinham perdido o revestimento de borracha, deixando marcas esféricas no chão macio. E no chão duro, no asfalto das calçadas ou nos paralelepípedos cujas emendas eu evitava com bastante atenção, elas faziam um barulho sinistro e metálico que anunciava, passo a passo, o inexorável emergir de sua alma de aço.

Além disso, eu sofria por amor, pelo mesmo amor que me trouxera até a cidade (sem saber que justamente minha vinda teria estragado os planos). Naquela época, eu mascarava a decisão de seguir Marcello — um rapaz que conheci no acampamento em Tremiti, ainda bem longe de me envolver na empreitada da monografia — como uma estratégia acadêmica: eu precisava passar os últimos dois anos em Villa Mirafiori, eu tinha me obstinado a cumprir essa tarefa na família. Só que minha família era composta por profissionais; todos os homens eram tabeliões, advogados ou médicos, e as mulheres ensinavam no ensino médio há gerações, com uma dedicação pioneira à disciplina cuja mais austera praticante viria a ser minha orientadora. Por isso, se a escolha de me formar em História e Filosofia em vez de Letras Clássicas ou — sendo uma pioneira também do lado feminino da família! — Medicina já havia sido recebida com certa frieza, o capricho de me mudar de cidade provocou reações escandalizadas. E então, por orgulho, sugeri que me sustentaria sozinha. Não queria depender de ninguém — imagine só!

Minha avó materna, que amava Roma porque passara sua lua de mel lá, me dava secretamente uma pequena mesada mensal que eu sentia vergonha de aceitar. Pelo menos com isso, e com meu trabalho de babá e uma engenhosa arquitetura de economias, eu conseguia mais ou menos chegar até o fim do mês. A não ser que as botas me pregassem uma peça desagradável.

Como se eu não tivesse preocupações suficientes, havia outra questão que me preocupava. Um assunto que surgiu devido a um relacionamento que não tinha a ver com a história que me fazia sofrer, exceto pelo fato de ter nascido da vã tentativa de me consolar pelo fracasso do primeiro. O rapaz de quem eu tinha ido atrás em Roma me explicou que não estava pronto, depois de dois anos juntos, para decidir se ficaria comigo para sempre, e que, na verdade, as palavras *para sempre* lhe davam arrepios. E eu me encontrava sozinha em uma cidade na qual tinha poucos amigos, uma professora que me aterrorizava, um aluguel que mal conseguia pagar, uma monografia que não conseguia terminar e um emprego à tarde que estava com os dias contados: cuidar de dois pequenos monstros que me atormentavam, com a mãe prestes a me demitir. Quem poderia me culpar por ter buscado um pouco de conforto, uma distração?

Enfim, além de meus problemas anteriores, fazia algum tempo que uma mulher vinha me perseguindo, por causa de uma trama banal envolvendo homens e orgulho. Nada muito grave, mas também não era brincadeira. Eu não a conhecia; ela, pelo visto, me conhecia. Sabia meu endereço e se divertia me fazendo saber disso. Na manhã da entrevista na loja, ao sair de casa, encontrei um tufo de algodão tampando o olho mágico da porta, para que eu não conseguisse ver o corredor. O vaso de barro da aspidistra estava em mil pedaços, como se alguém tivesse batido com um martelo — e isso não era apenas uma hipótese: estava claro que alguém *realmente* tinha quebrado o vaso com um martelo. Não era a primeira vez que eu encontrava essas retaliações: já tinha visto meu nome arranhado no interfone (eu morava no térreo, em uma espécie de antiga garagem). Mas, no geral, me sentia tranquila, minha única janela tinha grades.

Eu sabia que tinha sido ela. Isso me incomodava, mas de certa forma eu a sentia por perto. Talvez isso também fosse parte do problema. O fato é que, apesar da falta de elegância de seus métodos, ela já tinha vencido fazia algum tempo. Eu só me perguntava se ela estava ciente disso ou se alguém estava se aproveitando da ingenuidade dela para encobrir novas traições: ela se voltava contra mim quando, na verdade, não tinha mais razão para isso.

Eu não sabia quem tinha me substituído na vida do marido dela. Para mim, tinha sido apenas um flerte, nada muito emocionante, ligado ao breve período em que eu tinha tentado, sem sucesso, me recuperar da maior decepção amorosa da minha vida até então. Segundo uma parte de mim ainda muito ingênua e jovem, Marcello era minha alma gêmea: certeza dilacerante que me impedia de esquecê-lo e, acima de tudo, de me resignar ao fato de que ele não pensava em mim da mesma forma. Aliás, talvez ele nem pensasse em mim: não havia nada de recíproco naquela situação torturante, angustiante e potencialmente interminável, como acontece com todos os amores não correspondidos. Além disso, agora a aventura com a qual eu tinha tentado me distrair (ou me certificar de que ainda era capaz de conquistar alguém, como se o orgulho restaurado pudesse compensar as ilusões perdidas) tinha acabado fazia muito tempo. A única sequela era ela, que insistia em prolongar uma aventura triste que não tinha deixado nada para mim.

Foi assim que acabei reagindo da única maneira que conhecia: obsessão pelas aparências.

Se Marcello não me queria, eu não poderia simplesmente admitir que era um desastre em relação aos homens, assim como era em todas as outras áreas de minha vida. Sem nem saber o que eu queria, sempre ia na direção errada, como um salmão desastrado que não consegue nadar contra a correnteza. Mas eu me convencia de que o problema era outro e que tudo era apenas estético: eu não era bonita o suficiente. Então, pouco importava que eu me deixasse afundar na desordem e na deterioração que me puxavam como um vórtice.

Na verdade, naquele período, eu estava em um estado lastimável. Felizmente, ainda tinha um metabolismo jovem e não conhecia as oscilações temidas do efeito ioiô que, eu descobriria em breve, a partir de uma certa idade (real ou percebida) assombrava as clientes da boutique. Mas meu gosto ao me vestir, preciso admitir olhando para as fotos daquela época, era imaturo, para ser generosa; repulsivo, para ser franca. Eu ainda não havia aprendido que, quando se sofre por amor, quando nos sentimos rejeitadas, quando nos encontramos à noite em um quartinho alugado fazendo contas meticulosas em um caderninho para equilibrar as despesas, quando estamos tão sozinhas, uma ilusão de ótica toma conta de nosso olhar e o torna estrábico e maldoso porque pensamos que devemos nos ver com os olhos de quem nos rejeitou. Encontramos um monte de defeitos, nos desprezamos, nos depreciamos com uma crueldade que nenhuma outra pessoa teria conosco — quem nos rejeita nos ignora, não se dá ao trabalho nem de nos examinar com atenção. Mas, enquanto eu estava apaixonada, precisava acreditar que era mais repelente do que indiferente.

Eu não percebia, com toda aquela confusão no coração e na mente, que a solução não podia ser me vestir como uma militante brigadista ou uma professora substituta de Ensino Religioso.

Meu guarda-roupa parecia a paisagem desolada do pântano: tecidos pesados, amarrotados, fustões enrugados, lãs buclê, suéteres gastos. Eu não me vestia, eu me enrolava, me armava, me escondia em casulos disformes.

Mas não sabia que aquela fase estava prestes a terminar.

Eu não poderia saber que logo depois encontraria uma pigmaliona que falava italiano cantando-o como o francês, capaz de transformar a desajeitada saída de um pântano em uma silhueta impecável de linhas limpas. Ninguém nunca me dissera *você é pura matéria de Saint Laurent, querida*. Quando, naquela manhã, ouvi pela primeira vez essas exatas palavras, foi como ouvir o jargão que conheci no primeiro dia de faculdade, quando entrei na sala errada e me vi no meio de uma aula sobre pós-estruturalismo, ao invés do seminário sobre *Fedro* ao qual eu estava indo. E, como pareceria rude levantar e sair, fiquei lá sentada como se nada tivesse acontecido, perdida em um emaranhado de palavras incompreensíveis enquanto no outro auditório Sócrates morria de cicuta e maldade, consolando seus amigos que choravam por ele. Nunca mais apareci naquela aula, então não sei se a consistência do esforço, o hábito, o estudo teriam produzido algum efeito esclarecedor. Talvez, se eu tivesse insistido, também teria aprendido a me expressar como Derrida.

Ali na boutique, por outro lado, eu teria frequentado as aulas até o fim. De certa forma, se a experiência valesse como diploma, teria ido além da graduação, até o doutorado... Mas a experiência só conta para nós que a vivemos, não há nada que ateste o quanto sofremos, o quanto amamos, quantos pares de botas consertamos.

Marie-France, ao me ver entrar, não perdeu a compostura. Disse para eu sentar e se aproximou sem esconder a intenção de me estudar em detalhes. Eu ainda não sabia que ela fazia isso com todas, e as clientes da loja ficavam eletrizadas com a precisão daquele olhar, que por alguma razão nenhuma delas achava invasivo. Sempre prevalecia o desejo de passar no teste, de se deixar transformar, de agradá-la. Mas era apenas a segunda vez que eu a via, e nosso primeiro encontro, na casa da senhora de cujos filhos eu era babá, tinha sido tão breve que talvez nem merecesse ser chamado de encontro. Servira apenas para que a mãe das duas criaturas infernais, sentindo-se culpada pela mudança da família para Milão em breve, o que me deixaria desempregada (o pai tinha sido contratado como roteirista em uma rede de televisão privada), me recomendasse à sua amiga Marie-France. Ela enalteceu em mim habilidades de uma trabalhadora incansável, as quais, ambas sabíamos muito bem, eu nunca tinha demonstrado de verdade ao lidar com seus jovens vândalos. Mas o sentimento de culpa tem muita força: induziu-a, naquele caso, a traçar um retrato tão lisonjeiro que Marie-France, que de fato estava procurando por uma vendedora, me convidou para ir encontrá-la na loja para uma pequena entrevista.

Ao me apresentar a ela naquela manhã, vestida com uma gola alta mostarda desbotada nas mangas e calças de veludo cotelê verde-oliva, envolta em um sobretudo marrom que parecia a pelúcia de um ursinho do tiro ao alvo do parque de diversões, fiquei surpresa com a falta de pudor com que ela se aproximou e com o tom persuasivo e autoritário com que me pediu para levantar um pouco o queixo, mostrar-lhe as mãos e a raiz dos cabelos. Felizmente, ela não fez comentários sobre a baixa qualidade de minhas roupas, nem sobre minha absoluta falta de noção de estilo.

A única nota de reprovação — tão leve e irônica que quase passou despercebida — talvez eu tenha captado no breve tapinha que ela me deu, como se fosse um antigo costume, mesmo que acabássemos de nos conhecer, e no sorriso que o acompanhou.

«Vamos trabalhar também com as cores, eu sei que você não acha grande coisa seu castanho, mas, querida, um castanho assim ninguém mais tem, ninguém! Não podemos desperdiçá-lo, é tão natural!»

Era natural, sem dúvida alguma, já que nunca me passou pela cabeça tingir os cabelos; ao contrário dela, eu supunha pelo brilho radiante de seu loiro.

«É tão jovial, tão parisiense, *ma biche*, definitivamente precisamos dar o destaque que ele merece!»

Marie-France tinha um modo sutilmente imperioso de fazer as coisas e, de alguma forma, quase materno. Apesar de encorpada, era elegantíssima, se movia com passos silenciosos. Sua voz trilava com uma alegria que parecia autêntica, reconfortante. No entanto, lá no fundo, uma dissonância escura, quase sombria, pareceu me alertar, enquanto ela comentava em voz alta a qualidade de minha pele.

«Suas maçãs do rosto são incríveis. Não entendo por que você se esconde assim!», e afastava minha franja, atrás da qual eu vinha lutando para me esconder o máximo possível há tempos.

«O bom é que você é louca como um cavalo, querida.» Ela sorriu por cima do braço levantado, enquanto segurava uma série de blusas de seda delicada contra meu rosto. Talvez tenha percebido que eu estava indecisa entre ficar ofendida ou rir. Por outro lado, eu nunca havia conhecido alguém como ela e ainda não sabia como lidar com suas palavras. «Quero dizer, *ma biche*, quem em sã consciência, com seus cabelos e seu tom de pele, pensaria em se vestir de marrom ou, pior ainda, de amarelo-ocre? A menos que queira parecer — *pardon* — doente de icterícia em estágio avançado...»

Escolheu uma blusa de seda leve da Saint Laurent, com um laço no pescoço — *se chama pussy bow, você vai aprender* — e uma estampa de folhas muito verdes, e calças cigarrete pretas, quase austeras. «Vamos dar um jeito nos sapatos», ela me disse com um pequeno suspiro, depositando a pilha de roupas em meus braços estendidos.

Mas, antes de me mandar para o provador — *enquanto isso, vamos ver como você fica com essas peças, querida, comecemos com algo simples. É sempre o caminho mais seguro, você viu a Carolina de Mônaco?* —, com a destreza de um passarinho pulando de galho em galho, ela começou a tecer sua teoria, tão implacável quanto precisa, sobre o poder da estrutura óssea em determinar com precisão incontestável o nível de simpatia estética de cada indivíduo. E me pareceu que ela pronunciava com um gosto particular exatamente estas duas palavras — *estrutura óssea* — que me faziam pensar em um crânio, em um esqueleto. Mas eu não a conhecia, e ainda não podia imaginar a tenacidade com que nutria suas duas obsessões.

Que eram a beleza e a morte.

3. Daiquiri

Eu nunca, nem de longe, tinha estado em uma festa parecida com aquela para a qual Marie-France me convidou poucos dias depois de me inspecionar e me contratar. Na verdade, eu só soube que ela me contrataria várias semanas depois, porque ela escolhera manter algum sigilo a respeito disso; então eu dizia a mim mesma que ainda estava em período de teste. Por isso, me esforcei em dobro, ficando também um pouco desapontada com a naturalidade com que, no final do mês, recebi meu primeiro salário: teria preferido algo mais solene. Mas enfim, Marie-France era daquelas pessoas que nunca agem como você espera, com a duvidosa vantagem de fazer com que você se confronte com a fragilidade, a inconsistência, o capricho e, às vezes, até a estupidez de suas esperanças. Isso, porém, eu ainda precisava aprender.

Por enquanto, atordoada pela rapidez com que minha vida estava mudando, me vi de repente na festa. E posso dizer que eu tinha sido avisada: *prepare-se, querida, esta noite vamos ficar até tarde*, sussurrou Giosuè. Uma frase que, vinda de outro homem, poderia me deixar nervosa; mas ele a disse de um jeito tão doce, tão envolvente, que não fiquei incomodada de forma nenhuma.

Marta também disse algo que, olhando em retrospectiva, poderia ser considerado um conselho útil:

«As festas da Marie-France são as mais loucas de Roma. Ela cresceu na França, onde com certeza estão acostumados a festejar. Ela dançou por toda a Riviera e ainda por cima se aperfeiçoou na Via Veneto. Não espere algo tranquilo.» Marta correu para casa para se trocar. Naquela época, eu morava tão longe da loja, e do restaurante com jardim no qual Marie-France havia marcado o evento, que nem sequer planejei voltar para casa. O lugar era imponente, um palácio completo de Gai Mattiolo, branco e preto. Por sorte, eu tinha levado um batom carmim. Depois do trabalho, entrei na lanchonete em frente à boutique e pedi um copo d'água — eu queria um aperitivo Crodino, mas estava sendo cautelosa com os gastos, em especial por não ter certeza de que conquistara mesmo um emprego — só para usar o espelho do lavabo e pôr um pouco de vermelho nos lábios: não ousei pedir para usar o banheiro nos fundos da loja.

Como Marie-France tinha me ensinado no dia anterior, depois de perceber que eu não havia delineado cuidadosamente o contorno inferior da boca, passei a ponta do batom ao longo da borda, depois pressionei um pedaço de papel higiênico. *Lembre-se, querida, pegue um pedacinho de papel, dobre-o e encoste nos lábios. Até que você o encontre limpo... Caso contrário, o excesso de batom vai parar direto em seus dentes, e nós não queremos isso, não é?*

Dei uma olhada em mim mesma e me senti bem, bonita até. Fascinante, não, faltava o mistério que surge da confiança. O que eu daria para ter um pouquinho do *savoir-vivre* de Marie-France, ou da firmeza que eu via em Marta!

Parti. *Vai ser bom, querida, não se preocupe, eu ficaria feliz se você fosse, mas não precisa se preocupar com nada!*, Marie-France tinha chiado na tarde anterior, me entregando o convite. R.S.V.P.

Se eu fosse mais esperta, o próprio cartão teria me alertado: nenhum de meus amigos jamais fazia cartões com *répondez s'il vous plaît* para anunciar suas festas.

Realmente, quando cheguei lá, me vi em outro mundo. Não era um restaurante com jardim como eu imaginava, mas sim um clube esportivo exclusivo. Nenhuma das mulheres estava de calça, todas usavam um vestido de gala, inclusive Marta, que chegou brilhando em lantejoulas. Logo percebi que seu vestido tinha sido emprestado por Marie-France.

«Você está deslumbrante!»

«Obrigada, querida. Mas você não passou em casa? Precisa ir se trocar? Espere, vou ver se o banheiro está livr...»

«Não, então... Eu não trouxe nada para me trocar. Vim assim. Não tinha entendido que era algo elegante, que burrice...»

«Querida! Mas quanta personalidade, quanta originalidade! Que garotas eu tenho, não é verdade? Ela é minha mais recente conquista.» Marie-France se debruçou sobre nós como uma águia voltando ao ninho com seus filhotes, me abraçando com uma mão e me entregando um copo cheio com a outra. «Daiquiri, querida, não me diga que você nunca experimentou. Oh! Delicioso, absolutamente delicioso, não acha, Andrea? É a bebida favorita de Hemingway, bom, era... Mas vocês não se conhecem, que boba.»

E me empurrou carinhosamente para a frente, tanto que quase caí na ponta dos sapatos desse Andrea. Ele me estendeu a mão com um sorriso discreto.

«Andrea.»

«Barbara, prazer... eu não queria...»

Tarde demais. Eu havia derramado um pouco do coquetel no colarinho do paletó dele antes mesmo de ter a chance de experimentá-lo. Por sorte, ele riu.

Marie-France, longe de ficar constrangida pelo pequeno incidente, continuou a me elogiar. Andrea concordava, gentil. Eu devia estar vermelha até a raiz dos cabelos. Mergulhei no providencial daiquiri, que bebi de um gole só. Andrea se ofereceu para buscar outro, iniciativa que Marie-France saudou com entusiasmo.

«Querida», ela me disse assim que ele se afastou. «Deixe para lá. Ele é muito querido, sabe, mas, como posso dizer? Não é exatamente confiável, entende. Além do fato de que ele é um velhote para você! Você é tão jovem! Aliás, eu estava pensando agora pouco que tenho que te apresentar Piergiorgio, sabe? Um rapaz excepcional, bonito, simpático... É filho de uma amiga querida minha que, coitada, não está mais entre nós... Ela também era de uma beleza, mas de uma beleza, quando jovem, se você a tivesse visto...»

Andrea voltou com os copos. Eu sorri para agradecê-lo, ele respondeu com uma pequena reverência, virou-se e foi embora.

«Você o conhece há muito tempo?»

«Quem, querida? Piergiorgio? Ah, sim, gosto muito, muito mesmo, dele, eu o vi nascer... Não consigo olhar para ele sem me lembrar da mãe, sabe, coitada. Aliás, ele já deveria estar aqui, não entendo por que está atrasado...»

«Não, eu queria dizer Andrea.»

«Sim, sim. Um velho amigo, mas nunca me agradou muito.»

Eu queria fazer mais mil perguntas. Existe alguma coisa que torne uma pessoa mais atraente do que a recomendação de não se aproximar dela?

Infelizmente, fomos obrigadas a mudar de assunto, como acontece nas festas. Com minha sorte de costume, o famoso Piergiorgio chegou. Ele correu até Marie-France e a abraçou com entusiasmo. Tinha um sorriso tímido, bonito, a pele muito clara, quase transparente; uma marca na bochecha esquerda lhe dava um ar melancólico de Pierrot. Ele me estendeu uma mão suave e morna, um aperto tão diferente do de Andrea, que fez meus dedos estalarem como galhos secos. Piergiorgio tinha gestos muito controlados, refinados, quase afetados.

Dentro de mim, secretamente, eu estava incomodada por Marie-France ter pensado em me arranjar para ele.

«Fique tranquila... Tenho a impressão de que ele não está interessado no 'produto'. Você não corre nenhum risco!», zombou Marta, que encontrei no banheiro, enquanto retocávamos o batom em frente ao espelho. «É uma velha mania de Marie-France, que, mesmo entendendo as coisas, não acredita... Pensa que é um capricho e que, se devidamente guiado, digamos, o bom Pier pode voltar ao redil, se você entende o que quero dizer. Ela tem essa fixação por encontrar uma boa garota para ele, até tentou me empurrar também, sabia? Ela faz isso pela amiga, parece que estava tão preocupada com esse filho, que o confiou a ela e ela tenta arranjar um lugar para ele. Mas ela realmente não acredita nisso, é só uma tentativa, deixe para lá...»

«E sobre aquele Andrea, o que você sabe?»

«Só sei que é jornalista, depois de passar por uma série de empregos, incluindo assuntos políticos... É socialista, pelo que sei. E por um tempo esteve envolvido com espetáculos, como produtor, empresário, essas coisas. Depois abriu um restaurante, perdeu tudo jogando cartas com Giosuè, e agora recomeçou com o jornal, dizem que ele escreve bem. Nunca li nada dele! Mas é um tipo interessante, não é? Não exatamente meu ideal, é careca e tem barriga, mas com certeza não...»

«E há algo entre ele e Marie-France?»

«Sempre me perguntei isso também. Sinceramente, não sei. Sim, são amigos há muito tempo... E é muito estranho que ela nunca queira falar sobre ele. Não é do feitio dela!»

Naquela noite, aprendi várias coisas interessantes, apesar das manobras de Marie-France para me empurrar Piergiorgio como um cavalheiro serviçal — papel ao qual ele parecia se resignar com uma docilidade não exatamente sedutora. Meu copo estava vazio? Ela surgia de um grupo de convidados e o instruía a correr e enchê-lo para mim. E, assim que comecei a me sentir mais à vontade, a vencer a timidez e a lançar uma ou duas palavras nas muitas conversas que se entrelaçavam ao redor do buffet, lá vinha ele se aproximando e se plantava ao meu lado. Eu nem precisava levantar os olhos para perceber o sorriso astuto com que Marie-France nos observava de longe. Enquanto isso, eu me confundia e perdia o fio das conversas, sendo por esse motivo obrigada a falar com ele.

Com o canto do olho, eu via Andrea rindo ao lado de uma mulher com um decote profundo nas costas, depois o encontrava dez passos mais à frente, com uma taça de champanhe em uma das mãos e um cigarro sem filtro na outra, com um sujeito esguio que ria enquanto ele lhe dizia algo que eu não conseguia escutar. Só ouvia o falatório de Piergiorgio. Piergiorgio era escultor, ou mais precisamente restaurador de estátuas, de estátuas do século XVIII. Um ofício que poderia parecer interessante, se ele não tivesse a necessidade de despejar uma quantidade enorme de informações acerca da porosidade das pedras, o que poderia entediar até mesmo uma entusiasta de esculturas rococó — o que, de qualquer forma, não era meu caso. Mas apesar de ele tentar me seguir por todos os cantos, provavelmente encorajado pelos incentivos de Marie-France — convencida de resolver a vida de nós dois de uma só vez, entregando-nos um feliz destino para compartilharmos anedotas sobre estátuas e galanterias —, de vez em quando eu conseguia me livrar dele.

Em primeiro lugar, descobri que Marie-France tinha verdadeira paixão por daiquiri e o consumia em quantidades exorbitantes. Descobri que Giosuè tinha passos bem calculados para o twist. Que ele se irritava profundamente toda vez que Marie-France lhe apresentava um de seus amigos, especialmente se fossem jovens rapazes, que chamava de «rapazotes»: *o que eu faço com todos esses nomes de rapazotes?* Ele estava ali para dançar, e de fato dançava com as mulheres, algumas das quais, elegantíssimas, brilhavam com joias e dentes brancos, e lhe davam tapinhas nas bochechas enquanto ele as fazia girar. Só algumas vezes, afastando-me um pouco do centro da festa sob o pretexto de que precisava ir ao banheiro (na verdade, para despistar Piergiorgio), ouvi palavras abafadas, quase sufocadas, perto da sebe de pitósporo. Uma dessas vozes era a de Giosuè, baixa e arranhada pela música, que eu começava a reconhecer. A silhueta da pessoa com quem conversava parecia coincidir com a de um dos rapazotes que ele estava tão relutante de conhecer. Mas o ambiente era escuro e talvez eu estivesse enganada.

Fiquei sabendo, nessa mesma noite, que Marie-France era campeã de bridge e que jogar com ela significava perder. O único que conseguia competir com ela era Giosuè, e todo mundo comentava que estava claro, mesmo antes de abrirem a *Joséphine*, que os dois fariam grandes negócios juntos. Que as festas de Marie-France eram uma tradição muito antiga, que ela gastava uma fortuna para organizá-las e não se importava com isso, porque dizia que só se vive uma vez e que sempre vale a pena festejar. Essa última informação sobre os gastos para organizar suas famosas festas me foi dada por Andrea, que me ofereceu uma carona inesperada para casa quando a festa já estava chegando ao fim e Marie-France, embriagada pelo álcool, resistia a Giosuè, que com a delicadeza de um cavalheiro abria a porta do táxi para ela. Fiquei imensamente grata a Andrea. Estava muito tarde, eu não sabia dirigir, não tinha bicicleta ou moto nem dinheiro suficiente para pegar um táxi. Fiquei esperando e esperando, com um medo crescente de que Piergiorgio fosse minha companhia de volta. Então Andrea apareceu, aproveitando um momento em que eu estava sozinha e olhando ao redor em busca de uma rota de fuga. Ele veio até mim, balançando as chaves do carro em uma das mãos. Com a outra, sem dizer uma palavra, segurou meu braço. O aperto era firme; se fosse a mão de outra pessoa em volta de meu pulso, teria me incomodado, mas eu me senti aliviada sem saber exatamente por quê. Ou talvez soubesse muito bem.

«Vou te tirar daqui antes que aquele bobão te agarre de novo», ele me disse em voz baixa, abrindo para mim a porta do Alfa Romeo verde-garrafa. Para eu me sentar, Andrea teve de tirar uma pilha de meio metro de jornais. Pegou-os e os jogou no banco detrás. Estava com cheiro de flores secas, ou talvez de palha, e de tabaco velho. Poucas vezes eu tinha visto um carro tão cheio de coisas. Jornais, atlas, mapas, guias de estrada. Um chapéu enfiado embaixo do para-brisa. Balas, luvas de motorista furadas, palitos de alcaçuz e até um buquê velho de lavanda — quem teria dado isso a ele? Havia uma gaita e de dentro do porta-luvas saía uma ponta do que parecia ser uma meia de náilon, porém julguei mais prudente, e mais educado, não investigar a fundo. Uma concha de ostra, ao lado do freio de mão, servia de cinzeiro. Ele parecia não se importar com a bagunça. Só se desculpou pelos jornais, de longe o elemento menos estranho dentro do carro. Seria natural que eu me sentisse desconfortável, sozinha com um estranho no meio da noite, dentro de um carrinho Giulietta que mais parecia um armazém, e não dos mais limpos.

Mas, pelo contrário, eu estava muito bem — como era possível?

Ele dirigia com as mãos livres; controlava o volante com o joelho erguido. Eu nunca tinha visto alguém dirigir assim. A calça estava levantada por causa da posição; notei que ele usava sapatos ingleses — um detalhe que, antes de conhecer Marie-France, com certeza teria me escapado. E pensar que ela entrara em minha vida havia apenas alguns dias.

«Os sapatos, *ma biche*, e ainda mais os sapatos dos homens, podem dizer muito. E não se trata apenas de desgaste, sabe? Nem do quanto estão brilhantes ou estragados. É uma questão de fabricação...» Marie-France me mostrara isso no dia anterior. De três clientes homens, dois usavam sapatos feitos à mão e haviam deixado na loja uma pequena fortuna em lenços de seda e outras amenidades caríssimas.

Andrea percebeu que eu o olhava com certo espanto.

«Ah! Só me sinto bem dirigindo assim. Para que manter as mãos fixas no volante? Dirigir é coisa dos membros inferiores, já pensou nisso? Assim você fica com as mãos livres, pode fumar um cigarro ou até fazer um origami, menos quando precisa trocar de marcha, é claro. E você, como dirige?»

Confessei que não sabia dirigir. Tinha sido reprovada no exame — evitei revelar que pela enésima vez. Já tinha falhado em cinco tentativas.

«Então é hora de eu desistir mesmo de usar as mãos! Vamos lá, me ajuda a mudar as marchas, para você praticar um pouco.»

Ele acendeu um cigarro, da janela entrava o ar fresco da noite. E até minha casa: *Agora a segunda! Terceira, terceira, terceira!*, e eu, ansiosa para não errar, engatava as marchas. Ríamos, eu no começo por nervosismo, depois porque tínhamos dirigido juntos e o carro não tinha morrido.

«Viu só como você consegue? Da próxima vez, te deixo tentar até com os pés!», disse alegremente, enquanto freava diante de minha casa. E eu esperava que aquela próxima vez não demorasse. Mesmo sendo um homem no geral feio, mesmo que Marie-France tivesse me avisado para ficar longe dele, havia algo em Andrea que me fazia sentir segura. Como se estivéssemos em um filme. Não tivemos grandes conversas. Ele só me contou dos gastos malucos de Marie-France e de como Giosuè ganhou uma ilha em um jogo de cartas: uma ilha, isso mesmo, um rochedo um pouco maior do que o normal, na costa da França, perto de Cannes. Só que era impossível atracar ali, então ele era dono de uma ilha, mas ela não servia para nada. Ainda não tinha conseguido visitá-la, embora houvessem planejado uma viagem para lá naquele verão, quando ele a ganhou de um velho inglês que vivia dos lucros de uma fábrica de rendas em Nottinghamshire: rendas tão valiosas porque, segundo ele, há cem anos sua família era a fornecedora oficial da Coroa britânica. Uma honra que não o impediu de apostar a ilha inteira, baías e faróis incluídos, na noite de Mônaco. Todos estavam em Saint-Tropez naquele ano, um amigo de Marie-France tinha um catamarã, e eles, tomados pela soberba da conquista, foram ver a ilha cuja escritura Giosuè já tinha assinado. Só que a atracação não estava incluída: o casco do barco ficaria danificado. Seria necessário um bote, mas já era tarde.

A inutilidade de ter uma ilha. Mais cedo ou mais tarde, ele disse, tão certo como ouro, ele a apostaria de novo com algum outro tolo. Provavelmente ela passava de dono em dono daquela maneira havia séculos.

Houve um momento de silêncio. Um pouco mais longo do que o necessário, um pouco mais denso. Ele me deu um tapinha na bochecha que fez eu me sentir como uma criança.

«Marie-France fez um bom negócio com você.» Por que ele me tratava como uma garotinha? Eu era uma mulher e ele não via. «Gosto de você.» Ou talvez sim. «Nos vemos em breve! Boa noite, querida.»

Abri a porta, desci. Minhas bochechas queimavam, eu sabia que deviam estar coradas de vergonha. Agradeci com a voz um pouco seca.

Fui dormir um pouco alta, então não posso jurar, mas estou bastante certa de que sonhei com Andrea naquela noite, e no sonho ele não mantinha distância como fizera pouco antes no carro.

4. Uma francesa em Roma

Marie-France morava na Itália havia anos, difícil dizer quantos: tinha o hábito de inserir, em qualquer conversa relacionada à sua idade, elementos imprecisos para confundir e evitar que quem ouvisse a calculasse com exatidão, chegando com adições ou subtrações a uma estimativa acertada. Por causa dessa aritmética aproximada, a data de sua mudança para Roma variava: às vezes, dizia ter chegado no início dos anos 1950, outras vezes em junho de 1966 — uma data exata, portanto confiável, mas que conflitava com uma série de outras anedotas. Seu aprendizado como *couturière* com as Irmãs Fontana, por exemplo, deve ter durado pelo menos alguns anos. Então, houve sua incursão pelo cinema, com dois ou três papéis não creditados, depois de ter chamado a atenção de Monicelli, ou era Pietro Germi? Talvez nenhum dos dois, mas como eu bem sabia como estudante de Filosofia, *tertium non datur*, não apenas na lógica aristotélica mas também em certo tipo de narrativa que tende a transformar a realidade como um forno faz com um suflê: dando-lhe volume, delicadeza, tornando-a leve, espumosa e inesquecível. Enfim, algum diretor não especificado, mas com certeza muito famoso, tinha notado sua presença, em uma bela noite de final de verão na Via Veneto, e também essa fase, sua fase *cinéma*, deve tê-la ocupado por pelo menos alguns meses. Por fim veio a loja, que estava aberta havia quase quinze anos, precisamente desde 30 de setembro de 1968, como confirmava o recorte do *Messaggero* que Marie-France havia emoldurado. *Sabe quem tirou essa foto? Ninguém menos do que Secchiaroli. Mas como assim, quem é ele? O Rei dos paparazzi! Aquele que inventou* la dolce vita*, praticamente...*

«Ah, caramba», murmurava entre os dentes, desconsolada, «essas garotas não sabem nada, absolutamente nada! Onde vocês viveram até agora, na montanha de sabão?»

Montanha de sabão era uma expressão que ela pronunciava com particular prazer; claramente lhe dava a sensação, pelo tom vernacular de frase idiomática, de que dominava perfeitamente o italiano. Era uma maneira descontraída de compensar a tenacidade um pouco afetada com que mantinha seu sotaque, apesar de não ter mais tantas oportunidades de falar francês já há trinta anos. Talvez falasse com aquela filha que eu a ouvia mencionar de vez em quando, e que, se entendi bem, se chamava Corinna. Mas, sendo uma adolescente, portanto — com base no que eu lembrava de minha adolescência — inclinada a rejeitar tudo o que vinha da mãe, ela devia responder em italiano.

Não era difícil, de qualquer forma, rastrear a origem da montanha de sabão e de outras expressões no mesmo tom: a responsável era a jornalista Isa Cacioni, grande amiga de Marie-France. Jornalista aposentada, para ser mais exata, porque, apesar dos esforços imponentes que ela também fazia para não revelar sua idade, apesar do exagero sedutor que ela aplicava, como um espelho de ilusões, entre si e seu interlocutor (*tenho cem anos em cada perna, o que vocês acham, cocche*), estava claro que Isa tinha uma idade, se não hiperbólica como ela brincava, de qualquer forma incompatível com o trabalho. Mas *você continua sendo jornalista para sempre*, repetia a todo momento, então seria impensável que ela se declarasse *ex*; pelo contrário, nutria por essas duas letras que colam o passado no passado uma antipatia que beirava o ódio. Não queria nem ouvir falar em ex, mesmo no sentido de ex-maridos ou ex-namorados; *o passado não se apaga*, afirmava; *você pode mudar de ideia, mas tudo permanece vivo*. Seus cinco maridos não tiveram essa sorte, mas isso era um detalhe. Viúva cinco vezes, Isa se referia a eles pelo número correspondente e pela profissão, apesar de estarem embaixo da terra já fazia algum tempo e portanto impossibilitados de exercerem qualquer profissão. *Meu primeiro marido, o engenheiro*, ela dizia, e assim por diante, passando pelo ator, pelo dono da casa noturna — *aquele canalha* —, o escritor que *secou* porque era incapaz de competir com ela; até o último, o bilionário, que a rigor não seria uma profissão, mas Isa Cacioni em poucos segundos sabia te convencer de que era muito mais do que isso: uma atitude, um estilo de vida. E além do mais ela não gostava de usar seus títulos com ele, nem de marquês nem de professor, porque foi pelo papel de bilionário que ela decidiu se casar com ele. Um movimento que, olhando em retrospectiva, se mostrou bastante acertado.

Sempre que os cinco apareciam — um de cada vez, é claro — em suas histórias, surgia por associação a lendária montanha de sabão, que às vezes também emergia no idioleto de Marie-France. Afinal, todos eles tinham sido tolos, e, mesmo que Isa não renegasse as uniões que haviam marcado as eras de sua idade adulta, ela agora podia reconhecer que se casara com cinco bobalhões. Era inevitável para uma mulher inteligente que não quer permanecer solteirona. *Um homem vale pelo outro, no fim das contas, e não sou eu que estou dizendo, foi Virginia Woolf quem disse primeiro*, suspirava. *Mas qualquer mulher sabe como isso é verdade*.

Isa Cacioni tinha um vasto arsenal de anedotas para disparar ao seu interlocutor; um monte de *faits divers*, como ela adorava chamar. Suas anedotas nos faziam supor que ela estivera em atividade nos mesmos anos em que nossas avós floresciam. Muito jovem — talvez se declarando ainda mais jovem em seus relatos do que realmente era, para embaralhar as cartas e evitar, assim como Marie-France, o cálculo de sua idade real —, ela esteve em Nova York para *se formar* na redação da *Harper's Bazaar*, *o jornal mais bonito do mundo*. Única italiana, ela morou no lendário Barbizon Hotel, o hotel onde era proibida a entrada de homens, para onde eram enviadas todas as moças sérias em busca de fortuna na cidade resplandecente de desvios e tentações. Conheceu Diana Vreeland, que, afirmava, a visitava sempre que ia à Itália. Isa escreveu por décadas no *Paese Sera* e em vários outros jornais, cobrindo assuntos variados, embora tivesse uma paixão natural por crimes: por causa disso, bastava um detalhe qualquer para compreender quem quer que fosse. *Quando se conhece o luxo e os crimes, minha querida, não há escapatória para quem quer manter um segredo!* Um detalhe também era suficiente para Isa te chamar de *minha querida*: provavelmente porque não se lembrava de seu nome, mas não queria perder a chance de soar afetuosa. Não precisava de muito para ela mostrar sua coleção de histórias. Uma delas envolvia Jacqueline Kennedy — *uma esnobe terrível, uhh!* —, a quem ela chamava de Kennedy e não de Onassis por causa de sua tese sobre a persistência do passado. Outra envolvia a cor rosa, que ela abominava pois, dizia, teve de escrever um artigo inteiro sobre isso para a *Bazaar* e desde então não podia mais suportá-la, *sou como um touro, vejo rosa e perco meu temper*! Tinha o hábito de inserir a cada duas frases um anglicismo, uma estratégia complicada para forçar os interlocutores a perguntarem sobre sua juventude nos Estados Unidos.

Inseparável de Isa Cacioni, e também assídua no uso de expressões idiomáticas que, assim como na boca de Marie-France, assumiam uma inflexão estrangeira (no caso dela, alemã) com resultados surreais, era Annelore. As três tinham se conhecido muito tempo atrás, em nada menos que uma aula de dança de salão, Giosuè me contou num dia em que estava disposto a confidências: *deve ter sido há pelo menos quinze anos, embora Marie-France nunca vá admitir isso*. A precisão de datas ia contra seus princípios mais profundos, mas mesmo imaginá-la em uma aula de dança de salão me parecia um pouco difícil. Entendi, no entanto, pelas palavras de Giosuè, que isso deve ter acontecido em um momento de sua vida em que se sentia um pouco perdida. De qualquer forma, ela não voltou mais às aulas: se estava ali só para conhecer alguma pessoa divertida, poucos minutos foram suficientes. No fim da aula, as três se encontraram brindando com um Crodino na lanchonete ao lado da sala, reclamando de dor nos pés e jurando que seria a primeira e última vez. E a partir daquele momento ela teve duas novas amigas, tão extravagantes como — eu descobriria com o tempo — qualquer um que pretendesse realmente interessá-la: Isa Cacioni, que estava entrevistando casais de dançarinos, e a amiga que a acompanhava porque ela não gostava de ir sozinha, Annelore. Chamada de Lorelei *em homenagem a uma balada de Goethe*, como adorava repetir, era ela que, diante de todos os nomes próprios, e sobrenomes também, tanto de homens quanto de mulheres, nunca deixava de usar o artigo definido, o que conferia uma nuança lombarda inexplicável ao seu jeito de falar.

Escritora, na juventude teve um momento precoce de fama, mas fazia vinte anos que *não realizava mais nada* e vivia dos royalties de seus primeiros romances. Como Isa, tinha uma aparência compacta, de mulherzinha obstinada. Mas enquanto Cacioni, uma diva excêntrica de quadrinhos, se adornava com enfeites, turbantes, óculos de sol grandes e brincos gigantescos de resina colorida, caftãs exóticos e sáris, sedas e veludos e quimonos, Lorelei envolvia sua figura igualmente densa em peças de linhas severas, limpas, essenciais. *Puro Claude Montana*, dizia Marie-France; e então com um suspiro, olhando para Isa: *Ela, por outro lado, é Westwood da cabeça aos pés*. E eu tinha de interpretar onde estava sua preferência. Demorei meses para entender isso.

Com seu imenso respeito pela moda, e pelo que a moda significava para cada uma de suas clientes e amigas — um ritual, um jargão, um sonho, um segredo que só podia ser revelado a olhos compreensivos como os seus —, cada interpretação do ato de se vestir lhe parecia potencialmente interessante, como é para uma verdadeira estudiosa. No entanto, ela não aprovava totalmente nenhum estilo além do seu próprio. Talvez fosse uma fraqueza dela ou um sinal de sua dedicação à busca que a levou a construir, peça por peça, como uma obra de arte, sua própria pessoa de loiro curvilíneo e resplandecente, idêntica a si mesma ao longo dos anos e das estações, sugerindo uma maturidade perene sem auroras nem crepúsculos. O único problema — e também o desafio que tornava a empreitada tão interessante — era uma sobreposição irreversível de papéis: ela era a artista, mas também a restauradora de sua própria obra exposta à erosão do tempo. Além disso, era a própria obra, o que lhe impunha um esforço constante de cuidado, vigilância, paciência e parcimônia com seus recursos, o que, penso eu, a teria enlouquecido se ela não pudesse também se ocupar de outras pessoas para aliviar a tensão.

Lorelei, com seu estilo asséptico, às vezes se permitia imprevisivelmente um lampejo, uma extravagância, um capricho: uma pena de avestruz no chapéu cloche, um broche de zircônias em forma de macaco com um casaco azul, uma estola de raposa branca estampada. *Você parece ainda mais solteirona*, dizia Isa, mas Lorelei não se importava; acendia outro cigarro. Ela fumava como uma chaminé: *Pessoas sem vícios me enojam*, dizia, e inalava seus quatro maços por dia.

Esses impulsos estilísticos enlouqueciam Marie--France. Eu não conseguia entender se por divertimento ou por irritação — talvez uma estranha mistura dos dois. Ela as amava, é claro que amava Isa também, mas, como em toda amizade a três, o equilíbrio oscilava em alianças mutáveis, e às vezes o elo mais fraco era Lorelei, às vezes a própria Marie-France. Nunca Isa, muito prepotente e muito sólida para renunciar ao seu papel de líder. Eu percebia por indícios sutis que minha chefe sofria um pouquinho com isso, e pensava que essas três mulheres que não eram mais jovens, que tinham visto de tudo, que tinham mudado de país, de homem, de profissão, que tinham trabalhado e vivido e sofrido, não eram tão diferentes das garotas.

Marie-France reclamava da nossa ignorância, mas dava para ver que ficava contente por ser ela a nos ensinar alguma coisa. E, para não nos fazer sentir tão defeituosas, estava disposta a reconhecer atenuantes generosas para nossa insipiência e a nos ajudar. Era verdade, ela dizia: a Via Veneto como ela a conhecera já não existia mais. Todos estavam mortos, ou moribundos, ou tinham muito dinheiro e já não sentiam mais aquele desejo de festejar à noite, quando se ia para a night e não para a discoteca como hoje em dia (*que palavra horrível, mas enfim!*). E nas mesas do Café de Paris, do Harry's Bar, de todas as lojas da rua, brilhavam os flashes dos fotógrafos, porque quem não era famoso podia se tornar no dia seguinte. E havia atrizes e atores de Hollywood cercados por enxames de garotas que queriam ser como eles, queriam ser eles. E depois strippers e roteiristas, jornalistas e escritores, todos misturados, todos curtindo sem pensar no trabalho do dia seguinte.

Agora é uma rua triste, entendo que vocês não consigam imaginar como era: tão bonita, com aqueles pequenos restaurantes, os donos com cara de bandidos e jeito de príncipes. Roma era divertida, era tão vibrante! Agora só sobraram os americanos, quem sabe até quando, mas nada mais acontece, tudo é um Carnaval... É tão feio envelhecer, ver seu mundo acabar. Um dia vocês também terão de ver isso, queridas. Mas é ainda pior para quem teve a sorte que eu tive, de ver Roma quando era a cidade mais bonita do mundo...

No branco e preto amarelando, as fotografias expostas atrás do balcão mostravam a primeira vitrine da loja, o toldo que continuou exatamente igual, a placa de neon naquela época brilhante, e uma multidão de gente se empurrando para entrar, já que a inauguração tinha sido uma festa que ninguém queria perder — *é assim que tem de ser uma festa*, ela me dizia sempre que passava pela foto, e suspirava. Ao lado dela, estavam penduradas mais duas fotos grandes da mesma noite. Em uma delas, Marie-France estava deslumbrante em um vestido coberto de brilho, uma taça de champanhe e um cigarro aceso, os olhos arregalados pelo flash. Na segunda, os olhos estavam baixos enquanto ela levava a taça aos lábios e um homem lhe falava bem de perto; sabíamos quem era, embora nunca fosse mencionado. Tinha sido amigo de Marie-France nos primeiros anos na Itália e fora ele quem insistira para que ela abrisse a loja.

De acordo com Marta, ele também tinha dado uma importante ajuda financeira, o que para ela foi tão crucial quanto o encorajamento dele e a decisão firme de não abandonar a esposa. De qualquer forma, ele morrera havia anos, não muito tempo depois da inauguração. *Morreu mal, ma biche*, ela me disse uma vez sem que eu fizesse perguntas — ela me pegou olhando para a fotografia. Fiquei surpresa com essa precisão: morreu *mal*, como se morrer já não fosse suficiente. Mesmo que eu a conhecesse pouco naquela época, já começava a perceber quão profundamente enraizado era em Marie-France o pensamento sobre a morte e como, por outro lado, esse tormento alimentava seu gosto pela moda, pela beleza e pelo glamour, um antídoto perfeito para a dor, o medo e a angústia de desaparecer, que a assombrava.

Muita gente acha que moda é algo frívolo, coisa para mulheres superficiais e arrivistas. Garanto que, se tivessem conhecido Marie-France, teriam mudado de ideia em um piscar de olhos. Para ela, era uma questão crucial, uma missão à qual dedicava toda a sua energia, cada pensamento, cada ansiedade. E Marie-France tinha muita energia, muitos pensamentos e muitas ansiedades. Tinha tudo em abundância.

Eu me convenci de que a data precisa — junho de 1966 — à qual ela atribuía, pelo menos segundo uma das versões da história, sua chegada à Itália fosse na verdade a data de um regresso. De onde ela estava voltando, eu não sabia; mas suspeitava que esse regresso tivesse alguma relação com o homem de bigode que alguns anos depois teria *morrido mal*, e com um bebê que ela esperava dele, mas que ele não queria. Mesmo assim, o bebê nasceu em Besançon, como ela, que voltou a viver com os pais por alguns meses. Voltou a ser a moça do interior que ela era antes das Irmãs Fontana, antes do cinema e das noites de verão na Via Veneto; uma moça do interior seduzida por um homem de bigode que não queria largar sua esposa legítima. Mas ela não resistiu por muito tempo, pegou suas armas, bagagens e bebê e o trouxe de volta à Itália muito pequeno, ou melhor, muito pequena, porque era uma menina.

Quando conheci Marie-France, sua filha devia ter, segundo meus cálculos, dezesseis ou dezessete anos. A jovem nunca aparecia. Estudava em um internato, me parece, onde recebia a melhor educação possível. Eu a imaginava radiante, uma criatura luminosa, tão bonita ou mais do que a mãe. Um dia, porém, enquanto eu vestia um manequim com uma saia de suede vermelho-laca da Gucci e uma blusa fina de seda rosa pálido, e Marie-France estava nos fundos, de mau humor, fazendo contas, Giosuè se aproximou de mim e me disse algo que eu realmente não esperava.

«Ela não tem paz por causa de Corinna.» Corinna era a filha. «Entre elas sempre foi assim, brigas, desentendimentos, discordâncias… E ela se sente culpada. Mas a verdade é que nunca a perdoou por ter nascido feia!»

E foi embora, como sempre fazia quando soltava uma daquelas *sementes da discórdia*, como dizia Marie-France; sacudindo as mãos no ar, resmungando baixinho, esperando que eu o seguisse para fazer mais perguntas. Fiquei perplexa — poderia a filha de Marie-France ser *feia*? Será que ela não a trazia à loja porque tinha vergonha dela?

5. Joséphine

Não existem mulheres feias, apenas mulheres preguiçosas, Marie-France dizia enquanto observava as clientes saírem da loja reanimadas pelas compras, pelos elogios e pelos sorrisos que ela distribuíra, transformando coxas com celulite, abundantes como roscas, em voluptuosas formas — ela adorava repetir — *amanteigadas*, seios pequenos em sinal de elegância sofisticada, cabelos sem brilho em platinados frios; citava não sei mais quem de seus ídolos, talvez Coco Chanel, talvez Flaubert, pouco importava. Adorava inserir em suas falas aquelas frases roubadas dos livros, misturando máximas e espirituosidades que distribuía como doces — tinha citações para qualquer ocasião, fazendo disso um traço de faceirice. Também por isso a frase de Giosuè sobre Corinna me deixara perplexa: será que a garota era realmente feia ou apenas preguiçosa? Talvez só precisasse crescer; talvez estivesse presa nas armadilhas estéticas da idade ingrata — pele oleosa, espinhas, um nariz que cresceu rápido demais em relação ao resto do rosto, pernas longas que ocupam três quartos da figura, deixando espaço apenas para um tronco atarracado. Tudo era possível, eu dizia a mim mesma. Mas, apesar da preferência um pouco venenosa de Giosuè por piadas lascivas e de sua mania de semear discórdias, fiquei incomodada com o tom áspero que ele usou. Como se aquilo o exasperasse — ele, que sempre tinha tanta paciência. Como se, por algum motivo, aquele assunto específico o fizesse perder o controle.

Seu incômodo poderia estar relacionado à história pregressa de Marie-France e aos acontecimentos que a levaram a abrir a loja, empregando-o nominalmente como vendedor, embora todos soubessem que na prática Giosuè era, para todos os efeitos, seu sócio. Depois do regresso de Marie-France à Itália, o amigo, ainda distante — mas não muito — do dia em que *morreria mal*, a acolheu de novo com profunda comoção por ela e pela menina minúscula, de poucos meses, com quem ela voltara. Mas compreensivelmente sem grande entusiasmo, pois já tinha três filhos de outra mulher que assinava com seu sobrenome, tendo se casado com todas as bênçãos em uma bela igreja havia mais de vinte anos (quando, dependendo da versão, Marie-France poderia ser uma menina de pernas longas ou um bebê um pouco maior do que Corinna era naquela época). No entanto, o amigo tinha muitos recursos e, entre esses recursos, dinheiro. Assim, conhecendo o interesse de Marie-France por moda, sua energia incansável, a confiança instintiva que transmitia e que o fazia se sentir tão bem quando a levava para sair e passavam longas noites nos bares da night, rindo e brincando com amigos solteiros que não diriam nada à sua esposa legítima, ele pôde se dar ao luxo de abrir uma boutique só para ela.

Com esse esquema, ela não teria motivos para dizer que ele não a ajudava; além disso, estaria ocupada, não teria tempo para ficar amuada ou chorar ao lado do telefone se ele não lhe desse notícias por alguns dias. Entre os amigos alegres que saíam com eles nas noites cálidas na Via Veneto, um deles, Mario Spizzichino, sempre lhe demonstrava uma simpatia que beirava a ternura. Acendia seu cigarro quando ela não encontrava o fósforo, deixava-a ganhar no bridge. Certa noite, quando percebeu que ela estava perturbada por estarem organizando uma sessão espírita, em moda na época, cavalheirescamente a acompanhou até o terraço e acendeu um cigarro Merit sob a luz da lua — de dentro do quarto, o amigo de Marie-France observava a cena e sentia o alívio de estar levemente com ciúme. Talvez, pensou consigo mesmo, tivesse encontrado uma solução para aquilo que com o tempo poderia se tornar um problema. Sempre fora um homem de sorte e sempre contou com ela — ele não sabia naquela época com quais palavras sua amante um dia comentaria sua morte. De qualquer forma, pensou que seria tolice impedir a aproximação dos dois; Spizzichino era um solitário inveterado, mas também estava começando a precisar de uma mulher, caramba! Não podia continuar encomendando almoço nos restaurantes, jogando cartas até tarde da noite, carregando aquele cansaço desalinhado de solteiro em cada canto de sua pessoa. E ela, ela precisava ter alguém por perto — poderia continuar vivendo em um flat, com um armário microscópico, a menina choramingando e aquela espécie de ama de leite que por enquanto vinha ajudá-la, mas até quando?

O amigo se afastou. Com certa astúcia libertina, deixou chegar ao ouvido de ambos algumas insinuações sutis, quase imperceptíveis, mas suficientes para provocar uma leve curiosidade, para lisonjear, para despertar a tentação da coqueteria. Fiquei sabendo dessas coisas muito tempo depois, não por Marie-France, mas por Giosuè, que era irmão de Mario, ou melhor, eram gêmeos. E se agora ele trabalhava conosco era por causa das manobras shakespearianas do amigo, que não conseguiu impulsionar os dois para além de um breve flerte pouco convincente, mas levou-os a fazer negócios juntos, isso sim.

Assim nasceu a boutique. *Joséphine*: como a esposa de Napoleão, sorria Marie-France. *Essa mulher... Ela sim sabia como segurar um homem*, acrescentava com um olhar vago; *se você visse as cartas que o baixinho escrevia para ela...* E suspirava, voltando ao que estava fazendo. *Ela nasceu para este trabalho*, dizia Giosuè, e, se Marie-France estivesse escutando, ele continuava, muito sério: *já que o papel de rainha não estava mais disponível*. Ela ria como se ri quando se sente que alguém está dizendo algo verdadeiro sobre nós: uma sensação boa, rara. Como se sentir amada, ou pelo menos vista. Não acontece todos os dias, e Marie-France sabia muito bem disso. Ela observava muito, observava todo mundo. Por medo de que ninguém a visse, tentava compensar, prevenir os imprevistos. Quem sabe Mario tenha sido seu último amor? Quem sabe se depois dele Marie-France tenha se sentido invisível, como insinuava às vezes, com frases aparentemente descuidadas — *oh, querida, quem vai prestar atenção em mim? Meu tempo passou, agora é melhor pensarmos em você, não quer ficar solteirona, não é?*

Sabe-se lá por quê, mas eu tinha a impressão de que era um fingimento. Que ela estava perfeitamente consciente de seu carisma e só tinha medo de reconhecer isso. Ou talvez de se machucar, como já acontecera no passado.

Há pessoas que cicatrizam com dificuldade.

Ela conseguiu abrir a boutique graças ao amigo, que entrou com a maior parte do dinheiro; mas decisivo foi o investimento de capital adicional feito por Spizzichino, que deve ter percebido sua vocação (não a real, a outra). Ele deve, enfim, tê-la entendido, mesmo que por pouco tempo. Depois, foi embora para a Argentina atrás de outros negócios, assunto de cavalos, e quem o viu, viu. De vez em quando mandava um telegrama quando voltava por alguns dias, convidando Marie-France para almoçar.

Giosuè, o gêmeo sem dinheiro, recém-saído de uma aventura como manager de um grupo musical, quando perdeu todo o dinheiro que tinha, acabou atrás do balcão. Diziam que ele gostava de homens, mas na verdade ninguém sabia nada sobre seus relacionamentos. Uma vez, Marie-France me confidenciou que na opinião dela era tudo uma encenação. A partir desse dia, comecei a vê-lo com outros olhos, porque de fato podia ser como ela dizia. Giosuè era um homem muito bonito, iluminado, elegante; tinha dois modos diferentes de se comportar e passava de um a outro com uma desenvoltura inquietante. De um lado, tinha a versão despeitosa da loja, cheia de trejeitos e suspiros, sementes de discórdia e risadas contidas, encenada para a diversão das clientes que o adoravam e que na frente dele se sentiam encorajadas a contar suas decepções e tristezas, a reclamar de supostos defeitos físicos muito mais lábeis do que os reais. Mas quando estávamos só nós, enquanto almoçávamos na mesa dobrável do quintal ou fazíamos o inventário, Giosuè mudava, adotava uma postura reconfortante, silenciosa, quase paternal, com ocasionais explosões de seu humor flamboyant, mas breves e imprevisíveis.

«Ele faz isso por nós», Marie-France me disse daquela vez, «e um pouco também porque ele fica entediado, sabe, com todas nós que temos uma cabeça assim.»

Às vezes, ele perdia a paciência e começava a gritar. Isso acontecia quando nossa tagarelice o distraía das incumbências mais delicadas: revisar as contas, um trabalho que ele fazia de má vontade só porque Marie-France, mesmo sendo um ás da matemática, de vez em quando se distraía e fazia confusões. *Isso vai acabar com a gente algemado*, resmungava antes de abrir os livros de contabilidade, sentado à mesa dos fundos, um pouco curvado porque era alto demais para aqueles móveis encantadores que em comparação a ele pareciam a mobília de uma casa de bonecas. Seus nervos ficavam à flor da pele mesmo quando alguma de nós o surpreendia envolvido em telefonemas intermináveis no aparelho cor de creme que praticamente só ele usava.

Certa ocasião, por engano — ou talvez por uma curiosidade que decidiu se disfarçar de engano —, peguei o outro telefone, ao lado do caixa, com a intenção de ligar não sei se para a lanchonete para pedir o almoço ou para alguma cliente que precisava retirar um vestido que voltara da costureira com as alterações solicitadas. Ouvi, do outro lado, uma voz masculina, profunda e levemente nasal, que lhe conferia um tom de lamento. Desliguei no mesmo instante.

Depois daqueles telefonemas, ou depois de uma horinha de concentração sobre os livros cobertos de números finos traçados por Marie-France com a caligrafia de uma estudante distraída, acontecia de Giosuè se irritar com a gente se nos ouvisse rindo ou simplesmente jogando conversa fora: *vocês são umas galinhas de quintal*, ele dizia. Então suas narinas se alargavam como as de um cavalo que fica agitado. Botava a cabeça para trás e começava a gritar: *E aí?! Dá para fazer um pouco de silêncio?*

Nesses momentos, ele não tinha nada de etéreo: sua voz se tornava grave e grosseira, então sabíamos que ele estava bravo de verdade. Ou melhor, que aquele seria o máximo de raiva que ele manifestaria em nossa presença.

Na verdade, mais do que ficar bravo, ele perdia o controle, porém isso sempre durava pouco. Às vezes eu me perguntava qual era o verdadeiro Giosuè: o paciente, que se revelava quando a porta estava abaixada? O fofoqueiro e efervescente que deliciava as clientes? Ou o iracundo que gritava por meio minuto, até que Marie-France desarmasse seu mau humor, sempre usando as mesmas palavras? *Pronto, chegou o chicote!*, ela dizia, e então ele se acalmava e, sem dizer mais nada, se tornava mais interessado, mais solícito do que antes, como se quisesse se redimir.

Mas nós já o tínhamos perdoado. Para ser sincera, ele não precisava se redimir de nada. *Esse homem é um santo*, Marie-France dizia quando ele passava por perto, e acompanhava essas palavras com um leve aperto no braço dele. *Às vezes eu me pergunto como ele consegue suportar a gente... Mas, claro, para nós também é um trabalho suportá-lo, não é?* E, com um toque carinhoso na bochecha mais próxima — às vezes era a minha —, ela sorria e se esquecia de toda a cena.

Na loja, eram três pessoas, até que Marie-France decidiu me contratar. Ou melhor, quatro, porque um senhor de origem filipina e de idade indefinível limpava a boutique todas as noites: *sem ele, ma biche, não duraríamos um dia*, me informou Marie-France, que tributava ao filipino, entre todos os seus funcionários, não apenas respeito, mas algo próximo a um temor reverencial. Uma vez ela me confessou que ficava aterrorizada com a possibilidade de ele *nos abandonar*. De ele encontrar um emprego melhor, um lugar mais vantajoso. De o levarem embora: quem, como, ou por quê não estava claro, mas sua angústia era sincera. Por isso, ela tentava ser a empregadora mais compreensiva, mais amável, mais doce possível.

Os negócios estavam indo muito bem: tão bem que ela sentia que era hora de expandir. Quem sabe o que a motivou a abrir uma linha de moda para garotas — até me perguntei se Corinna tinha algo a ver com isso. O fato de ser feinha, quero dizer, como falavam, seria um modo de compensar, de ajudá-la? De qualquer forma, quando ela nos anunciou a ideia de começar a vender uma linha para garotas, algo que na França já era feito havia vinte anos e que só na Itália parecia uma loucura — na Itália as adolescentes ainda eram arrumadas e vestidas pelas mães, mas isso não podia continuar assim… O mundo finalmente estava mudando, as garotas queriam ficar bonitas —, eu nunca tinha visto Corinna e, apesar das dúvidas, acreditava nas palavras de Giosuè.

Na loja, as incumbências que não exigiam habilidades empreendedoras ou diplomáticas eram divididas entre Marta e eu. Marta já trabalhava ali fazia dois anos; tinha a mesma idade que eu, éramos duas jovens de vinte anos imaturas e talvez por isso Marie-France tenha nos escolhido: para nos formar, para nos transformar. Mas Marta não era muito parecida comigo: loira, enquanto eu era morena, afirmava saber o que queria da vida — um homem que cuidasse dela, um casal de filhos, *pelo menos no primeiro casamento, né?* —, mas fazia de tudo para impedir que sua vida seguisse a direção que ela desejava em palavras. Na verdade, ela era muito menos imatura do que eu parecia ser. Desde os quinze, achavam que Marta tinha trinta anos; *finalmente estou me aproximando de minha idade aparente*, ela me dizia, mesmo que ainda faltasse bastante para isso. *E, quando eu chegar lá, pretendo ficar por um bom tempo*, e contava nos dedos: *pelo menos o suficiente para viver dois de meus três casamentos, o último será o definitivo*. Embora fosse pragmática e extremamente concreta, dia sim e outro também ela chegava ao trabalho com os olhos inchados de sono ou lágrimas, alternativa da qual dependia seu humor pelo resto do dia. Maquiava-se em um cantinho, para sair com as pálpebras pintadas de preto e os cabelos esticados em um altíssimo coque de bailarina, e, estoicamente, com um senso quase trágico de dever e necessidade de mostrar eficiência a todo custo, ela começava a trabalhar.

Nunca conheci alguém como ela. Marta não dava o braço a torcer por nada. Era capaz de despejar na sua cara, com uma expressão perfeitamente inocente, uma chuva de sarcasmos que teriam humilhado o mais experiente dos viventes.

Vai, me conte mais!, ela dizia quando uma conversa não a interessava, ou a incomodava, ou, pior ainda, a fazia perder tempo. Ela então se virava e ia embora enquanto você ainda estava falando, e te fazia se sentir um idiota, mas, por alguma razão, incapaz de ficar bravo com ela. Duas horas ou dois dias depois, ela deixava escapar um comentário no qual ficava claro que não só tinha ouvido a conversa que ela mesma não hesitara em interromper, mas que se lembrava de tudo, palavra por palavra. Por que ela havia ficado mal-humorada, continuava sendo um mistério.

Marta era brusca, hostil, mas a cada aniversário e dia santo chegava com um doce de morango. Os homens olhavam sua bunda e ela levantava o dedo do meio sem olhar para trás. Tinha visto isso em algum filme, me explicou, e gostara. *Ninguém pode retrucar*, dizia, *especialmente se você não olha para trás*. Por isso adorava mostrar o dedo do meio enquanto caminhava pela rua. Marta tinha o que chamava de traseiro oneroso, mesmo que estivesse sempre de dieta. Marie-France dizia que ela era lindíssima, e ela era, mas suas curvas a exasperavam. *Chegou nossa Vênus calipígia*, brincava Giosuè. E ela ria para não demonstrar que estava ofendida.

«Por que você se incomoda? É um elogio», ousei dizer um dia.

Ela deu de ombros. «Para mim, ninguém diz *belle chiappe*.»

«Mas ninguém te disse isso!»

«E o que você acha que *calipígia* quer dizer?»

Eu, para dizer a verdade, não sabia. Nunca tinha pensado sobre isso. Ela, por outro lado, perguntara a Isa Cacioni.

Isa um dia me explicou sua teoria sobre Marta: ela teve de crescer muito cedo, pois precisou aprender a se defender muito cedo. Dos homens que começaram a olhá-la quando ainda era criança; das mulheres que a recriminavam por sua desenvoltura precoce. Dos desgostos também; ela era órfã de mãe; Marta não me falou, e sim Marie-France, pois tinha sido amiga de sua mãe.

«Ah, se você soubesse, querida, esta garota tem duas irmãs mais novas, aos dezesseis anos teve de administrar tudo sozinha... É um milagre que tenha conseguido terminar a escola! Por anos, tentei ajudá-la, mas sem sucesso. Muito orgulhosa. Até que um belo dia ela me disse com todas as letras: *Marie-France, eu sei que você faz para o meu bem, mas eu gostaria que você parasse de ficar na minha cola*... Bom, na verdade, ela disse de uma forma um pouco mais colorida para eu ir embora... Enfim, a questão era que, em vez de supervisioná-la e tentar ajudá-la por caridade, eu deveria deixar que ela me mostrasse seu valor. E *voilà*! Suas irmãzinhas agora estão com o pai, que casou de novo com uma megera, mas uma megera... Se mudaram para a cidade dela, nos Abruzos, ou na região das Marche, não lembro. Marta nunca aceitou a situação, e eu entendo, *ma mie*, as irmãs são mais novas, e mais dóceis, mas ela logo me disse que não passaria nem uma tarde em casa com aquela bruxa... E então aqui estamos.»

Ela pretendia fazer de Marta sua herdeira. Marta tinha um bom olho para a moda e, sobretudo, para os negócios. Muitas vezes lidar com ela significava, alternadamente, durante o mesmo dia, estar na presença de uma bela garota, de um caubói solitário e de um homem de negócios implacável. Quando aparecia o caubói ou o homem de negócios, ela mudava de postura e parava na mesma hora de brincar. Pragmático e decidido, o homem de negócios resolvia qualquer confusão que eu criasse na loja, o que, no início, acontecia com certa frequência. O caubói, por outro lado, tinha no olhar um quê de melancolia romântica, e não se deixava desanimar por nenhuma dificuldade. E estava certo: além dessas peculiaridades notáveis, tinha a prerrogativa de sempre ter razão, ou pelo menos de te fazer acreditar nisso.

Entre dois males, sempre prefiro o que ainda não experimentei, ela dizia todas as manhãs quando dividia as tarefas do dia, mesmo que as incumbências de uma boutique não fossem suficientes para acalmar um espírito inquieto como o dela. Mais tarde descobri que seu livro de cabeceira era uma antiga biografia de Charlotte Brontë, que tinha sido de sua mãe, e ela a lia à noite antes de dormir, quando não saía para se divertir.

Discutíamos muito, e na maioria das vezes, por mais que eu resistisse, sabia que a culpa era minha: eu causava muita confusão, não tinha método nem altruísmo suficiente, ou sadismo, para me dedicar ao ofício. A ela, por outro lado, não faltava nem uma habilidade nem outra; não era maternal como Marie-France, mas era igualmente perspicaz e infalível em identificar os complexos e as fraquezas das clientes, dos quais sabia se aproveitar de um modo militar, o que fazia dela uma excelente vendedora, quando não estava me perseguindo e gritando comigo porque eu não lembrava onde havia colocado a caixa de cintos ou porque tinha dobrado ao contrário os lenços da Hermès, que estatisticamente eram o presente mais típico dos maridos às esposas traídas. Marta sabia disso muito bem: a maioria de seus relacionamentos, na verdade bastante dolorosos para ela (embora jamais admitisse isso), tinha como contraparte exatamente esse tipo de homem que cobria a esposa de lenços, e as amantes, como ela, enquanto estivessem no cargo, de lingeries caras e provocantes, algo que a lisonjeava e ao mesmo tempo a ofendia, lhe infligindo um agradável e ao mesmo tempo exaustivo sentimento de degradação, sobre o qual ela me falava durante as pausas no trabalho — porque nessas pausas éramos amigas.

Bastavam algumas horas na boutique para apagar de sua memória os vestígios das lágrimas da manhã. Do meio-dia em diante, ela tagarelava com alegre cinismo sobre como os homens servem para trocar lâmpadas, mas que ela havia aprendido a fazer isso sozinha. E me contava suas histórias enquanto vestíamos os manequins da vitrine exatamente como se vestiam as esposas dos homens que a presenteavam com lingeries provocantes. Uma vez, eu disse isso a ela. Estava segurando um busto com seios pontiagudos e quase triangulares que se projetavam para fora de um jeito ameaçador. Por um segundo, o corpo de celuloide do manequim nos assustou, como se realmente fosse uma daquelas mulheres que, sem conhecê-las, tínhamos machucado, ou melhor, às quais tínhamos permitido que os maridos machucassem, como se ela pudesse se vingar de nós.

6. O vestido pêssego

No mundo de Marie-France, nas anedotas que ela nos contava enquanto arrumávamos os cabides antes de abrir a loja, ou enquanto almoçávamos na mesinha do quintal com os pratos deliciosos que a rotisseria atrás da esquina nos entregava em pequenas bandejas de alumínio ao meio-dia e quarenta, exatamente dez minutos depois de abaixarmos a porta, a morte sempre estava à espreita. Era uma morte ruim, porque em seu mundo não apenas se morria, mas se morria sempre *mal*. Porém, nas histórias que nos contava — quando não estava vendendo, ou seja, quando não estava tentando convencer alguém a se transformar —, além da morte também pairava outra ameaça, uma espada de Dâmocles que pesava sobre todos, mas que atingia as mulheres de forma mais cruel: a idade, que trazia consigo o temido declínio à feiura.

Era uma lei inexorável, segundo ela. A cada mulher que mencionava, Marie-France indicava, com uma concisão impiedosa, em que ponto estava daquele longo caminho de decadência. Em geral, dizia: *sabe, vendo-a agora você não diria, mas a senhora de Tal, quando jovem, era lindíssima*, e começava a lembrar os sucessos que aquela beleza tinha conseguido resgatar — um marido bilionário, um admirador disposto a abandonar tudo para ficar com ela, uma breve carreira de atriz ou modelo. Mas infalivelmente ela acrescentava: *e depois ela se acabou*. Os motivos da ruína, que sempre eram espetaculares, irreversíveis, graves — uma queda e uma derrota, uma debacle —, podiam ser os mais diversos. Quase sempre tinham a ver com uma espécie de amargura pela vida que se manifestava à beira dos quarenta anos, como uma bruxa má que bate à porta de uma princesa desavisada e, sob um disfarce enganoso, talvez a elogiando, acaba por destrui-la. A desaventurada poderia ter perdido o homem que amava por doença, infarto ou traição; poderia ter tido um revés de sorte, um desgosto, um imprevisto. Às vezes, era simplesmente culpa de uma crise interior devido ao inevitável desgaste das vidas preguiçosas e perfeitas que, sem perceber, corriam em direção a um abismo invisível, um buraco negro: um filho que não queria saber de chegar ou um bebê que chegou sem ser desejado, com os quilos extras de uma gravidez inesperada. Acontecia de algumas dores agudas que exigiam amortecimento como antídoto, ou o excesso de noites sem dormir, de barbitúricos e lítio, de cigarros, ansiedades e chocolates, de vinhos e destilados secos, acabarem por rabiscar, sobre esses corpos já suavizados pela inatividade, um segundo corpo deformado, uma infeliz metamorfose do primeiro. Papadas e inchaços surgiam como flores de plantas carnívoras em colos outrora sinuosos; os joelhos afundavam, os seios caíam, os braços pendiam como asas de morcego. E nenhuma dessas transformações escapava aos olhos de Marie-France. Mas não pensem que em suas observações havia o espectro de alguma satisfação maligna. Não havia sequer compaixão, só um cansaço resignado. O subentendido de todas as suas histórias era que a perda da beleza é o destino de todas as mulheres bonitas. E ela também tinha sido bonita, e muito, como aquelas grandes fotografias atrás do caixa diziam para todos que entrassem na boutique, mesmo que Marie-France nunca questionasse sua própria beleza. Ela se exibia diante daquela versão esbelta e brilhante de si mesma, com as rugas dos anos indeterminados, com o engrossar da vida que um dia fora fina, e essa era sua maneira de desafiar sua relutância em aceitar a lei cruel que valia para todas. Com coragem, exibia as feridas que até mesmo ela, apesar do gosto requintado, apesar do estilo sofisticado e certeiro, havia adquirido nessa batalha desigual.

Eu me perguntava se ela já tinha se dado conta do quanto a beleza, em si, é algo inútil, mas acredito que Marie--France nunca tenha considerado esse aspecto da questão.

Duas ou três semanas depois da festa, ela por fim parou de insistir e de conspirar para que eu *desse uma chance* ao pobre Piergiorgio. Ele tinha me mandado buquês de rosas--vermelhas, uma escolha que a própria Marie-France deve ter achado impessoal, banal, pois, no final do dia em que o primeiro buquê chegou, vendo que nem o presente nem o bilhetinho tinham despertado meu entusiasmo, eu a peguei reciclando as flores presenteando a porteira, *para sua guarita, muito simpática*. Uma vez ela me passou uma ligação dele — me aproximei do telefone toda emocionada quando me disseram que era uma ligação para mim: de modo irracional, sem nem ousar formular um pensamento completo, achei que pudesse ser Andrea —, e lá fui eu tomar alguma coisa com Piergiorgio. Fiquei entediada a ponto de, para sobreviver às suas conversas sobre entalhes e a conservação do tufo, esvaziar uma garrafa inteira de champanhe. Ele falava, falava e eu continuava a me servir da bebida. Quando cheguei ao fundo da garrafa, ainda tive a pachorra de enfiar o gargalo no balde de gelo de cabeça para baixo. Fui dormir completamente bêbada; ele, por sorte, foi cavalheiro o suficiente, ou pouco interessado o suficiente, para evitar abordagens irreversíveis.

Deixou-me no corredor rindo porque a chave não entrava. No dia seguinte, apareci no trabalho com uma cara tão ruim que Marie-France me deu uma aspirina sem me perguntar nada. Tenho certeza de que foi difícil para ela conter a curiosidade: ela sabia que tínhamos saído juntos, eu sabia que ela estava morrendo de vontade de saber. No entanto, nenhuma palavra, e eu nunca mais toquei no nome de Piergiorgio. Acho que ela até me acobertou uma vez, dizendo ao telefone que eu tinha ido embora ou algo do tipo.

Os dias passavam e eu aprendia a ser uma boa vendedora. Ou pelo menos era o que eu achava, até o incidente com o vestido.

A sra. Sollima, esposa de um importante psiquiatra, era uma mulher alta, esguia, seca como um palito de fósforo, voltando frequentemente de alguma crise nervosa, como Marie-France revelava em voz baixa a cada vez que a senhora reaparecia. O curioso é que, nos períodos em que ela não vinha à loja, acontecia de atendermos seu marido, o professor, que passava para pegar pequenos presentes, um négligé, uma blusa de seda. Ele sabia com muita certeza quando pedia o tamanho: um 44, dizia, mas sabíamos muito bem que a senhora usava 40. O penteado com os cabelos tingidos em sextas-feiras alternadas pelo cabeleireiro estava tão fixado com laca, que todos os seus traços pareciam puxados para cima. Bronzeada em todas as estações, sua pessoa irradiava uma impressão de madeira seca e estaladiça. Tinha uma fixação por dietas, comprava shakes de fabricação americana por correspondência, que chamava de *meus frappés*, dos quais nunca deixava de enaltecer as maravilhosas propriedades emagrecedoras. *Você só precisa enfiar tudo no mixer, com meio litro de água da torneira*, explicava para

Marie-France, que lhe media saias às quais sempre precisava adicionar um alfinete na cintura. Marie-France ouvia, elogiava seu tamanho de adolescente, e, depois que a senhora saía, nos explicava que quinze anos atrás ela havia sido de uma beleza deslumbrante.

Depois se acabou, ma biche, e com um suspiro ia atualizar os registros em que anotava as vendas.

Certo dia, a senhora veio à loja com a filha, devia ser no início da primavera, o ar começava a ficar morno. A garota desaparecia em um casaco muito pesado.

«Está começando a temporada de festas... Festas de dezoito anos, já chegamos aí.» A mãe sorri descobrindo seus longos dentes vorazes.

«Cinzia, ande, tire esse casaco», e puxou levemente a manga, mas a garota se encolheu na lã cinza como se estivesse em um casulo de onde não queria sair. «É tão di-fí-cil!», dizia a mãe à Marie-France, que com extraordinária condescendência estava pronta para a litania de elogios obrigatórios a Cinzia. A mãe continuava imperturbável: «Cinzia, se mexa um pouco, agora Marie-France vai nos ajudar e você vai ver que vamos encontrar algo bonito para você também...».

Cinzia, sombria, fez desaparecer o queixo no colarinho do casaco.

«Esta garota não se importa nem um pouco com roupas nem com garotos, eu não a entendo!» A mãe continuava se dirigindo um pouco a nós, um pouco a Marie-France, como se a filha não estivesse presente.

«Nós com essa idade não pensávamos em outra coisa, não é? É tão estranha, esta minha filha... Tão evasiva! Ela poderia passar o dia inteiro no quarto, deitada na cama ouvindo aquela música terrível. Nem as persianas ela deixa abrir! Eu me esgoelo para dizer para a Conceição abrir, abrir tudo, arejar, mas esta aí volta da escola e fecha a janela, se tranca lá dentro e acabou, quem a viu, viu.»

Cinzia, em silêncio, com a cabeça enfiada entre os ombros, dava realmente a impressão de não estar presente no espaço que ocupava. «E aí ela fica toda desfigurada, o que fazer? Nós até a matriculamos para jogar tênis no clube quando ela era desse tamanho! Eu esperava que ela desenvolvesse um pouco os ombros, para equilibrar a imagem, sabe, para ter um pouco de harmonia, graça… Isso é importante em uma garota, não é? Em nossa época era…»

Marie-France, gentil, se aproximou de Cinzia e com delicadeza a empurrou em direção aos cabides em que acabávamos de expor a nova coleção primavera-verão de 1983.

«Você gosta de alguma coisa aqui?», perguntou com um tom tão doce que a garota teve de tirar a cabeça de seu casacão e olhá-la nos olhos. Parecia perdida; pensei que talvez, com uma mãe que discursava para um público invisível, não estivesse acostumada a ter alguém lhe fazendo uma pergunta com a intenção de ouvir sua resposta. Talvez nem Marie-France quisesse de fato ouvir as respostas de Cinzia, já que, essencialmente, estava tentando vender (ou melhor, vender à sua mãe) um vestido de festa. No entanto, quando se tratava de entender os desejos das clientes, ela era tão atenciosa e solícita que sabia fazer com que você se sentisse, apenas com um olhar, apenas pela maneira como balançava a cabeça, compreendida, acolhida, finalmente menos sozinha. E sua filha devia ter a idade de Cinzia Sollima, talvez um pouco menos.

Havia, entre as roupas que eu acabara de pendurar, um vestido tubinho de crepe de seda rosa-pêssego. Era muito simples, sem mangas, curto, um pouco acima do joelho. Cinzia estendeu uma mão e apontou para ele; parecia ainda mais perdida em seu enorme casaco, enquanto olhava para Marie-France esperando ser repreendida por aquela escolha.

«Mas um tubinho, com seus braços? Temos certeza? O que você acha, Marie-France?», intrometeu-se a mãe atrás delas.

«Mas claro, vamos experimentar; é um Valentino, por que não? Veste muito bem, vocês vão ver.»

Marie-France fez sinal para eu ir buscá-lo no estoque. E foi aí que cometi um grande erro. Afinal, eu não tinha (nem nunca teria, na verdade) o olho infalível de Marie-France, de Giosuè ou mesmo de Marta para adivinhar o tamanho de uma cliente sem precisar perguntar, pois não são perguntas que se fazem: quem está orgulhosa — como a sra. Sollima, por exemplo — declara seu tamanho sem precisar perguntar; nos outros casos, é melhor ficar em silêncio e adivinhar.

No estoque, estávamos fazendo o inventário dos acessórios que tinham chegado com a coleção nova; estava uma bagunça, como sempre acontecia quando recebíamos entregas importantes. Mas isso não era suficiente para justificar o que fiz. Eu tinha uma vaga ideia de onde estavam os vestidos — que também haviam chegado naquela manhã, ainda embalados nas *housses* em que a fábrica Empoli fazia as entregas. Comecei a abrir as embalagens de lona grossa, sabia que todos os tamanhos até o 50 deveriam estar ali, tínhamos clientes mais robustas que nem por isso abriam mão de um vestidinho rosa charmoso, confiantes de que as muitas joias diminuiriam o risco de que parecessem porquinhas. Abri a primeira capa, a segunda, a terceira — seria possível que só tivessem mandado tamanho 42? Não, não era possível, como Marie-France me mostraria mais tarde, me dando uma bela bronca; não era possível e, na verdade, se eu tivesse olhado bem as etiquetas, ou mesmo observado melhor as medidas daqueles malditos tubinhos, eu teria encontrado facilmente o tamanho certo. Em vez disso, na confusão, eu só via 42; peguei um deles e corri para lá, Marie-France já tinha aparecido duas vezes, como fazia quando estávamos demorando, com uma cara que nos obrigava a fazer alguma coisa.

Cheguei correndo com o vestido, a garota já estava no provador. A mãe estava de pé na porta, uma mão na cortina, pronta para afastá-la e controlar o andamento da operação, apesar de Marie-France tentar distraí-la.

Abrindo caminho com toda a minha falta de jeito entre a senhora e a parede, consegui passar o cabide à Cinzia através da pequena abertura da cortina.

O rádio estava ligado tocando "99 Luftballons", uma música que Marie-France não suportava, mas que Giosuè adorava — provavelmente tinha sido ele que tinha escolhido de novo a estação de rádio, o que a deixava furiosa. Ele, porém, sempre fazia isso escondido, como se nada estivesse acontecendo. Tinha a habilidade peculiar de passar despercebido; quando não queria ser notado, é claro. Porém, quando queria, ele sabia chamar a atenção, como no dia em que a rotisseria mandou de almoço uma bandeja de ovos cozidos com maionese. Marie-France estava em êxtase diante da especialidade francesa. «Eu comia isso quando era criança, em casa! E quando me levavam a Paris, na casa de meus avós, íamos almoçar em uma brasserie cuja especialidade eram... *œufs mayonnaise*! Uma amiga de minha avó adorava tanto, que tiveram de fazer o dono prometer que não venderiam mais do que três para ela por semana, vocês sabem, por causa do colesterol...» Ela não percebeu o olhar de Giosuè, que ficou sério. Ele pegou a bandeja e saiu pela porta.

«Mas o que você está fazendo?», perguntou Marta. Ela adorava ovos.

«Vou levar tudo de volta, essas coisas não são para ser comidas. Eu não como e não vou tolerar que vocês comam na minha frente. Não hoje.»

Ele desapareceu pela porta, como se estivesse transportando algo perigoso, um explosivo prestes a explodir a qualquer momento.

«Não se preocupe, querida», sussurrou Marie-France para mim. Ela deve ter percebido minha confusão. O que aqueles pobres ovos cozidos tinham feito de mal? «A culpa é minha», explicou Marie-France. «Não me toquei, ontem vi que eles faziam esses ovos e encomendei para hoje, porque estava pensando na minha infância, naquela brasserie... Mas veja só, eu deveria ter pensado nele. É por causa da religião, sabe, querida. Eles comem ovos, lentilhas, enfim, comidas redondas, quando alguém morre. E ele... Bom, ele é um pouco supersticioso. Sempre jogou, cartas, cavalos... Claro, sua religião proibiria isso também, mas é uma exceção à regra... Cada um de nós tem suas fraquezas, não é? E, para quem joga, é normal ter algumas superstições. Essa fixação por ovos é algo dele... E eu, estúpida, não pensei nisso. Ele acredita que comer ovos fora dos dias de desgraça as atrai... Mas Giosuè é um homem inteligente, sabe, *ma biche*? Não pense que ele perdeu a cabeça. São só algumas manias. Todo mundo tem, não é?»

Fiquei me perguntando se ela também acreditava naquele capricho de Giosuè. Talvez não acreditasse, mas na dúvida escolheu seguir o caminho mais prudente. *Quando alguém já sofreu muito, se descobre a prudência para evitar que se sofra de novo*, ela me disse uma vez.

De qualquer forma, a partir daquele dia, ninguém mais na rotisserie ousou mandar ovos cozidos, lentilhas, ervilhas; e, por excesso de zelo, nem muçarelas redondas. Só mandavam as trançadas.

Enfim, quando queria, ele sabia impor sua vontade. Contudo, quando não tinha a intenção de se fazer notar, Giosuè era discreto, silencioso, felino.

Por outro lado, se dependesse de nossa chefe, só escutaríamos Barbara, especialmente o single de 45 rotações, «Dis, quand reviendras-tu?», que lhe despertava um langor incontido. Eu já imaginava uma bela bronca assim que as clientes saíssem: Marie-France, quando se irritava com Giosuè, geralmente descontava em nós. Seus acessos de raiva eram tempestades leves, não deixavam vestígios além de um humor terno, submisso que se seguia. Com uma timidez que só demonstrava nesses momentos, ela tentava se redimir.

Enquanto isso, a música escolhida por Giosuè, mesmo que o volume do rádio estivesse sempre muito baixo (sobre isso Marie-France era inflexível, *estamos em uma boutique, não no mercado*), enchia a loja.

E por isso não percebi o que estava acontecendo.

Então ouvi soluços em cima das notas da música. Eram pequenos soluços sincopados, rasgos minúsculos na respiração. Primeiro esparsos, depois cada vez mais frequentes, até que alguém, Marie-France, ou talvez até mesmo Giosuè, desligou o rádio e por um breve momento houve silêncio. Então a voz da mãe se sobressaiu, soprada em um sussurro raivoso, e os soluços recomeçaram.

«Mas não é possível! Olhe que horror, que horror», ofegava entre os dentes. «Tente pelo menos segurar essa barriga! Respire fundo e segure essa barriga!»

Eu me aproximei do provador. A garota, em pé, encoberta pelo vestido: estava tão apertado que o zíper das costas não subia e a mãe, lutando contra ele, tentava levantá-lo um pouco por vez, enquanto o corpo da filha, a cada centímetro que o zíper conquistava, ficava ainda mais comprimido dentro do tecido, já bastante tenso, do tubinho cor de pêssego. Nas costas, eu via dois pedaços de pele se unirem, brancos e macios, sob a mordida do metal; os dentes do zíper pareciam prestes a morder as dobras da carne, a cada avanço a garota dava um soluço, e eu não sabia se ela estava chorando ou se era a pressão que interrompia sua respiração no peito. Estava com um braço apoiado na parede, um braço redondo e liso, coberto por uma penugem dourada, leve, como a de um animal jovem e saudável, um braço que me pareceu comovente porque trazia um bracelete rígido de ouro amarelo no punho, que deve ter sido presente de crisma, e tinha uma aparência tão inocente e sedutora por causa de seu gesto — um gesto de heroína trágica, pálida e macia, em algum quadro do século XVIII, uma Semíramis, uma Europa, uma Lucrécia. Ela havia apoiado a testa no punho e o bracelete pressionava sua têmpora, o rosto escondido para não ser vista por nós, pensei, ou mais provavelmente para não ver os olhos da mãe no espelho, as mãos da mãe que, com tanta obstinação, tentavam enfiá-la dentro do vestido estúpido, que, em minha imensa inexperiência, pensei que ela pudesse experimentar com facilidade, como se vestisse uma luva.

Eu deveria ter intervindo naquele momento, mas estava petrificada pela cena; até Marie-France parou atrás de mim, eu sentia sua respiração, mas ela nem suspirou esperando que — centímetro por centímetro, soluço por soluço — o zíper chegasse até o fim. Faltava menos de um palmo, mas o vestido simplesmente se recusava a fechar. A garota permanecia imóvel, com a cabeça apoiada no punho — pensei que o bracelete iria deixar uma marca em sua testa —, e soluçava baixo, como um passarinho. A mãe vermelha, as mãos com as veias saltadas no dorso esquelético, a ponta do polegar completamente branca sob a unha escarlate; por um instante, me pareceu uma garra ensanguentada.

Ela continuava puxando, até que ouvi a voz de Marie--France: «Posso ajudar?», e naquele exato momento a mão com as veias inchadas deu um puxão brutal; houve um rápido *plop!*, como um dedinho sendo enfiado em um frasco de vidro vazio e retirado logo em seguida. A garota tinha sido engolida pelo vestido, pelo tecido que parecia prestes a explodir — *plop!* —, e a aba do zíper, coberta de seda combinando com o vestido, ficou na mão da mãe, que a balançava entre as unhas esmaltadas. *Droga*, ela disse com raiva, enquanto a garota ensacada, com um movimento rígido, virou-se lentamente para olhar para nós e sua mãe. Seus olhos tinham lágrimas que não caíam, como se também estivessem presas. O vestido esmagava-lhe os peitos e o quadril, transformando as curvas de seu corpo em um único inchaço extraordinariamente duro, como um balão que, se perfurado por um alfinete, liberaria uma fina trilha de hélio para se projetar em direção ao teto, por fim vazio, livre e flutuante. Mas a garota no vestido não murchava, apesar de, na falta de um alfinete, a mãe cutucar sem parar com a unha pontiaguda do indicador as pequenas protuberâncias de carne que começavam a emergir da superfície esticada do vestido.

«Como é possível, eu te mantenho em uma dieta rigorosa! Você se empanturrou de novo, não foi? Você andou comendo escondido! E aquela idiota da Conceição, que deveria ficar de olho em você, mas, ao invés disso — ah, mas agora sim! agora tenho as provas! —, passa as tardes no telefone com aqueles selvagens de seus filhos em Manila, fazendo interurbano ainda por cima!»

Ela se virou para Marie-France, como se estivesse falando do tempo: «E além disso, tudo bem, tudo bem crescer, mas e essas ancas? De quem ela puxou isso? Nós todas temos medidas perfeitas, minha mãe, minha irmã, minha tia até teve um passado como modelo! Isso é coisa da família de meu marido… São camponeses, cheios de problemas! Minha sogra teve cinco filhos, com uma pélvis desse tamanho, veja… Olhe aqui!»

E com as unhas vermelho Dior 999 beliscava as coxas da garota, que nesse meio-tempo tinha parado de soluçar e, a julgar pela compressão que o estúpido vestido lhe fazia no peito, até de respirar. Na verdade, observando bem, ela respirava, devagar, muito devagar, como um animal que não quer ser notado pelo predador que já o tem sob sua mira. E, no ritmo daquela respiração imperceptível, se não chorava, lacrimejava; sua boca tremia e lágrimas grandes, pesadas, sadias como seus pobres seios esmagados no vestido, finalmente rolavam por suas bochechas, sujando o crepe de seda rosa-pêssego com grandes manchas escuras em forma de estrela, tão pesadas eram suas lágrimas e tão forte e rápido era o impacto delas no tecido.

7. Uma linha para adolescentes

Não fazia nem duas semanas desde o dia que tive de correr até a tinturaria para remover as manchas do crepe pêssego daquele pobre Valentino, resultado das lágrimas de Cinzia Sollima, depois de Marie-France ter me dado uma bronca monumental pelo erro imperdoável — uma bronca que terminou com um frio *acho que você aprendeu a lição* e um tapinha na bochecha, da qual meu sangue parecia ter fugido de tanta vergonha. Como eu ia dizendo, não fazia nem duas semanas e Marie-France chegou à loja radiante e persuasiva, como sempre acontecia quando tinha uma ideia nova.

Reuniu todos à sua volta. Giosuè ainda estava ajustando o nó da gravata diante do espelho Unghia di Bonetto, que, graças a um golpe de persuasão do qual ele muito se orgulhava, tinha convencido Marie-France a deixá-lo com a moldura vermelha. Marta regava as plantas, eu tentava arrumar meu coque, mas ela nos obrigou a interromper o que estávamos fazendo e nos fez sentar na sala, que na verdade era um sofá redondo, de couro branco, acolchoado e firme, com um buraco no meio, como uma bala Polo — só que nesse buraco crescia, exuberante e firme, uma das plantas fícus elástica que eram o orgulho da boutique. Marta, ao molhá-la, tinha deixado cair uma fileira de pequenas gotas d'água no couro imaculado, uma infração que normalmente lhe custaria, se não um sermão, pelo menos uma daquelas repreensões silenciosas tão comuns que já estavam subentendidas, quando Marie-France se limitava a levantar uma sobrancelha ou a franzir o lábio superior. Eu a observava, esperando que ela reagisse, mas ela não fez nada. Estava tão animada com a ideia que queria nos comunicar que não percebeu nada; ou quem sabe, pelo menos por uma vez, estivesse dando a devida importância a um ato de distração que, em outras circunstâncias, a teria irritado. Como todas as negligências que, segundo seu ponto de vista, aceleravam o declínio dos objetos, dos couros, das silhuetas e das pessoas.

«A partir de agora, teremos uma linha só para garotas», nos disse com um sorriso que eu nunca tinha visto. Estava radiante de tão feliz; ninguém ousou se opor. Ela nos contou que tinha falado com um dos fornecedores, um francês de idade indefinível devido ao seu hábito de usar uma base muito escura na pele. Frédéric lhe dissera que apenas a Itália estava tão atrasada a ponto de não ter boutiques para adolescentes; que apenas um país atrasado poderia imaginar as meninas fazendo compras com as mães ainda, a custo de traumas indeléveis — porque as mães, como se sabe, não veem nas filhas nada além do que poderiam ver se se encontrassem diante de si mesmas na sala dos espelhos deformantes de um parque de diversões.

A comparação me impressionou por sua exatidão bizarra, a ponto de eu ter me perguntado depois se era uma frase de Frédéric (que, no entanto, não dava a impressão de conhecer nem os parques de diversões nem os sentimentos de revanche, competição e desprezo entre uma mãe obcecada pela beleza e uma filha que estava se tornando uma mulher, como a sra. Sollima nos havia demonstrado) ou se não teria sido a própria Marie-France quem criara a metáfora, nos contando, pela primeira vez, algo sobre si mesma e sobre Corinna, a filha feinha da qual, a julgar pelo que parecia, ela se envergonhava. De qualquer forma, ela continuou, na França, as boutiques para garotas eram uma galinha dos ovos de ouro — disse exatamente assim: *uma galinha dos ovos de ouro* — pelo menos desde o final dos anos 1960. As garotas decidiam sozinhas o que vestir, o que experimentar, o que comprar. No sábado à tarde, chegavam em enxames, tagarelando como gansos alegres, e gastavam a mesada em um piscar de olhos, incentivadas pela insistência das colegas. Não havia mães para repreendê-las, orientá-las, constrangê--las, puni-las ou expô-las; elas mesmas escolhiam com quem se parecer. Definiam diante do espelho quem queriam ser, quem deveria invejá-las e quem desejavam invejar.

Ela nos contou sobre Sheila, uma cantora de quem eu nunca tinha ouvido falar, mas que na França era mais famosa que Patty Pravo por aqui: tinha fundado um império abrindo uma série de boutiques para garotas e lançando uma linha de bonecas vestidas com as roupas originais de suas coleções. As adolescentes estavam enlouquecidas. Borrifavam Anaïs Anaïs nos pulsos e atrás das orelhas, como tinham visto suas mães fazerem, e ao mesmo tempo sonhavam em se parecer com as bonecas com as quais já haviam parado de brincar.

É a idade intermediária, queridos, funciona assim, Marie-France suspirou, e sem perder o ânimo, voltando a ser a mulher de negócios que era, começou a nos explicar como mexeríamos nas araras, cabides e manequins, e como dividiríamos o sofá em forma de anel na sala — onde geralmente se acomodavam maridos entediados, assentindo às metamorfoses de suas esposas, que, como cisnes, estendiam o pescoço para fora da cortina dos provadores — em duas metades semicirculares. Uma delas seria refeita em rosa-choque, a cor que as garotas adoram, ou talvez até revestida com chintz com um padrão de balas ou flores, para isso deveríamos contatar Naj-Oleari, que também nos forneceria tiaras, pochetes e blusas. Ela nos falou sobre como dividiríamos a área dos provadores, para que as garotas pudessem se sentir protegidas dos olhares e pudessem brincar de serem senhoras pela primeira, ou quem sabe última, vez, experimentando o que achassem que as faria sentir como sonhavam.

Estava a caminho um grande pedido da Cacharel — ela já tinha falado com o representante —, que havia décadas vestia justamente as garotas francesas, pelas quais as colegas de nossas futuras clientes nutriam formidáveis paixões secretas só por tê-las visto, nas tardes de final de verão, em algum filme que suas mães, primas e irmãs adoravam: garotas morenas de franja e com maiô, uma elegância despreocupada impossível de imitar. Mas quando se é criança, e ainda mais quando se acabou de deixar a infância, imitar parece ser o único modo de estar no mundo.

Nossas aspirantes à Sophie Marceau chegarão às pencas, disse Marie-France, no sábado à tarde. Vamos revolucionar seus hábitos, dar um presente a todas as pobres meninas de catorze anos que víamos chegar com a falta de jeito das adolescentes na presença de adultos — desajeitadas como potras, cabelos crespos, ombros curvados para esconder os seios, escoliose por causa da escrivaninha ou da tristeza de apartamentos pesados com pratas, molduras e sofás, penumbras e empregadas com avental e touquinha. Misteriosamente elas se livravam dessa falta de jeito quando estavam entre elas, talvez pelo instinto de competição, mas decerto pela ansiedade de se reconhecerem.

«Aquelas pobres patas», disse Marie-France com afeto; para ela, qualquer comparação zoológica era na verdade um elogio, pois considerava os animais incapazes das duplicidades e mesquinharias dos seres humanos que a haviam decepcionado e que continuariam a decepcionar — ela ainda não imaginava quanto. «Aquelas pobres patas realmente precisam de alguém que esteja ao lado delas, não é?»

E nos olhou triunfante: a nós só cabia concordar que era uma ótima ideia, que faríamos fortuna e que, de vez em quando, é bom se reinventar.

Infelizmente, Marie-France estava enganada acerca da bondade natural de suas patas queridas. Mas, mesmo que alguém tivesse tentado avisá-la, ela não teria escutado. E, de todo modo, ninguém se atreveu a nos avisar, então era provavelmente nosso destino que acabássemos descobrindo desse jeito.

Poucos dias depois, as coisas já estavam mudadas. Já havia uma equipe inteira de decoradores armados com fitas métricas, medidor de nível, amostras volumosas de tecidos para sofás e carpetes, e até plantas para interior. A loja foi revolucionada em um piscar de olhos; e tudo o que consegui fazer foi me perguntar se talvez a ansiedade de abrir a boutique para as adolescentes não teria a ver com o horror de Marie-France com as bolsas que começavam a se formar sob seus olhos.

«Precisamos de uma festa, meus queridos», ela nos disse na noite em que os decoradores foram embora. Estávamos na soleira da porta, em pé, ela entre Marta e eu, e, enquanto falava, mantinha uma mão na nuca de cada uma de nós, como se fôssemos dois gatinhos. Assistíamos à transformação. Giosuè sorria diante da vitrine, acendeu um cigarro com seu isqueiro de ouro.

«Muito bem, pequena», disse, soprando a fumaça para fora, e se aproximou de Marie-France, fazendo um carinho em sua bochecha. Nunca os tinha visto tão orgulhosos um do outro. E talvez tão felizes como nunca mais seríamos.

Uma festa organizada por Marie-France, para mim, queria dizer só uma coisa, e era algo que por instinto eu me impedia de pensar e dizer em voz alta. Significava que provavelmente eu encontraria Andrea de novo. Dessa vez, Marie-France decidiu que seria interessante fazer a festa na loja: *como uma inauguração, queridos! Une crémaillère,* uma festa de abertura. Algo um pouco oficial e um pouco informal, para inaugurar a seção dedicada a garotas. Com uma fita para cortar e tudo mais.

Ela preparou tudo em grande estilo. Naquela edição da *Oggi* que ainda guardo, a fotografia era prova disso. Outros jornais também dedicaram espaço ao evento. No *Messaggero*, saiu uma matéria do próprio Andrea sobre a «magnífica iniciativa que deixava a moda da capital em sintonia com o que acontece no restante da Europa».

Dessa vez, eu me arrumei com um cuidado obsessivo. Tanto que Marie-France, ao me ver chegar, por um breve instante franziu as sobrancelhas. Depois prevaleceu a satisfação de ver o patinho feio que ela estava ensinando se transformar em cisne. Ela me abraçou. «Você está deslumbrante, *ma biche*. Vamos beber alguma coisa, temos que brindar!»

A festa foi um sucesso. Ela reluzia, no loiro dos cabelos, no sorriso. Estava feliz, e quem sabe se ela sabia disso. Fiquei ansiosamente borbulhando durante toda a primeira parte da noite. Não só ouvia os gritos que vinham da entrada a cada novo convidado que chegava, como parava qualquer coisa que eu estivesse fazendo para levantar a cabeça e endireitar as orelhas. O tempo passava, quinze minutos de cada vez. Tentava não olhar muito para o relógio. A porta se abria de vez em quando, mas nunca era Andrea.

Eu não tinha me dado conta, até aquela noite, do quanto eu queria vê-lo de novo — e por que afinal?

«Você está esperando alguém?», Marta fumava com volúpia. Seu instinto de predadora a alertara de que eu estava à espera. Talvez porque eu não tirasse os olhos da porta.

«Olhe, a primeira regra é *nunca esperar por ninguém*. No máximo, faça-os esperar por você! Eu preciso te explicar tudo? Esse seu sistema é o melhor jeito para se ferrar sempre. O amor é um jogo de poder, você não sabe? Exceto o sexo, que é um jogo de outra coisa que agora não me lembro mais. Mas não importa! Aquele fulano também disse isso, Oscar Wilde, acho…»

Marta tinha razão. Andrea não veio e eu fiquei chateada, como se fosse um insulto a mim. Ela me levou embora no meio da noite. «Vamos, te dou uma carona! Você está com cara de enterro…»

A festa tinha sido boa, e eu deveria ter aproveitado mais, pois foi a última festa bem-sucedida da gloriosa carreira de Marie-France.

Mas é impossível se forçar a ser feliz, impossível se forçar a não esperar com o coração palpitante algo que você não sabia que desejava tanto até que a decepção te faça perceber isso. Não é?

Entramos no carro e baixei o vidro da janela. Marta ligou o rádio e o carro se encheu com «Total Eclipse of the Heart», que ela cantava com toda a força. Era desafinada como uma campainha, mas sua voz era bonita, uma voz forte, cheia. Parecida com ela. Fizemos a conversão e, exatamente naquele instante, enquanto passávamos pela avenida e Marta cantava e dirigia com todo o entusiasmo possível, eu o vi entrar na loja iluminada e ainda cheia de gente embriagada. Marie-France havia preparado tudo em grande estilo, os moradores do prédio vizinho não deviam estar animados. Andrea me olhou e, em tom de brincadeira, levou a mão ao chapéu que não usava. Sorriu para mim, mas já estávamos longe.

8. As garotas

As garotas realmente começaram a chegar, em bandos, conversando, rangendo, se acotovelando, mastigando chiclete Brooklyn de limão. Eu logo me acostumei com o novo layout: a sala tinha sido dividida e uma parte do sofá, como Marie-France havia imaginado em seu entusiasmo inicial, estava revestida por um chintz amarelo-claro da Naj-Oleari, no qual saltitava uma infinidade de pequenas rãs verdes que, de alguma forma, lembravam justamente nossas hordas de meninas. Elas pulavam por toda a boutique à tarde, enquanto as mães, no clube jogando tênis ou fazendo massagem ou tratamentos com lama ou qualquer outro procedimento para aliviar o tédio, tranquilamente se convenciam de que suas filhas estavam estudando com as amigas. E, de certa forma, elas estavam mesmo.

As manhãs continuavam idênticas: vinham as senhoras e, às vezes, seus maridos, nem sempre para fazer compras para as esposas legítimas, e nós continuávamos, como sempre, sorrindo com a indulgência que os levava a se servirem exatamente de nós, naquele pedacinho de Paris aos pés da Villa Glori. Mas à tarde, as visitas dos adultos diminuíam. Agora eram as rãs, como Marie-France as chamava, em uma carinhosa brincadeira sobre a inquietação elástica e os sorrisos excessivamente largos, ou as ninfetas, como Giosuè as chamava enquanto se divertia ao se mostrar excessivamente galante, fazendo aumentar risadinhas, cotoveladas e gorjeios entre as criaturas bizarras que brincavam de ser meninas e, logo em seguida, de ser mulheres. Marie-France dizia que não havia problema se à tarde a loja fosse totalmente delas: gastavam sua farta mesada com apaixonada dedicação. Queriam desesperadamente se diferenciar e, ao mesmo tempo, se confundir com as colegas, o que ampliava o poder de compra delas e o nosso poder de fazer negócios.

Encomendamos manequins sob medida, pois as novas clientes não se assemelhavam em nada àqueles que tínhamos na vitrine. Pareciam pertencer a outra espécie, com pernas muito longas e pequenos seios imaturos que mal começavam a aparecer, com aparelhos nos dentes que se mostravam em sorrisos metálicos. A pele do corpo das garotas era tão diferente da das clientes maduras que elas pareciam salamandras ao lado de velhas tartarugas terrestres: tinham uma pele âmbar, fina, firme, luminosa. Um esplendor secreto pressionava para sair de dentro delas, sob a penugem finíssima e clara de seus braços, das costas e das pernas. Nossas clientes, mesmo as mais cuidadas, começaram a parecer para mim como talvez sempre tivessem sido, mas eu — cega pela busca pelo tamanho certo, por zíperes e botões automáticos — nunca as vira assim: enrugadas, murchas, flácidas, sem viço, patéticas. Não conseguia não ver rugas, hematomas, estrias, varizes, pintas peludas, descamações. De repente, eram senis, inúteis, tristes, diante de adolescentes, talvez desajeitadas, talvez inseguras, saltitantes, com pele engordurada e cabelos oleosos, mas joviais, intactas e radiantes no envoltório de corpos que explodiam de frenesi e saúde, no entusiasmo da metamorfose: pupas prontas para se desfazerem do casulo. Era abissal a diferença entre elas e as belas senhoras, tão bem-cuidadas, mas que agora me aterrorizavam. E não era preciso consultar um psicanalista para entender que o que me assustava não eram elas, mas meus vinte e sete anos, que em breve seriam trinta, depois trinta e cinco, quarenta e, enfim, os anos daquelas megeras inutilmente em guerra contra a implacável lei do tempo. Eu estava angustiada com a ideia de ficar deformada pois ainda não tinha encontrado minha forma, meu lugar no mundo, e ainda não me conformara com a ideia que apenas a maturidade real me forçaria a aceitar: que um lugar no mundo não existe para criaturas como eu, destinadas à inquietude, a um vagar perene ou a uma imobilidade ansiosa, como a que eu escolheria em seguida.

Contudo, as coisas sempre parecem mais assustadoras vistas de longe: aos vinte e sete anos, minha velhice estava muito distante. Por isso me aterrorizava.

Eu tinha vinte e sete anos e, supunha-se, minha descida ladeira abaixo ainda não havia começado. Minha pele ainda era lisa, compacta, com exceção de algumas estrias nos quadris e uma longa cicatriz na barriga da época em que, na idade de nossas ninfetas, tive a ideia de pular um portão de ferro para roubar figos — na verdade, era para impressionar um rapaz que acabou indo embora com minha amiga Viola, enquanto eu ficava dependurada entre as lâminas do portão. Eles saíram correndo para pedir ajuda juntos e depois daquele dia, por quase duas semanas, se tornaram inseparáveis e eu sofri horrores. Depois aconteceu alguma coisa que os separou, mas, naquele ponto — quão longas podem ser duas semanas quando se tem treze anos? —, eu não me importava mais com os figos, com o rapaz cujo nome esqueci, e com o quanto eu havia desejado, suspensa no portão, que ele ficasse comigo, me consolasse e me admirasse por minha coragem. Por sorte, chamaram a ambulância, que me levou ao hospital e me suturou. E assim, paralelo ao curto corte do umbigo, desde então me restou uma cicatriz mais longa, costurada de qualquer jeito, uma leve calosidade que dava para sentir com os dedos. Mas agora eu tinha vinte e sete anos e o tempo da metamorfose — aquela para melhor — havia acabado. Eu dizia a mim mesma que não tinha mais muitas chances de me transformar em uma borboleta, se isso não havia acontecido até agora.

Só Marie-France discordava. *É meu trabalho, ma biche*, dizia quando, nos fundos da loja, nos queixávamos de uma espinha ou das olheiras muito escuras, da barriga inchada ou do bumbum mais flácido. *É meu trabalho transformar as mulheres em borboletas, não é?*

9. Crevette

Ainda me pergunto, quando penso no que viria a acontecer, na explosão que destruiu tudo, no destino que Marie-France realmente não merecia — mas alguma vez alguém recebeu um destino feito sob medida? —, se não houve algum presságio, algum aviso que, por descuido ou erro, não percebemos. Não sei responder.

Foi nesse período que minha mudança de casa foi decidida. Decidida *de cima para baixo*, como gostávamos de dizer sobre todas as resoluções autoritárias de Marie--France, por solicitude em relação a nós ou, às vezes, porque se tratava de mudanças que, aos seus olhos, iam na única direção desejável, ou seja, uma maior harmonia estética e, portanto, ética, de nosso estilo de vida. Ela não disse nada no dia em que me apresentei na boutique com duas olheiras que cavavam minhas maçãs do rosto — as maçãs do rosto de que ela tanto gostava, que a reconciliavam com a falta de jeito de alguns de meus comportamentos, com minha tendência a tropeçar e a inabilidade evidente de acertar os tamanhos só de olhar. Ela não disse nada, embora eu soubesse que via tudo e que, portanto, tinha adivinhado a história que não me pedia para contar. Na manhã de quinta-feira, me apresentei ao trabalho amassada e triste, com as roupas do dia anterior; na segunda-feira seguinte, já estava instalada em meu novo apartamento, um estúdio que Marie-France havia comprado como investimento, a um quarteirão da boutique.

«Está desocupado, querida», me disse enquanto retocava o pó depois do almoço, com o espelho na mão esquerda, o olhar inclinado para conferir o resultado da pequena reforma, e a luz radiante que feria meus olhos como um milhão de fragmentos de cristal. «E, além disso, para vocês seria perfeito! A Marta já se mudou para lá; comprei para alugar, talvez para alguma estudante, alguma moça que trabalha, mas a verdade é que não gosto de estranhos morando lá. Quanto ao aluguel, vocês não precisam se preocupar, pelo menos economizam um pouco de dinheiro, não é? Não faz sentido que vocês fiquem nessa situação...»

Dentro de mim, eu sentia que ela sabia a verdade: eu estava acabada, sim, mas não por causa do trajeto entre a casa e o trabalho, e sim pela noite terrível que acabara de ter, me iludindo que não estava terminada a história com Marcello, que na verdade já tinha terminado fazia tempo. Ela foi tão compreensiva a ponto de não se deter na blusa amassada, na calça com as pregas tortas, no cabelo embaraçado. Detalhes que, eu poderia jurar, ela havia notado, mas, a menos que tivesse um bom motivo para isso, Marie-France evitava com todas as suas forças constranger quem quer que fosse. Ela sabia escavar pedras com doçura, não precisava ser áspera. Era suave e implacável. E eu, diante dela, me sentia envergonhada, por minha pele ressecada, pelos olhos vermelhos, pelas roupas sujas, pela gratidão por sua delicadeza.

«Ah, santa juventude! Eu, depois de uma noite em claro, preciso me trancar em casa por um dia inteiro!» Ela me deu um empurrãozinho em direção ao banheiro, com o olhar de quem entendeu tudo. Pôs nas minhas mãos seu nécessaire de veludo rosa antigo, com o G de Guerlain em relevo. Não precisou dizer mais nada, apenas me entregou o nécessaire e fez um sinal para Marta me trazer um macacão da Blumarine, muito sóbrio, preto, com um laço na altura da clavícula direita.

«Ficou esplêndida!» Ela sorriu quando saí do banheiro e na mesma hora me senti melhor. A religião da qual ela era uma sacerdotisa, afinal, funcionava. Sua devoção absoluta à moda, à beleza, o que a tornaria virtuosa ao máximo grau na hipótese de a beleza contar como uma virtude, talvez não lhe garantisse um lugar no paraíso, mas certamente salvava todas nós, dia após dia. Ela nos ensinava a traçar as linhas, os sinais cujos sulcos das roupas que vestíamos, cujos penteados em que acomodávamos nossos cabelos eram o que contava nossa história. Mostrava-nos que o tempo não para, mas justamente nas modas, que mudam e que mudam o tempo, ela encontrava seu significado. Revelava-nos o mistério das despedidas, da decadência, da velhice que nos persegue mesmo quando acreditamos que ela está muito longe, como uma bruxa capaz de mudar de aparência e de nos encontrar no fim do mundo para nos oferecer uma maçã envenenada: não podemos escapar dela, mas podemos deixá-la de boca aberta diante de nossa graciosidade. O que, de todo jeito, não adianta de nada. Mas, enfim, está tudo bem assim.

Senti-me tão reanimada pelo cuidado que ela teve comigo que não ousei recusar a oferta do apartamento. Ter uma colega de casa não poderia ser algo ruim, considerando toda a solidão e a tristeza que acumulei depois do abandono pelo cara a quem eu achava que poderia entregar minha vida inteira, lágrimas, dúvidas, pensamentos, e a quem, de fato, eu havia entregado tudo isso na noite passada, mesmo sem eu ter decidido isso.

Tinha sido uma noite como tantas outras. Nós nos conhecíamos muito bem, havíamos nos reencontrado sem entusiasmo. Então, de manhã cedo, enquanto eu me vestia, me senti terrivelmente sozinha. Como se eu tivesse de voltar, por uma necessidade obscura, a algo que não me pertencia mais — e que, na verdade, era minha vida. Como se eu já não soubesse mais o porquê dos gestos mecânicos — abotoar os botões da blusa, fechar o zíper da calça jeans — e fosse obrigada a repeti-los tateando, no cinza da manhã que entrava pelas persianas. Sempre odiei persianas, as hastes que cortam as mãos, a feiura eficiente das lâminas. Sabia que não veria mais a luz opaca da manhã por trás daquelas listras verde-água. Esse pensamento até poderia me alegrar, mas não era assim. Pelo contrário, meu desconforto crescia. Eu estava pronta. Ele estava dormindo, não tentou me impedir. As roupas da noite anterior me pareceram feias, velhas; eu tinha a sensação de estar coberta por uma camada de desleixo, como os talheres esquecidos no fundo de uma gaveta na casa de campo. Desci até a rua, entrei em uma lanchonete e comprei um croissant gigantesco e um cappuccino. Eu não falaria sobre isso com ninguém. Por alguma razão, apesar da naturalidade quase nojenta de sua obviedade, eu sentia vergonha da noite passada, mas também sabia que, se me concentrasse para não pensar mais nisso, em poucos dias tudo teria ido embora de minhas memórias. Sem deixar rastros, assim como eu não deixara para ele, que, atrás da persiana, muito provavelmente ainda dormia. Era melhor não correr o risco de me sentir tão sozinha de novo.

«A única coisa é que vocês vão precisar arranjar alguma mobília, ele não está decorado, tem só o essencial...»

O essencial estava ótimo. Se em casa eu tivesse tido o essencial, na noite passada, ao sair do trabalho, eu não teria precisado parar em uma lanchonete no caminho para pegar algo para comer. Desde tempos imemoriais eu não fazia minhas receitas clássicas de estudante — espaguete com manteiga e parmesão, item básico de minha dieta, pelo menos até descobrir, na boutique, o efeito nefasto dos carboidratos no corpo. Ainda que, como Marie-France não deixava de sublinhar, sobre isso e sobre muitas outras calamidades, deveríamos nos preocupar a sério só depois dos trinta, quando *tudo muda para uma mulher*: uma catástrofe que ainda era inimaginável para mim e que eu distinguia só por seus contornos em perspectiva. Mas a catástrofe que vinha em minha direção, com um sorriso grande e olhos sedutores, na lanchonete em que eu tentava garantir um pedaço de torta de cogumelo e presunto, essa eu conhecia muito bem. Era Marcello, o rapaz por quem eu continuava apaixonada, como ele deve ter percebido por minha confusão, por meu sorriso perdido e idiota quando ele me perguntou se não gostaríamos de fazer companhia um ao outro para jantar, talvez uma pizza? Qualquer coisa era melhor do que a lanchonete. Eu não me detive em suas razões, nem no motivo pelo qual, naquela noite — como se o fio do tempo não tivesse se quebrado no dia em que ele me disse que não tinha mais certeza se me amava —, minha companhia era conveniente para ele, com a cansativa comodidade de costume. Éramos dois conterrâneos que se encontram em um país estrangeiro e, por familiaridade, por preguiça, talvez até um pouco por tristeza, sentem-se quase obrigados a passar a noite juntos.

O mundo não cuidava de nós. E, na terra de ninguém daquela noite que se seguiu, estávamos juntos e estávamos sozinhos. Eu supunha que ele me queria por cansaço, eu o queria por desespero. Não me apeguei à brasa do desejo já apagado, apenas esperei que ele se extinguisse por completo. Ele também não tinha terminado a monografia. O que, por algum motivo, me consolou; como se ele tivesse me esperado, como se, naquele momento, o futuro estivesse fechado para ele tanto quanto parecia fechado para mim. Não era verdade, o futuro não espera só porque estamos procrastinando, mas eu era jovem e boba e precisava acreditar nisso. Ele morava em um cubículo, provavelmente irregular, uma cabana na varanda de um prédio em San Lorenzo.

A luz tinha me acordado junto com os gritos das gaivotas distantes no mar. Na confusão, pensei que não teria tempo de passar em casa antes de correr para o trabalho. Em outras circunstâncias, eu teria arriscado chegar atrasada, desde que estivesse apresentável. Em vez disso, escolhi pedir ajuda a Marie-France sem pedir, apenas com a minha aparência miserável. Ela entendeu e me estendeu a mão.

À primeira vista, tudo parecia correr bem no trabalho. Se penso nisso agora, uma nostalgia cruel me invade em relação ao que Marie-France era então para mim: sua voz que parecia uma flauta, as histórias tensas que a faziam abaixar o tom de maneira quase conspiratória: *ah, querida, se você soubesse*, e então ela continuava a tecer suas histórias de traições, abandonos, belezas arruinadas. Em sua voz, tudo parecia leve, como se tudo pudesse ser perdoado, como se, na verdade, a tentação do perdão — de perdoar a vida, não importa quais atrocidades tivesse cometido, seja por um marido ou por uma doença que ela sempre chamava de *um mal terrível* ou por outras capitulações ruinosas — fosse tão forte que nela transformava sussurros em carícias que amoleciam até o pior cenário. Talvez fosse a maneira como a paixão — ou a obsessão, como viríamos a saber — pela beleza havia deformado seu olhar. Talvez a dor, que a aterrorizava, sempre aparecesse através de seus olhos revestida de gabardine ou crepe de seda. Talvez ela simplesmente não quisesse olhar para onde não havia beleza. E com certeza ela não sabia que logo teria de dar uma espiada no fundo do abismo e que então, como sempre acontece nesses casos, o abismo também acabaria dando uma espiada nela.

Tínhamos encomendado os manequins para as garotas, mas a entrega estava atrasada. Marie-France nos assegurava que eram lindíssimos, miniaturas perfeitas de mulheres, *com tudo que era necessário*. Giosuè lhe perguntou o que exatamente era necessário, ela não respondeu, dando-lhe um tapinha na cabeça.

«São encantadores, vocês vão ver, parem de fazer gracinhas», e foi para os fundos, verificar onde Marta havia colocado a nota de entrega de uma caixa de lenços para nossas clientes mais *âgées*, rainhas destronadas pelo exército de garotinhas que, como o flautista de Hamelin, nossa proprietária havia atraído para a boutique.

«Mas o que faremos enquanto os manequins não chegam?», Giosuè perguntou com a malícia brincalhona de quando se convencia de que estava com a razão — ele se opusera veementemente à compra dos manequins adolescentes. Dizia que era um desperdício de dinheiro e de espaço na vitrine, pois, em sua opinião, as garotas não davam a mínima para manequins e só queriam ver os vestidos no próprio corpo, experimentá-los na frente das amigas com todas aquelas poses, às quais ele se referia genericamente com o termo coringa *nhe-nhe-nhem* (coringa porque ele também o usava em nossas discussões e nas queixas àquelas que ele chamava de *as bruacas*, nossas clientes adultas e endinheiradas).

Marie-France, bufando em tom de brincadeira, fez um carinho em minha bochecha. «Vá buscar a Crevette, enquanto isso vamos nos virar com ela.»

Vocês precisam saber que, em uma boutique, na fúria de vestir e despir manequins dia após dia, desenvolve-se um senso de familiaridade com eles, quase uma intimidade que aos olhos dos outros poderia parecer uma bizarrice, mas que, olhando de dentro, é perfeitamente natural. Por isso, não é raro que aos rostos inertes, aos corpos com braços dobrados no cotovelo, pescoços articulados e quadris planos, se atribua um apelido divertido, como se fossem parentes um pouco surdos cuja desatenção é levada em conta para podermos zombar deles impunemente.

Crevette, que significa camarão, é uma palavra na verdade pouco gentil que se usa em francês para indicar aquelas garotas que têm um corpo bonito, mas um rosto comum, por vezes feinho — enfim, como a cabeça dos camarões. Era assim que, entre nós, chamávamos um manequim que guardávamos nos fundos, único sobrevivente de um pedido que a fábrica de bonecas grandes havia desastrosamente errado. Por causa de algum problema na produção, eles enviaram quatro mulheres filiformes, com rostos danificados por um defeito na celulose que parecia enrugada, como se fosse efeito de uma daquelas doenças deformantes, como a pelagra: os queixos tinham cedido, criando a ilusão de um bócio, os olhos pareciam saltar, os sorrisos branquíssimos tinham um brilho sinistro. Marie-France não podia vê-las, Giosuè até chegou a especular, ao vê-las depois que as liberamos do plástico-bolha, que seria uma brincadeira. A fábrica voltou para recolhê-las e as substituiu por exemplares mais agradáveis. Giosuè insistiu em ficar com uma como recordação, para grande desgosto de Marie-France, que não tolerava que o espaço do depósito fosse ocupado por aquilo que ela chamava de porcarias, objetos inúteis e volumosos nos quais acabávamos tropeçando. Mas acho que o que a incomodava não era tanto o espaço que a Crevette ocupava, mas sim sua feiura. Na verdade, embora a cabeça fosse inquietante, o corpo era fino e harmônico, exatamente como o de uma adolescente. Às vezes, então, Crevette tinha serventia, se precisássemos exibir uma peça particularmente acanhada e apertada.

O rosto continuava sendo um problema, mas, nas raras vezes em que Crevette era exposta com roupas de senhora, remediávamos com um chapéu grande ou um lenço, algo que de alguma forma escondesse seus defeitos — para grande alívio de Marie-France.

No entanto, transformar Crevette em uma adolescente delicada tinha suas desvantagens: pôr um chapéu importante na cabeça dela estava fora de cogitação. «Isso poderia ser usado, no máximo, pela mãe de Crevette!», suspirou Marie-France, quase escandalizada com a sugestão de Marta. O lenço Hermès que eu estava prestes a sugerir ficou escondido atrás de minhas costas.

Não, não, precisamos pensar. Marie-France coçava o queixo, e isso nunca era um bom sinal. Significava que ela estava arquitetando uma daquelas.

Il faut la maquiller!, exclamou toda empolgada, e me mandou para os fundos para buscar seu nécessaire majestoso.

Foi assim que me vi cara a cara com os olhos infelizes de Crevette, equipada com pincéis e sombras Guerlain, e, como uma pintora, enquanto Marie-France guiava minhas mãos com imperiosos gestos de cabeça, tentei pintar suas pálpebras caídas, levantar suas maçãs do rosto com o blush, e suavizar a papada com um pó translúcido de arroz, que, aparentemente, era o segredo da pele perfeita das mulheres do Japão.

Nunca acreditei em presságios, mas, se penso hoje naqueles olhos vítreos, infinitamente tristes acima das *pommettes* rosas, ainda sinto um arrepio subindo pela espinha.

Vestimos Crevette com um shorts e uma camiseta da Fiorucci, ousada, inocente, destoante; meias brancas curtas com a dobra de renda e um sapato Mary Jane vermelho-laqueado. Era tão desajeitada, patética e esquelética que a aprovação de Marie-France quase me surpreendeu, como uma dor aguda.

«Me dê aqui, *ma mie*», e retirou do nécessaire um batom cor de pêssego, «vamos fazê-la sorrir um pouquinho também.»

E, com pequenos toques decididos no tubinho dourado, como uma verdadeira artista, Marie-France mudou a expressão da boneca desgraçada.

10. Rossana e as outras

Talvez pela hábil maquiagem de Marie-France, nenhuma das meninas percebeu a tristeza que Crevette emanava, na vitrine, um passo atrás do pequeno grupo de manequins-mulheres que tinham poses seguras, com as mãos perpendiculares aos pulsos, como se fossem oferecer algo —, talvez um beijo soprado na palma da mão ou simplesmente uma confiança estúpida, afinal eram manequins e, a menos que você tivesse visto Crevette, seria difícil acreditar que um manequim pode demostrar insegurança. Usavam perucas castanhas e loiras envoltas por lenços, camisas com mangas bufantes e brincos chamativos de bijuteria — peças de ouro esmaltado, às vezes em forma de gota, das quais tínhamos de retirar a presilha com uma pinça e colar, na base, um pequeno alfinete que perfurava os lóbulos de plástico. Era nosso dever ficar de olho para que os brincos não se soltassem, mesmo que danificados pela adaptação à anatomia dos manequins; com certeza não poderíamos vendê-los assim. Mas Marie-France detestava desperdícios. Detestava, sobretudo, que coisas fora de seu controle acontecessem na loja.

As garotas entravam em bandos e todas queriam a camiseta Fiorucci da Crevette. Aquelas que chegavam acompanhadas pelas mães acabavam saindo com algumas peças Valentino ou Blumarine, vestidos curtos ou de fim de tarde, com laços e saias em formato de balão. Mas essas se tornavam cada vez mais raras, já que, com o passar das semanas, ficava cada vez mais claro que ser vista na loja acompanhada pela mãe era um tipo de estigma social, coisa de gente derrotada. Na verdade, coitadinhas, as que vinham arrastadas pelas mães, imaginem com que expressão olhavam para as colegas se esparramando pelos provadores, experimentando shorts, camisetas e saias e calças para ouvir das amigas como estavam, ou se examinando no espelho com os olhos fixos, como se lá dentro uma estranha estivesse presa. Mordiam o lábio, avaliando a tensão do tecido sobre o seio ainda imperceptível, e às vezes pareciam mergulhar para além do espelho apenas para ter a possibilidade de se juntar com a outra metade de si mesmas. Eu achava que, se o espelho fosse uma porta líquida que permitisse o acesso de cada uma à sua outra metade, todas iriam querer ultrapassá-lo. E ao se encontrarem acabariam dando um beijo em si mesmas, um beijo de verdade. Eu sabia que era um pensamento bobo, mas, de qualquer forma, as palavras *beijo* e *língua* chegavam em ondas vindas de quase todas as conversas sussurradas, entre o burburinho das risadas atrás das cortinas dos provadores.

Mas e nós, como éramos? Éramos assim?, Marta e eu nos perguntávamos no fim do dia, quando nos encontrávamos na cozinha juntas: *como um velho casal*, dizia ela, e cozinhávamos macarrão com atum, uma escolha da qual Marie-France não poderia ficar sabendo, caso contrário nos repreenderia — *carboidratos à noite! Será que pegaram o cérebro de vocês de volta?* Não podíamos exigir tanto de nosso metabolismo ou pagaríamos caro por isso em três ou quatro anos! Mas nós comíamos macarrão com atum, sentadas no sofá com o prato na mão e, no meio, uma garrafa gelada de cerveja Nastro Azzurro com dois copos, porque estávamos cansadas, porque estávamos com fome, porque gostávamos daquela nossa dieta *de solteiras*. Comíamos com prazer, mesmo que passássemos tanto tempo com Marie-France. Quando estávamos só nós duas, não podíamos evitar imaginar as críticas que, segundo nossa jovem cabeça confusa, ela nos faria. E ríamos. Nessa harmonia que surge entre aliadas, mesmo que só de brincadeira, não tínhamos dúvida de que talvez Marie--France pudesse ser um pouco mais complicada, um pouco menos previsível do que imaginávamos.

O que ela deve estar fazendo agora?

Imaginávamos Marie-France em um elegante quimono, entre luzes difusas — ela só admitia luzes de vela à noite, *para uma mulher da minha idade, não há outra solução... Um dia vocês vão entender, agora vocês ainda não sabem, são terrivelmente jovens!* — em sua bela casa, uma taça de champanhe em uma das mãos e a última edição da *Vogue* na outra. E nós ali, remendando meias e comendo macarrão com atum! Ainda bem que ela não podia nos ver, assim como nós nos iludíamos pensando que podíamos vê-la.

Às vezes, de forma fugaz o suficiente para que não chegasse ao status de um pensamento completo, me surgia a dúvida de que nós atribuíamos a ela um papel que absorvia, em sua autoridade cândida e sedutora de mestra da beleza da vida e das boas maneiras, a extensão incalculável de nossas carências. Ela não se parecia com nossas mães, mas mesmo assim era estranhamente idêntica à ideia abstrata que tínhamos quando crianças do que significava ser uma mulher: era protetora e vigilante, de uma doçura desarmante e logo depois gélida, desiludida, distante. Como uma deusa caprichosa, ela talvez soubesse — e não se importava — que nosso humor dependia do humor dela, que estávamos ligadas a ela por um fio duplo. Que era ela quem dava forma à nossa vida cotidiana, quem conferia sentido aos nossos esforços, à nossa existência dentro e fora da boutique. Porque a vida fora era o prolongamento da vida dentro, natural, óbvio e liso como óleo, graças ao cansaço que nos aniquilava depois de muitas horas em pé, tensas para nos mantermos impecáveis, depois de dias usando coque e salto alto e meias que comprimiam cada milímetro de nosso corpo.

Nas noites que passávamos juntas em casa, se nenhuma de nós fosse levada por alguma de nossas manias — Marta de ficar em forma, eu de escrever a monografia, que, em especial no início, eu usava como desculpa para me sentir temporária na loja e talvez até para justificar minha inaptidão ao trabalho —, assistíamos televisão no sofá, enquanto arrumávamos com esmalte transparente nossas meias-calças rasgadas.

Se fosse fácil consertar as estrias nas coxas assim também, ma biche!, dizíamos e ríamos como bobas, como se também tivéssemos a idade das garotas.

Mas como tínhamos sido na idade delas?, voltávamos a nos perguntar.

Eu não me lembrava mais, tentava procurar dentro do espelho uma sombra de quem eu tinha sido quando usava três números de sapato e dois tamanhos a menos de sutiã, mas eu não encontrava nada. A vaga lembrança de uma aposta com uma amiga de uma amiga, na praia — quem beijava melhor? Nós treinávamos com uma almofada, cada uma pegou uma do sofá da mãe desavisada de nossa amiga em comum. Será que algum dia ela percebeu que eu e uma menina cujo nome eu não conseguia lembrar, em uma noite de julho, havíamos beijado pela primeira vez em nossa vida, usando os cantos daquelas almofadas? Só que as almofadas não tinham língua, só os cantos úmidos de saliva. E, pior ainda: quem iria julgar o melhor beijo?

Logo nos cansamos da brincadeira, para a sorte das almofadas da sra. Pavoncelli. Eu não conseguia me lembrar de mais nada daquele período. E o episódio parece por si só bastante revelador dos motivos pelos quais pensar em minha adolescência nunca me pareceu uma tarefa muito empolgante. O que eu buscava no espelho, nos espelhos das casas das amigas? Com que olhos eu me vi no dia em que finalmente decidi com Cloe, a irmã mais velha de minha amiga Claudia, depilar as sobrancelhas com o Veet da mãe delas e acabamos no pronto-socorro, sem sobrancelhas e com um horrível eritema na testa? Semanas depois, a erupção já curada, as sobrancelhas haviam crescido mais espessas do que nunca, e desde então eu não me atrevi a mexer nelas. Eu sabia que Marie-France mal podia esperar para pôr as mãos nelas, mas ela era muito discreta, muito delicada para ousar fazer isso.

Toda vez que ela me olhava com aquele seu olhar depilador, eu me pegava pensando, com arrependimento, em como minhas sobrancelhas eram agora diferentes, mais espessas e escuras, em comparação a antes do encontro com o produto químico do tubo de creme rosa. Até aquele dia infeliz, eram claras, muito mais do que os cabelos: um loiro quase acinzentado e finas, como só é possível ver agora nas poucas fotos que meus pais guardaram daquela época. Por mais que eu me esforçasse, não conseguia mais recuperar minha sombra antiga no espelho.

À noite, tínhamos grandes conversas no sofá, o único móvel de nossa cozinha — um sofá velho e gasto que Marie-France tinha trazido do apartamento de solteiro de Giosuè (que, pelo que sabíamos, ainda era solteiro, mas tinha mudado, se não de estado civil, pelo menos de casa), um sofá afundado e, talvez por isso mesmo, extraordinariamente confortável. Para Marie-France, que já não era só nossa superior mas também a dona de nossa casa, usávamos um código não exatamente indecifrável: a Chefe. Nós duas nos divertíamos a chamando desse jeito, como se fôssemos, por um instante, duas irmãs rindo das manias de uma mãe muito amada.

Marta me falava da casa que gostaria de ter, do marido que imaginava, e eu, dependendo do teor alcoólico em meu sangue e de outras pequenas variáveis, me deixava levar por um otimismo insensato que me fazia fantasiar aquela triste noite no topo do prédio em San Lorenzo. E se minha vida sentimental tivesse uma reviravolta? E se Marcello, depois de semanas — o que haveria de estranho nisso? Os homens são lentos, sabemos! —, tivesse percebido que precisava de mim? Se ele me procurasse, arrependido, até um pouco envergonhado, na boutique, onde eu apareceria envolta em luzes com meu coque alto e impecável, tão radiante que poderia até me dar ao luxo de deixá-lo em dúvida, sem dizer sim ou não, antes de me jogar em seus braços diante das clientes atônitas? Outras vezes, eu falava sobre como estava me preparando para um futuro de absoluta independência, para uma autarquia sentimental que me tornaria invulnerável aos ataques do mundo, às dores de gente comum. Quando criança, eu tinha um sonho, alimentado pelas propagandas no verso dos gibis do Mickey: a penteadeira rosa da Barbie, com um espelho e cheia de gavetinhas e pincéis de pó onde a boneca ficava sozinha, perfeita. Talvez, eu dizia a Marta, que ria e não acreditava naquilo, esse fosse meu destino. Sozinha, impecável, maquiada e invisível ao mundo. *Mas por quê, por que você quer seu próprio mal?*, ela zombava, sem nunca me levar a sério.

Teria sido necessária muita perspicácia para perceber que eu estava certa. Que meu destino seria exatamente aquele — quem sabe a imagem que eu tinha em mente naquela época tenha contribuído, por vias secretas, a moldá-lo.

É que eu ainda tinha esperança de ser desmentida pelos fatos: eu me agarrava a um frágil, cruel fio de esperança, cada vez mais desgastado, cada vez mais inconsistente e precário. Mas aos poucos eu começava a entender que Marcello não tinha nenhum interesse em mim. Eu evitava perguntar a mim mesma o que sentia. Qualquer coisa que se agitasse no fundo turvo de meu coração, eu sabia que era um animal selvagem, e que ao se aproximar demais mordia forte.

«E o Andrea?»

Eu não esperava que ela me perguntasse isso: a questão me desorientou, sobretudo porque era um pensamento que surgia com frequência, mas que eu não deixava tomar forma. Eu não deixaria que aquilo se tornasse uma pergunta. E agora ela estava pensando nisso, deitada no sofá de cabeça para baixo, fumando um cigarro, envolvida em nuvens de fumaça e mistério como em um filme antigo, com os pés para cima para secar o esmalte bordô — ela estava prestes a passar esmalte nos meus pés também, dizendo que essa era sua atividade preferida e a única em que era excelente. Ela estava errada. Ela também era excelente em descobrir pensamentos inconfessáveis.

Na dúvida, me fiz de desentendida.

«Quem? Que Andrea?»

«Quem?» Ela se jogou em cima de mim para me fazer cócegas e me forçar a rir. «Mas com quem você acha que está lidando? Você acha que eu sou boba?»

«Acho que a Marie-France não gosta muito da ideia de…»

«Exatamente! Não seria um bom sinal? Na noite da festa eu estava de olho em você, viu?! Toda ansiosa…»

«Bom, mas depois, mesmo querendo, eu não saberia como entrar em contato com ele.»

«Tem a lista telefônica.»

«Você sabe o sobrenome dele?»

«Claro. Os sobrenomes são importantes, pois como você iria procurar as pessoas na lista telefônica?»

«E qual é o sobrenome dele?»

«Bom... ele poderia ter um melhor. Mas, se você não conseguiu descobrir nem isso, talvez não mereça a informação.»

«De qualquer forma, não há absolutamente nada entre mim e esse Andrea. E além do mais, se ele quisesse me procurar, já poderia ter feito isso! Mas não, não me pediu nada. Não acho que tenha interesse em mim, então não vejo...»

«Você está na lista telefônica?»

«Não... Mas tem a boutique, se ele quisesse...»

«Ah, que ótimo jeito de convidar uma garota para sair, ligar em uma loja cheia de gente!»

«Bom, ele não tem quinze anos... Na verdade, é um pouco velho, e também é feio, não acha que eu poderia conseguir algo melhor? Não sou como você, com seus senhores ricos de meia-idade...»

«Com certeza. Bom, o sobrenome dele é Proietti. Agora você já sabe.»

Fingi que não estava interessada e mudei de assunto.

A luz sobre nós vinha de uma lâmpada nua e brutal, não tínhamos pensado em procurar um abajur.

Na loja, havia uma lista telefônica. Andrea Proietti morava na Via De Notaris 1F, telefone 458213.

Não liguei. Esperava e me convencia de que já tinha feito tudo que eu podia fazer.

Toda manhã eu ia trabalhar esperando que o telefone tocasse, ou que ele aparecesse com alguma desculpa. Ou que eu o encontrasse na rua — faria cara de surpresa. A Via De Notaris não era longe.

Os dias passavam e nada acontecia.

Eu olhava as garotas seguindo a própria sombra — será que, quando crescerem, vão se lembrar disso? — dentro dos espelhos iluminados dos provadores, nos olhos das amigas com quem tentavam se parecer.

Estavam em ação leis invisíveis, capazes de tecer hierarquias em pirâmides, alianças e ódios profundos, de dar forma e equilíbrio àqueles pequenos grupos de criaturas esquivas.

Um grupo vinha quase todo dia à tarde. Eram quatro. Tinham catorze ou quinze anos, Marta me disse. Haviam acabado de terminar o ensino fundamental na Ippolito Nievo, a escola onde uma de suas irmãs estudou até se mudar para as Marche, mas em outra turma.

A mais nova comandava as outras com mãos de ferro; seu nome era Rossana. Eu sabia disso porque, quando viram as balas Rossana na taça de cristal ao lado do caixa, explodiram em risadas. Riam com a mão na boca, como alguém que não quer ser visto mastigando; então se acalmavam um pouco, ostentando uma certa compostura, depois se olhavam e voltavam a gargalhar. Obviamente, não havia nada para rir, mas desde que abrimos para as garotas, tivemos de nos acostumar com os ataques de bobeira: começavam e terminavam como relâmpagos em céu limpo, e não havia muito o que fazer, era preciso deixá-las desabafar, pobrezinhas, como Giosuè sempre suspirava simulando compaixão, embora eu acredite que as risadas o divertissem — se ele soubesse como as coisas iriam acabar, talvez não teria sido tão tolerante.

Além da pequena tirana, Rossana, havia uma no grupo que, embora eu não pensasse na questão nesses termos naquela época, era minha favorita. Talvez eu também tenha sido assim, naquela idade que eu não conseguia lembrar?... Ela era alta e magra, cabelos castanhos, como um fio de alcaçuz. Tinha os olhos estreitos, quase oblíquos, e ria menos do que as outras. Parecia sempre deslocada, como se estivesse ali por engano, como se não soubesse o que fazer com as mãos longas, os braços longos, até os pés longos, pernas e cabelos que, como algas, pendiam planos em suas costas.

Uma vez, Marie-France percebeu que eu estava observando a garota enquanto ela, fora da cortina do provador que vibrava por causa do barulho e das pequenas travessuras — desrespeitando as regras, as outras três entraram juntas —, se equilibrava em um pé e depois no outro, esperando que as amigas saíssem para que ela se juntasse morosamente às conversas. «Posso jurar que aquela ali, querida», ela me disse, «vai virar uma belezinha, sabia?»

Eu não teria dito isso olhando para ela, tão desajeitada como era, com aquele nariz achatado e o semblante triste. Mas era diferente das outras, diferente de um jeito que seria impossível que ela desaparecesse. No entanto, eu poderia jurar que desaparecer era seu único desejo várias vezes ao dia.

«É que ela também se chama Rossana», me disse a altona, como se estivesse se desculpando pelas outras que riam da taça fosca de balas. Em resposta, Rossana, que estava pagando 25 mil liras por uma camiseta nova da Pour Toi — como é que aquelas garotas conseguiam tanto dinheiro, eu me perguntava me sentindo desperdiçada e sem rumo —, lhe deu uma cotovelada na costela, que, por causa da grande diferença de altura, acertou diretamente seu umbigo. Rossana, que dominava as outras três. O que lhe dava aquela confiança, aquele poder? Antes que eu pudesse formular uma resposta, saíram todas juntas, caminhando em sincronia com as batidas dos tênis Superga e dos cachos. Só os cabelos longos e escuros da garota alta ficaram imóveis como as águas de um lago, mesmo quando passaram pela porta e o vento brincou com a saia rosa-choque de Rossana.

Aquela que — eu só entenderia muito tempo depois — era tão propensa ao comando simplesmente por causa de sua ascendência familiar. Porque Rossana tinha aquela prepotência especial, imerecida, prestigiosa, tirânica e universalmente aceita de quem nasce de uma sólida tradição de riquezas.

11. O marido sem aliança

Os acontecimentos estranhos começaram com um episódio ao qual, na ocasião, ninguém deu importância. Era uma tarde de sábado, tínhamos reaberto as portas pouco tempo depois da pausa para o almoço e a atmosfera ainda era a de um aquário no qual nadávamos com preguiça. Sabíamos que por volta das cinco estaríamos imersos em uma agitação frenética, mas por enquanto apenas Rossana e suas amigas perturbavam, com seus gritinhos, a tranquilidade da loja.

«Vocês viram minha esposa?»

O homem tinha se aproximado da porta ofegante, com a testa franzida e, nas sobrancelhas espessas e salientes, grandes gotas de suor agarradas como se fossem uma calha. Como ele balançava a cabeça para a direita e para a esquerda para chamar a atenção de todos, eu tinha receio de que as gotas caíssem, que escorressem. Por sorte, eu estava a uma distância segura. Dobrava as camisas lilases de cetim que tinham acabado de chegar e que eu precisava tirar uma a uma da embalagem, conferindo o tamanho e tentando, ao mesmo tempo, não perder o fio da conversa de Marie-France, o que a incomodaria pois seria um sinal de desleixo e desrespeito. Ela estava me explicando que *o segredo* — não tinha especificado de quem ou para quê, então eu só podia supor que fosse o segredo para nunca envelhecer, para não morrer, para não se vulgarizar, para se contrapor a tudo que a horrorizava — era nunca aceitar a maturidade. *A maturidade é horrível, ma biche, é tão triste, comum, solene.* Mas até ela, assim como todos nós, interrompeu o que estava fazendo quando o homem entrou. Giosuè, que mais tarde nos deleitaria com uma dissertação sobre a peculiaridade capilar do desconhecido, deixou de lado por alguns instantes o advogado Miraglia, a quem mostrava uma série de *bodies* de renda La Perla, *para sua senhora*, cuidadosamente selecionados no tamanho de Lilli, que era amante do advogado e grande amiga da mencionada senhora.

«Sua esposa?»

Nenhum de nós conhecia o homem, então, para podermos dar uma resposta satisfatória, era claro que precisaríamos de alguns detalhes. Mas, como todos os homens quando descrevem as mulheres por quem já não estão mais apaixonados — isso Giosuè nos faria notar depois, quando voltaríamos a discutir o episódio para nos convencer de que era uma bobagem, um incidente bizarro e irrelevante —, sua sobrancelha não conseguiu sair de uma explicação vaga na qual todo charme, todo detalhe, toda característica peculiar se tornam inescrutáveis para estranhos.

«É uma mulher loira, alta, mais ou menos assim.» Agitando os dedos no ar, indicava suas próprias clavículas, sobre as quais talvez, no abandono dos primeiros encontros ou na estagnação dos dias mais recentes, a cabeça loira da mulher tivesse repousado, enquanto voltavam para casa alegres e alterados depois de um jantar em que tinham bebido um pouco a mais, então ele punha o casaco nos ombros dela, sentindo-se galante e protetor, para que ela não sentisse frio.

«Acho que não», disse Giosuè. Nós também achávamos que não. Não tinha entrado nenhuma mulher loira, ou melhor, para ser sincera, não tinha entrado nenhuma mulher:

ainda era cedo, só havia meninas àquela hora, e talvez alguns advogados como Miraglia, ou talvez tabeliões, professores, dermatologistas, enfim, profissionais liberais que vinham fazer compras para cônjuges legítimas ou morganáticas.

Rossana e as amigas riam dentro dos provadores para onde haviam arrastado toda a coleção Naj-Oleari. De vez em quando, com o esvoaçar de um gabardine, como uma borboleta indecisa, uma delas surgia das cortinas para fazer uma pirueta na frente do espelho com os gritinhos das outras. Só a altona não experimentava nada, esperava fora do provador com um olhar absorto. Quem sabe onde ela estaria naquele momento?

«Mas ela entrou na loja há meia hora! E eu esperei lá fora, estão vendo? Não saí daqui.»

A sobrancelha indicava um lugar embaixo do plátano, um lugar exatamente em frente à loja, e insistia, apontando o dedo gorducho para o chão, como se, aguçando a vista, pudéssemos ver suas marcas impressas no asfalto.

«Eu fico entediado de entrar em lojas», disse, um pouco mais conciliador, menos lamentoso, como se quisesse buscar a compreensão de Giosuè. Depois percebeu o advogado Miraglia em pé ao lado da mesa com o tampo de cristal sobre a qual estava exposta uma montanha de *bodies* de renda. Continuava imóvel, hibernado no gesto, como alguém que, não podendo desaparecer, opta por não mover nenhum músculo — parece que a imobilidade confunde os predadores.

Mas o homem na porta o viu e por algum motivo ficou corado: estava envergonhado pelo tom confidencial com que havia confessado que ficava entediado em lojas? Ao ver o advogado com as mãos no mar de rendas brancas, pretas, marfim e cinza perolado, talvez ele tivesse pensado que o tédio por essas trivialidades femininas, lojas, roupas, lingerie

— que até então provavelmente tinham sido a base de sua virilidade —, pudesse, pelo contrário, torná-lo menos masculino, menos forte do que ele acreditava.

De qualquer forma, estava vermelho, e percebeu isso: imediatamente mudou de tom e ficou muito mais agressivo.

«Como é ppp-possível que uma pessoa entre em uma loja e ninguém a veja? Ou talvez você queira me dizer que ela desapareceu do nada?», começou a gritar. Inutilmente Giosuè lhe sorria e repetia que nenhuma mulher havia entrado ali.

Enquanto isso, as garotas haviam saído do provador. Silenciosas, sérias, compenetradas, em pé diante do espelho, mantinham os olhos bem abertos para a cena.

«Senhor», dizia Marie-France, «é absolutamente impossível que sua esposa esteja aqui dentro sem que nós tenhamos percebido! Como pode ver, há apenas uma porta, aquela, não há outras entradas. Será que ela entrou na loja ao lado, a Mallecchi? Talvez o senhor tenha se distraído por um segundo...»

O homem parecia prestes a começar a chorar, mas pelo menos não estava mais gaguejando. Balançava a cabeça como uma criança que se recusa a tomar remédio. «Ou», continuou Marie-France, cada vez mais persuasiva, «talvez ela tenha entrado só por um momento, talvez tenha dado uma olhada e, na confusão...» Fez um gesto em direção às meninas, mudas e imóveis, que naquele momento não pareciam realmente poder ser apontadas como a principal causa da confusão, mas não pareciam ofendidas pelo gesto de Marie-France. «... Na confusão, como eu dizia, não ouvimos a porta se abrindo... Acontece, não é? E talvez, quando ela saiu, o senhor estivesse olhando para o outro lado, vocês não se viram e agora ela deve estar procurando lá fora, ou talvez esteja esperando em outra loja...»

O desconhecido parecia cada vez mais desanimado com as explicações, arbitrárias mas não implausíveis, que tinham um grave defeito: deixavam subentendida sua desatenção em relação à esposa. Além disso, implicavam que ela teria escapado embaixo de seu nariz; que ela não tinha feito nada, absolutamente nada, para que ele a encontrasse durante aqueles trinta minutos que já se transformavam em quarenta. E se ela realmente quisesse escapar dele? Se ela estivesse cansada daqueles olhos de sobrancelhas pesadas pingando suor, daqueles modos queixosos, daquele homem que se entediava ao passar por boutiques aos sábados à tarde e que, no entanto, insistia em acompanhá-la às compras, estragando todo o prazer da diversão — bastava olhar para ele, com olhos de cachorro que apanhou, a cor apagada de quem dorme e digere mal, a expressão estúpida e pouco mansa de alguém que tem ciúmes da esposa e também, em geral, das alegrias dos outros, e as estragaria para impedir que fossem mais felizes do que ele, ou seja, pouco, pouquíssimo... Mas é claro! A esposa devia ter fugido, estava claro! Aquela esposa loira e alta, que ele nem sabia descrever. Ela havia fugido, pensei, e fez muito bem.

Apesar de seu aspecto esquálido e abatido, o homem devia ter alguma forma bizarra de sensibilidade: como se tivesse ouvido meus pensamentos (que também eram, eu poderia jurar, os pensamentos de Marie-France), de repente ele ficou agressivo.

Começou a gritar. Não era possível, as pessoas não podem simplesmente desaparecer assim, como se fosse nada. E em dois passos ele já estava dentro da loja, abrindo as cortinas dos provadores.

As garotas, imóveis como estátuas de sal, já não riam mais; estavam endurecidas nos vestidos que experimentavam, e um sorriso escapou de mim quando notei que as quatro — até a grandalhona havia se trocado — estavam usando o mesmo modelo, um vestido vermelho-cereja da Naj-Oleari: em cada uma delas parecia um vestido diferente dependendo da forma que cada corpo lhe dava. Parecia que estavam segurando a respiração — ou uma risada? —, enquanto o senhor espiava por trás das cortinas e reclamava que deveria haver uma explicação, que ali estavam acontecendo negócios pouco sérios.

Negócios pouco sérios? Giosuè se aproximou dele com um sorriso nos lábios, uma postura, na verdade, um tanto presunçosa, mas era o máximo de tranquilidade, compreensão, confiança que seu rosto poderia expressar, moldado ao longo dos anos de sarcasmo como as rochas de um cânion esculpidas pela água ao longo dos séculos, graças a erosões microscópicas. O homem pareceu momentaneamente acalmado por essa cortesia, pelo braço sobre os ombros, pela voz suave que lhe oferecia um copo de água e atribuía seu desconcerto ao calor do primeiro sábado de primavera.

Ele se deixou levar até uma poltrona. Depois do sinal de Marie-France, me apressei com um copo de água Ferrarelle, ele o bebeu de um gole só e, quando parecia prestes a agradecer, a se acalmar, a transformar o incidente em um breve momento de desconcerto, completamente aceitável por causa de algum cansaço ou talvez simplesmente do clima ou da umidade, de repente ele se levantou, afastando com repugnância a mão que Giosuè tinha sobre seu ombro.

«Vocês são imundos», gritou com toda a força que tinha nos pulmões, a força que dava fôlego e vida às sobrancelhas, ao suor abundante, aos olhos alucinados, «judeus imundos!»

E saiu apressado da loja: a porta vibrou e, por um instante, mesmo sabendo que era à prova de balas, tive medo de que fosse desabar em uma chuva de estilhaços, como se alguém a tivesse explodido em cima do carregador de uma metralhadora.

E na loja todos nós devíamos estar parecendo veteranos de um tiroteio. O advogado com os óculos escuros e os *bodies* de renda nas mãos, as garotas em seus vestidos de cereja; Marta e eu não sabíamos mais onde ficar. E Marie-France, que por alguma razão, talvez por mero automatismo, continuava a sorrir, mas com um sorriso vazio, como aquele dos manequins que na vitrine ainda tremiam, reverberando as vibrações da porta.

Giosuè, mais do que todos nós, me deixou impressionada. Ele permaneceu imóvel como se realmente tivesse sido ferido; como se um desânimo repentino o tivesse atingido. Pouco antes, ele parecia constrangido por aquele homem, foi o que me pareceu; agora algo profundo e antigo se misturava. Eu nunca tinha pensado nele como judeu, ou melhor: não é que eu não soubesse que ele vinha de uma família judia, mas simplesmente nunca dei importância a isso. Apesar de Marie-France ter feito discretas referências ocasionais à sua religião. Apesar de seu nome, sobrenome, até mesmo de seu nariz, que, agora eu percebia, talvez fosse um nariz semita. Mas até dez minutos antes eu o via como um nariz aquilino bem modelado. Apesar de ele não comer presunto nem costeletas de porco: nas vezes que, encarregada de buscar o almoço, me deixei tentar pelo cheiro delicioso das costeletas frescas ou pelo presunto doce, ele não tocou na comida, mesmo sem dar escândalo como no dia dos ovos. Ficou em silêncio e em jejum. O que não era incomum, às vezes ele tinha uma tristeza no coração que não conseguia esconder: havia dias em que ele estava de baixo-astral e brincava que aquelas melancolias eram o segredo de seu físico enxuto e ágil. Marie-France, nessas ocasiões, costumava sorrir e sussurrar frases em seu ouvido que mal conseguíamos entender: *mas e daí, você não merece.*

Agora ela passou um braço sobre seus ombros, como ele tinha feito pouco antes com o desconhecido, o qual — percebi, ao relembrar o momento em que eu lhe trouxe o copo de água — procurava por sua esposa, mas estranhamente não usava aliança.

12. As pérolas nascem da irritação

Depois daquele dia, depois que a hora de fechar nos devolveu a energia para brincar um pouco sobre a sobrancelha, depois que as coisas, em poucas palavras, retomaram seu curso normal, ninguém, ao entrar na boutique, teria notado algo de diferente.

Nós, porém, sabíamos que algo havia acontecido.

Tínhamos outras coisas em mente, como sempre acontece naquela pausa (perceptível apenas em retrospectiva) entre o presságio e a catástrofe. Mas era difícil, quase impossível, não sentir a eletricidade invisível que agitava o ar da loja. Os prenúncios foram pequenos sinais, tão minúsculos que foi fácil ignorá-los: a sra. Mussi, que não respondeu ao meu cumprimento no bonde; uma mancha na vitrine que examinada de perto era um cuspe; as srtas. Giuchiglia, irmãs idosas conhecidas por sua solteirice, que não mais impediam o poodle Tutù de fazer suas necessidades na moita em frente à loja — percebemos quando a planta já estava morrendo. Eram minúcias que, isoladas, não significariam nada, mas que somadas explicavam perfeitamente aquela primeira rachadura na serenidade da boutique. Digo serenidade porque de fato não sei se até então tínhamos sido felizes. Marie-France poderia se considerar feliz? Com suas mãos cheias de anéis para desviar a atenção das primeiras manchas desenhadas pela idade em sua pele branquinha, pele na qual ela esfregava suco de limão todas as noites. Com seu coração que, segundo ela, de vez em quando lhe pregava alguma peça só para lembrá-la de que ainda estava viva. Trazer o assunto à tona estava fora de cogitação: ela teria considerado vulgar.

Marie-France nos ensinava muitas coisas, e entre elas estava o hábito de não fazer perguntas pessoais. Para ela, era fácil ficar em silêncio, ser discreta, nunca se atrever a perguntar, nem mesmo a si mesma, se aquela era realmente a vida que queria; se não seria hora de parar, olhar para trás, conceder-se uma trégua. Era mais fácil para ela, acredito, porque não tinha a pretensão, talvez nem o desejo, de ser feliz (eu não me perguntava, naquela época, quando ela havia parado de esperar por isso). Eu, pelo contrário, como a juventude exige, ansiava pela felicidade, considerando-a um direito meu, o que me levava a subestimar o poder do acaso. Outro erro típico cometido por jovens.

«Há coisas, *ma biche*, que não se deve perguntar», ela me disse uma vez. E eu também sabia disso, mas naquele dia com certeza não pensei ter ultrapassado algum limite. Apenas perguntei se ela estava se sentindo bem, achei que estava pálida e olhava para fora da vitrine, para o vazio. Talvez do outro lado do vidro eu tenha percebido uma sombra, mas foi apenas por um instante, um lampejo; eu não tinha certeza.

Já haviam se passado alguns dias desde o sábado em que o marido sem aliança tinha vindo procurar a esposa nos provadores. Na segunda-feira, só abríamos à tarde, às três e meia, e ninguém mencionou o incidente. O que poderíamos dizer? Continuamos evitando falar sobre isso na terça, na quarta, na quinta-feira. Mas não conseguíamos evitar pensar, fazer suposições, nutrir uma leve inquietação.

«As pérolas nascem da irritação, *ma biche*», Marie-France me explicou. Todos estávamos nervosos, e nenhum de nós era tão cego a ponto de não perceber que desde o sábado anterior o tilintar da porta se tornara mais raro. Claro, poderia ser fisiológico, uma mera coincidência, uma semana começando devagar… Quantas vezes isso já aconteceu? Era cedo para tirar conclusões. Marie-France me pediu para rearrumar os cabides, mostrando a convicção de que em breve as hordas de clientes habituais se manifestariam, e *assim seguimos em frente*. Enquanto eu trabalhava, ela, de pé atrás de mim, começou a me contar sobre as pérolas. Que nascem por acaso e da irritação: basta que a paciência do molusco seja severamente testada, para obrigá-lo a secretar a substância que se solidifica em joia.

«Um grãozinho de areia, apenas um grãozinho, imagina? Se ele entrar na ostra no momento certo, se for irritante o suficiente… *voilà*! Surge uma pérola do tamanho de uma bola de gude. A areia se torna uma joia dentro de uma concha, algo digno de alquimistas! Podemos fazer coisas maravilhosas só para responder à altura a quem nos tira do sério. Ou não? Eu acho *fantasmagórico*.»

Fantasmagórico. O esforço de transformar a si mesmos, suaves moluscos, vivos e, portanto, perecíveis, mas *vivos*, em joias brilhantes só para se vingar de uma intrusão indevida. Típico de Marie-France se empolgar com esses exageros. Será que ela alguma vez levou sua irritação a um extremo tão heroico?

«Se a areia não fosse tão irritante, querida», ela continuou a tagarelar, sinal de que o assunto a apaixonava mais do que poderia se suspeitar, «não teríamos ideia do efeito de um colar de pérolas na pele cansada, que infelizmente depois dos cinquenta… Eu sei que é cedo para você, que parece muito distante! Mas é muito melhor estar ciente dessas coisas. Estar preparada, enfim! E com um belo colar triplo de pérolas, não as cultivadas, claro! Precisamos das verdadeiras. Aquelas que nascem da irritação!»

Levantei os olhos do trabalho e sorri para ela: mesmo naquele dia cheio de contratempos, Marie-France encontrara um grão de beleza. Devia estar precisando muito disso.

Enquanto isso, na loja, não ficávamos entediados. Para começar, apareceu um cachorro, Elsa, em homenagem a Elsa Schiaparelli, nome escolhido por Marie-France, que era uma grande admiradora da estilista. A cachorra apareceu com Giosuè em uma manhã, uma espécie de bobtail, apenas um pouco mais baixa, com uma grande franja sobre os olhos. Giosuè disse que ela o seguiu desde sua casa, não tinha coleira nem plaquinha, não correspondia a nenhuma descrição dos cartazes presos nos postes. Quando Marta sugeriu chamar a polícia, Giosuè, com sua habitual calma, disse que não gostava de lidar com as forças da ordem e não via motivo para se incomodar em chamá-los. Estava claro, afinal, que ninguém estava procurando por aquele cachorro. Pensamos que era uma desculpa para ficar com ela, e, no final das contas, ninguém se incomodava com isso. Marie-France, que tinha uma verdadeira paixão *pelos animais*, como ela dizia, apesar do pelo muito longo e do cheiro de musgo, apesar do porte imponente, apesar da tendência a babar no chão, não pensou duas vezes. Levou o cachorro pessoalmente a uma visita ao veterinário em Coppede, onde, nos confessou, sempre sonhou levar um de seus animaizinhos. E mandou Marta e eu a uma loja bem abastecida no Viale Regina Margherita para comprar dois almofadões para Elsa, um para a boutique e outro para casa, além de um colar, uma coleira e duas tigelas. Mandou gravar uma plaquinha na joalheria ao lado da boutique e, a partir daquele momento, ela tinha um cachorro, com tanta naturalidade que conseguiu não mudar nem uma vírgula. Elsa, além do mais, era uma presença silenciosa, atenta, mas extremamente discreta. A única coisa que não suportava era ver alguém mexendo com a vassoura e a pá — uma cena que a deixava furiosa — e ser deixada sozinha mesmo que só por um instante: começava a gemer de desespero, por isso Marie-France nunca a deixava sozinha. A coleira era vermelha e a bandana, que Giosuè amarrou de lado por vaidade, era de um belo rosa-choque. Em pouco tempo, todo mundo no bairro a conhecia. Entrava e saía livremente da loja, se afastava pouco, apenas para as necessidades mais urgentes. Doce, taciturna, atenta, ela aliviava nossa solidão com o terror que manifestava só pela hipótese de ficar sozinha.

Depois chegou uma nova vendedora. Marta e eu não dávamos mais conta, Marie-France declarou, do trabalhão que as garotas nos davam. Talvez eu pudesse até pensar em uma ligação entre essa decisão e o cansaço que percebi em Giosuè no dia em que aquele homem estranho entrou na loja. Mas, na verdade, fazia algum tempo Marie-France já insistia em dizer que precisávamos de ajuda, que precisávamos de outra pessoa, embora a ideia de ensinar tudo de novo a incomodasse, por isso suspirava e dava o assunto por encerrado. Até que, depois de semanas de anúncios, Micol fez sua entrada na boutique e em nossa rotina diária bem escorregadia.

Era filha de uns amigos da família de Giosuè, então Marie-France já a conhecia desde pequena. Por isso, não foi submetida a entrevistas ou a períodos de teste. Marta e eu mostramos o banheiro onde ela poderia se trocar de manhã, Marie-France lhe entregou uma camisa branca com mangas bufantes e uma jardineira preta de gabardine, o conjunto MaxMara que era nosso uniforme naquela semana e que nos fazia parecer Pierrots. Nosso uniforme variava a cada semana, mas sempre seguindo os princípios de sobriedade que Marie-France prescrevia e exigia de nós: *Eu tenho de me destacar*, ela dizia, *porque faz parte da minha função; vocês devem ser discretas, para não confundir as clientes. Não queremos assustá-las, não é?*

Micol entrou no banheiro e saiu usando o uniforme. E então se tornou uma de nós: à luz das manhãs, com as persianas por levantar, a porta de vidro por limpar com pele de veado, os cabides a serem orientados na mesma direção, gancho para dentro, a uma distância exata de quatro centímetros que já medíamos a olho nu. Ela também conheceu o tintilar do grande caixa de ferro — Giosuè se encarregou de explicar como fazer os recibos. A mim coube ensiná-la o inventário que faríamos à noite, os pequenos truques que usávamos para garantir que tudo estivesse no lugar. Tínhamos etiquetas redondas, que chamávamos de bolinhas, para marcar as peças: sobre as bolinhas, que prendíamos nas bainhas internas, como se fosse um jogo de batalha naval que jogávamos na escola durante as horas vagas, anotávamos a localização de cada suéter de cashmere, das minissaias, das camisas, dos coletes. Cada coisa tinha seu lugar e deveria voltar a ele à noite, quando tínhamos de revistar minuciosamente os provadores, porque era incrível quantas blusas, camisetas, blusinhas deslizavam para trás dos pufes brancos-gelo embaixo dos espelhos altos naqueles secretos cubículos apertados. Desde que as rãs começaram a aparecer, inauguramos até mesmo uma caixa para objetos perdidos, onde juntávamos seus esquecimentos. Elas quase sempre voltavam correndo para recuperar: óculos de sol, brincos, uma vez até um aparelho odontológico; e correntinhas, batons, chicletes, elásticos de cabelo, sem falar do mar de grampos, prendedores e presilhas, lenços de cambraia bordados com iniciais. Essas jovens brotinhos tinham avós ricas. O problema eram os chicletes Brooklyn mascados, que às vezes encontrávamos grudados no chão, e os longos cabelos que permaneciam enrolados nos dedos brancos dos manequins. Um desastre, eu explicava para Micol, e ela sorria porque claramente não estava me ouvindo.

Micol nunca ouvia ninguém, vivia em sua própria bolha: perdida, protegida, distante. Era bonita, ou melhor, mais do que bonita. Com o estupor de me sentir um pouco traída, entendi que Marie-France devia tê-la escolhido por isso.

Eu também era bastante bonita, assim como Marta: todas fomos escolhidas pelo mesmo motivo, pensando bem. Marta com seu cabelo loiro deslumbrante, os fios escapando da faixa alta de veludo preto com a qual prendia o cabelo para trás (*como a B.B.!*, cantarolava Marie-France no dia em que trouxe a faixa de casa para Marta experimentar: ficou tão encantada com o efeito, que Marta teve de usá-la sempre na loja). Eu, a mais alta, com minha cabeleira castanha-acobreada que agradava a Marie-France; ela, que, por causa de minhas maçãs do rosto que tanto a interessaram no primeiro dia, insistia que eu usasse coque e deixasse a franja crescer para poder puxá-la para trás — nunca soube se ela percebeu que eu, na verdade, a encurtava às escondidas, com a tesoura, com pequenas intervenções quase imperceptíveis para que não crescesse muito.

Eu sei que nunca se diz de si mesmo *sou bonita, sou feia* e assim por diante — é impossível ser objetivo sobre si mesmo. Mas Marie-France também me ensinou que falsa modéstia é vulgar; então, neste ponto da história, tanto faz mostrar as cartas. Marta e eu éramos um pouco disformes, como se ainda estivéssemos crescendo, embora isso já não fosse mais verdade. Parecíamos desenhos não terminados, faltava o toque final, o detalhe que os aperfeiçoaria. Talvez essa aparência inacabada nos desse uma graça misteriosa, não sei. Pelas fotografias, até dava para acreditar nisso. O fato é que, mesmo sendo bonitas, ninguém poderia nos chamar de lindas. Micol era linda. *Um brilho*, dizia Marie-France, toda orgulhosa. Eu sorria, eu também queria brilhar.

Brilho ou não, foi mais ou menos nessa época que comecei a sonhar acordada, talvez contaminada por Marie-France, que sabia mostrar qualquer coisa como possível (mesmo que, um instante depois, sem hesitação, revelasse a vaidade de tudo nas conclusões lapidares de suas parábolas — *então ela se arruinou, então perdeu tudo, você sabe*...). Nunca fui ambiciosa, foi por mera indecisão que me matriculei na faculdade de História e Filosofia.

Na verdade, eu tinha uma ambição, mas, como qualquer pessoa que cultiva o sonho de escrever, eu, que desde a infância me imaginava em algum sótão, ou casa na árvore, ou até mesmo na cabana de um farol suspensa sobre as ondas agitadas escrevendo um romance policial atrás do outro, não falava sobre isso com ninguém. Também tinha vergonha, e com razão, dos clichês nos quais minha fantasia tropeçava. Mas o que eu podia fazer? Era um sonho de infância. Enquanto isso, eu fazia o que podia, ou o que achava que podia fazer. Observava, fantasiava. Parecia que o papel da escritora finalmente ofereceria uma justificativa para minha preguiça, minha falta de aptidão para a tarefa, a lentidão com que eu me arrastava pela vida, perdendo metade de meu tempo tentando descobrir o que fazer com a outra metade.

Claro, não seria fácil — *nem tudo são flores*, Marie-France amava repetir. A julgar pela aparência de Lorelei, nossa intrépida escritora, parecia um ofício acidentado. Escrever talvez se assemelhe a sonhar: como um sonho, exige uma quantidade exorbitante de material combustível do qual extrair os filamentos das tramas que por muito tempo permanecerão invisíveis aos olhos do mundo. E o sinal dessa combustão perene me parecia ser revelado pela massa vaporosa de fumaça que, como de uma chaminé sempre acesa, saía da boca, do nariz, e até dos ouvidos de nossa querida Lorelei.

«Se não fumo, explodo», ela me disse uma vez. «E se pretende escrever, você vai ver, também vai perceber isso», sorriu com os dentes amarelados pelo excesso de nicotina. Ela deve ter percebido meu desconforto, mas felizmente não o interpretou pelo que era: não captou a leve repulsa que me atravessava — eu já era aluna de Marie-France, quase diplomada em sua escola de estética e de aversão ao declínio imposto pela vida, e aqueles dentes cor de pergaminho me causavam um desconforto excessivo. Achou que eu estava me perguntando como ela havia descoberto minhas ambições literárias. Como se eu não soubesse que Marta não conseguia manter a boca fechada.

«Marta me contou, sabia? Mas fico feliz que estejamos falando sobre isso, talvez eu possa te dar algumas dicas úteis, quem sabe...»

Eu sorri. Não estava tão certa se eu queria uma dica dela.

«Então, para começar, eu te diria: encontre cigarros de que você goste, serão seus melhores amigos para não explodir, mas também para ficar acordada quando precisar terminar um trabalho. E além disso, querida, aqui você tem uma bela amostragem humana! Tudo o que precisa fazer é observar tudo, anotar tudo, lembrar de tudo. Aproveite a boutique, querida, garanto que não há escola melhor para quem quer escrever um bom suspense!»

Nossos clientes realmente ofereciam uma amostragem de respeito. Comecei a classificar os rostos em *tipos*, com a divertida pretensão de identificar caráteres, índoles e inclinações a partir do formato de um queixo, das proporções das orelhas, da curva dos sorrisos. Eu fazia isso por puro prazer, mas também para fazer Marta rir, ela achava hilária minha mania de resolver as coisas elaborando teorias fantasiosas à prova de qualquer objeção. Desde que uma vez, tarde da noite, no sofá de nossas noitadas, compartilhei meu sonho com Marta, ela era a principal aliada e apoiadora de minha empreitada de me tornar uma escritora de suspense. Obviamente, eu não tinha pretensões de exatidão ou cientificidade: era um exercício bobo, um jogo, mas ainda assim me surpreendia às vezes como certas constantes retornavam, como a vida parecia confirmar as suposições mais bizarras.

Talvez eu estivesse apenas dando voz ao que chamam, com muita simplicidade, de preconceitos.

Um pouco para nos distrair, um pouco para rir, comecei então a trabalhar em meu sistema fisionômico. Nem de longe eu imaginava que fora da vitrine, sem a mesma vontade de rir, alguém estava testando teorias semelhantes sobre nós que habitávamos a boutique — teorias semelhantes, mas enraizadas em uma violência que, até então, havíamos tido a sorte de não conhecer. Todos éramos forasteiros, até Giosuè, romano havia dez gerações. Mas ele era um romano do gueto aos olhos de quem nos observava como peixes em um aquário, bolando maneiras de nos prejudicar o máximo possível.

Minhas teorias tolas surgiam da observação de certas características em uma base estatística inventada (já que se fundamentava pelo que eu via ali dentro), mas não totalmente carente de precisão, pois se há algo que sempre tive é uma memória formidável para rostos e impressões deixadas pelas pessoas.

«Por exemplo, a sra. Cardamo», eu explicava para Marta em voz baixa enquanto Marie-France mostrava suéteres leves recém-chegados, «pertence à categoria das gengivais, cuja representante mais ilustre é, claro, a princesa Diana...»

«Pare com isso, você está me fazendo dar risada!», ela me cutucava com o cotovelo, mas nós duas sabíamos que ela não queria que eu parasse.

«Vamos lá... E então? O que essas gengivonas fazem?»

«Não, gengivonas são outra categoria, mais masculina, em grande parte relacionada ao tipo adenoide! Esses são homens sabichões, míticos e exigentes, vaidosos convencidos de que carregam a verdade no bolso, na maioria das vezes inofensivos, mas terrivelmente chatos. Sim, é isso, a arma deles é o tédio.»

«Tudo bem, mas então e as gengivais?»

«As gengivais têm a característica de sempre rir um pouco forçado, ou seja, se esforçam para rir, porque têm um temperamento melancólico, ou até mesmo pesado, muitas vezes lamentoso. Na prática, riem apenas para atender à pressão social: se acham que a pessoa com quem estão falando espera receber uma risada, elas se esforçam e o resultado é que mostram um bom centímetro de gengiva. São personalidades passivas, mas também agressivas, porque cobram caro pela insegurança que sentem...»

«Hum, sim, sabe que talvez você tenha razão? Sobre a princesa Diana não sei, mas sobre a sra. Cardamo, sim. Ela é toda doce com Marie-France e comigo, por outro lado, sempre me trata como se eu fosse transparente, acho que nunca respondeu a um cumprimento meu em três anos que estou aqui...»

«Não te disse? Que outras categorias você quer ouvir? Existem, por exemplo, as testas-sagradas. Aquelas pessoas com a testa arqueada, sabe? Como a Salimbeni. Na testa há tanto espaço que dá até para construir alguma coisa!»

«Chega!» Mas ela continuava dando risada. Não tínhamos vontade de trabalhar. «Enfim, o que essa testa gigante significa?»

«Bom... É um fenômeno que estou estudando ainda. Para começar, diria: personalidade hipocondríaca, tendência à mitomania. Já viu Bette Davis? Aquela é um exemplo perfeito de testa-sagrada. Baby Jane...»

«Mas era a personagem de um filme, não ela mesma!»

«Mas as personagens não nascem sozinhas! São fruto de uma observação cuidadosa da realidade...»

«Então agora você está estudando bons personagens para seus romances!»

«Pare com isso! Ou você também vai se tornar um personagem!»

«Eu gostaria. De ser uma musa... Na verdade, você tem que me prometer que vai criar uma personagem assim como eu. Determinada, fatal, mortal...»

«Veremos. Mas, enfim, se você quer saber, existem os sem-queixo. Homens e mulheres. Sua antítese são os narizes--de-porquinho: sinal de uma personalidade sensual e ambiciosa, muito arrivistas, mas pouco visionários.»

«Quem? Os porquinhos ou os sem-queixo?»

«Eu falava dos narizes-de-porquinho. Os sem-queixo, por outro lado, são visionários, tão ambiciosos quanto os porquinhos, mas de maneira mais evasiva, mais... Mais ressentida, pronto. São os mais perigosos de todos, em minha opinião.»

«Como aquele cara que está nos observando lá fora?»

«Nossa... Sim, aquele é um sem-queixo perfeito. Mas o que ele está fazendo parado lá?»

«Já o vi em algum lugar, sabia?»

«Ah, mentira!»

«Estou falando sério. Já o vi e não gosto nem um pouco dele. Não vire agora, mas ele está te encarando.»

«Pare com isso!» Mas o vi de relance. Um grandão, sem queixo, que parecia estar mesmo olhando em minha direção. E talvez eu já o tivesse visto em algum lugar. Mas onde? Estranho não me lembrar... Talvez eu estivesse sugestionada.

«E é engraçado, está de terno azul, todo elegante, parece feito sob medida, e uma maleta... Estilo representante, isso!»

«Você consegue ler o que está escrito na maleta?»

«Só vejo um A daqui. Precisamos esperar que ele se mexa. Mas, se ele continuar te encarando assim, vou lá fora dizer umas boas verdades para ele!»

«Estou tentando lembrar onde posso tê-lo visto... Aliás, esses sem-queixo fazem parte da categoria dos olhares-esquivos.»

«Quer dizer, aqueles que não olham nos olhos quando falam com você? Me dão nervoso esses!»

«Sim, sim, exatamente. Os sem-queixo com olhar esquivo são as criaturas mais traiçoeiras da terra! É como se fossem camaleões, como se soubessem se camuflar às margens das situações...»

«Mas, em sua opinião, os traços dessas pessoas são a causa ou *o efeito* do caráter? Quero dizer, alguém é passivo-agressivo porque é gengival, ou o contrário? Assim... Você não acha que essas características podem ser expressões tão comuns a ponto de se tornarem fixas no rosto da pessoa?»

«Bom... Eu acho que todos nós mudamos conforme nosso comportamento. A água transforma as rochas, não?»

«Sim... Mas, se alguém nasce sem queixo, não pode fazê-lo crescer por vontade própria.»

«Sim. A vida é injusta.»

«Verdade... É *muito triste*.» Marta podia ser muito sentimental. Porque ela tinha um forte senso de justiça.

«Sabe quem é para mim o rei dos sem-queixo com olhar esquivo? Mr. Hyde.»

«Quem? Aquele do livro?»

«Sim, sim, ele. Eu nunca tinha lido, até pouco tempo atrás... Depois li para a monografia que nunca vou terminar.»

«Pare com isso! Eu mesma vou terminar para você, pelo menos assim você para de reclamar...»

«Está bem, ok. Enfim, a coisa mais bonita dessa história, que é infinitamente mais bonita do que você pode imaginar, sabe qual é? É que todos veem esse Hyde, mas é como se ninguém o visse. Todos têm *uma impressão* desagradável, de incômodo, em relação a ele, só que não conseguem saber o motivo... Mas um pouco, com certeza, é porque ele é um sem-queixo com olhar esquivo. Acho que estou vendo-o, olhe!»

«Igualzinho àquele cara lá fora.»

O cara lá fora, enquanto isso, estava conversando com outro homem, baixo, testa achatada, sobrancelhas proeminentes, exageradas. Pelo menos foi o que me pareceu: só o vi de relance, sem tempo para encará-lo. Parecia um tipo atarracado, símio. Como aquele que veio procurar a esposa na loja e estava sem aliança.

Marie-France tossiu, como sempre fazia quando estava incomodada com nossa distração, para chamar nossa atenção sem que as clientes percebessem. A sra. Cardamo já estava no caixa, havia comprado um lenço Balenciaga de bolinhas brancas e pretas com bordado em fúcsia. Decerto um presente para alguma amiga ou cunhada: ela não exibia a típica impaciência de quando fazia compras para si mesma. Ria satisfeita com Marie-France, assinando o cheque, meio metro de gengivas ao vento.

«Até a próxima, Marie-France, é sempre um prazer conversar com você», disse.

Abri a porta para ela. «Até logo, sra. Cardamo.» Sorri dando uma olhada para Marta, que estava prestes a explodir de dar risada atrás da cliente.

A senhora me atravessou com o olhar, como se eu fosse mais transparente do que a porta, embrulhou as gengivas sob os lábios pintados de Revlon e saiu sem dizer uma palavra.

Como previsto. Nem mais, nem menos.

«E nós?»

«Nós, o quê?»

«Nós, a que categoria pertencemos?»

«Nós somos fora de série, não é?» Queríamos rir, mas nós duas sabíamos que não era verdade.

Só que, para saber a que categoria pertencíamos, precisávamos de alguém que nos olhasse de fora.

«Onde foi o sem-queixo?»

«Não está mais aqui… Nem percebi que ele tinha ido embora.»

«Parem de conversar agora mesmo, vocês duas! Eu pago vocês para conversar? Não me parece! *Allez, allez*, temos de atualizar a nota dos lenços, quem vai fazer isso?»

Marta aproveitou a oportunidade para sair e fumar — *se o vir de novo, te chamo!* —, e eu me tranquei nos fundos, suspirando como uma vítima sacrificial, embora na realidade fazer notas fosse uma de minhas tarefas preferidas — pelo menos poderia ficar tranquila, com o lápis na mão, aproveitando um pouco o tempo. A mesma coisa que Marta fazia com seu cigarro, alegando que se não fumasse entraria em abstinência de nicotina e ficaria muito nervosa. *As pausas são sagradas*, dizia. Antes de me afundar na penumbra repousante do escritório, ainda deu tempo de ouvir Marie-France repreendendo-a.

«Como faço para te dizer que fumar dá rugas, *ma mie*?»

«Eu achei que fosse a vida que as causasse!», Marta respondeu. Ela sempre respondia assim.

E como sempre, Marie-France: «Caramba, mas quantas filósofas temos aqui! Me dê um cigarro, vamos, te faço companhia, afinal a vida se ocupou de minhas rugas, não falhou em nada.»

E, graças à sagacidade de Marta, pelo menos por cinco minutos, antes de correr para o banheiro dos fundos para se encher de spray mentolado, cujo perfume se misturava com as notas de tabaco e as notas, baixas e perturbadoras, de seu Opium impreterível, ela pôde se conceder um Merit e uma pequena pausa de si mesma.

13. A última festa

Ninguém estava esperando quando Marie-France anunciou a festa. «Tem certeza? Não me parece o momento de fazer mais despesas», disse Giosuè baixinho. Nas últimas semanas, ouvíamos cada vez menos o tilintar alegre da caixa registradora. Marie-France passava tardes fazendo contas, curvada sobre os livros contábeis nos fundos da loja. Havia dias em que a porta de vidro não abria por horas a fio. Ela nos mantinha ocupadas com inventários, mas cedo ou tarde não sobraria nem um alfinete para registrar.

Eu sabia que Giosuè estava preocupado, sabia mesmo ele fingindo que não. Todos nós fingíamos quando algo incomodava Marie-France, porque era o único jeito de acalmá-la. E também porque, mesmo que fôssemos contra suas iniciativas, não mudaria nada: ela encontraria outro jeito de levá-las adiante. Ela não mudava de ideia com facilidade. Ainda mais se fosse uma sugestão nossa.

Enquanto isso, ela fixou uma data: sexta à noite. A objeção de que faltavam apenas três dias não a abalou nem um milímetro. Tentou reservar o clube esportivo, mas disseram que naquela sexta estava prevista uma recepção de bodas de prata, sem chance. Pensou em um restaurante do bairro, com um belo jardim: lá também lamentaram muito, mas estava lotado. Tentou um barco ancorado no Tibre, perto do Piazzale Flaminio: não aceitavam reservas. Talvez tenham sido um pouco rudes, porque ela desligou o telefone com uma expressão carrancuda, como quando alguém a contradizia.

«Ótimo, queridinhos, então faremos aqui na loja! Além do mais, assim economizamos… Uma despesa a menos, não faz mal!»

Giosuè sussurrou algo em seu ouvido. Ela recuou quase com um incômodo. «E o que isso significa? Claro que faremos com o que temos! Não preciso fazer uma festa bizantina!»

Em geral, em ocasiões desse tipo, ela distribuía as tarefas. Tínhamos de ligar, mencionar seu nome, e tudo corria bem. Dessa vez, porém, ela quis fazer tudo sozinha.

Descobrimos depois que ela tinha mudado de fornecedores, mas não nos disse o porquê. Limitou-se a tagarelar sobre os canapés e os *vol-au-vent* que não deixavam nada a desejar aos da Rosati, onde costumávamos comprá-los. Nenhum de nós teve coragem de dizer que, talvez, deixassem sim algo a desejar, mas não nos importávamos.

Não houve coquetéis, apenas vinho, entregue em garrafões. Mas ela também comprou um monte de garrafas, que durante toda a manhã da sexta-feira — permanecemos fechados aquele dia, em preparação para a noite — tivemos de encher com um sistema de bombas e funis. Até que foi divertido. As garrafas não tinham rótulo, mas dentro dos baldes ninguém perceberia isso. O gelo deveria ser entregue pelo bar. Ela mesma trouxe os guardanapos de linho branco de casa. Outra novidade foi que não encontrou garçons. Tínhamos de servir nós mesmas, seria incômodo? Naturalmente, haveria uma boa recompensa por nossa gentileza no próximo pagamento. Não nos incomodava de jeito nenhum: estávamos planejando organizar uma pequena viagem à Croácia no verão, por iniciativa de Marta, que ansiava por novas fronteiras e aventuras na alfândega, boas para contar durante o próximo ano inteiro (pelo menos era isso que ela dizia para nos convencer). Cem mil liras a mais só nos fariam bem.

Ela nos deu uniformes muito elegantes, ternos MaxMara escuros com detalhes em branco, com um bolero que imitava algumas camisas chinesas finas.

«Magníficas! Vocês estão magníficas!», exclamava, olhando-nos encantada por trás da mesa repleta de garrafas e canapés. Ela havia pendurado delicadas lanternas de papel em frente à loja. Dentro, as velas emitiam um brilho comovente conforme a noite caía.

Aguardávamos os primeiros convidados. Giosuè foi severamente repreendido por ter pegado um pãozinho do buffet — por acaso era uma criança que não poderia esperar?

Para se redimir, deu-lhe um beijo na bochecha, e então Marie-France sorriu chamando-o de patife. Mas ela não estava em seu humor festivo. Talvez por causa do daiquiri, que fazia falta. Talvez porque não tivera tempo de enviar os habituais convites RSVP. Havia telefonado. Teriam esquecido?

Eram cerca de cinquenta convidados. Como da última vez, quando pelo menos cem pessoas apareceram, uma delas bem atrasada. Ele voltaria naquela noite? Chegaria mais uma vez quando a festa já estivesse acabando?

Eram nove horas, depois nove e meia. O ar estava imóvel, gelado. Marie-France teve de pedir a Giosuè que comprasse mais um maço de Merit na tabacaria aberta até tarde, pois ela havia fumado todos que tinha, em pé na calçada, olhando para um lado e para o outro da rua. Era questão de honra para ela nunca ter comprado um maço de cigarro. Ninguém tinha coragem de lhe dizer que comprar por meio de outra pessoa não a tornava não fumante, como ela precisava se sentir para evitar se considerar responsável por inconvenientes como rugas ou dentes amarelados de nicotina. De vez em quando um vulto se aproximava, depois desaparecia, nos ultrapassando. Todos tinham outros objetivos, outros destinos. Alguém espiava a loja, alguém sorria, como se dissesse: eu gostaria de parar. Mas eles não foram convidados.

Nossos convidados reais devem ter marcado a data errada no calendário. Às dez horas, Marie-France serviu um copo de vinho para cada um de nós. Ela nos deu permissão para sair de trás da mesa, onde havíamos esperado, profissionais e imóveis como peixes ressecados, a chegada dos convidados.

«Mas disseram que viriam! Estou começando a achar que convidei todos para amanhã... Maldito telefone! Como posso ter certeza agora do que eu disse? E, além disso, já é tarde demais para ligar, não é? Só para confirmar essa questão da data que agora me atormenta... Mas são dez horas, é *definitivamente* tarde! Eu devia ter pensado nisso meia hora atrás, droga.»

Giosuè tinha desaparecido lá atrás. Ouvimos que ele falava baixo, não conseguíamos distinguir as palavras.

Na meia hora seguinte, Isa Cacioni e a inseparável Lorelei apareceram na porta. Estavam com os olhos um pouco vermelhos de cansaço. Lorelei estava vestida com um conjunto de lã feltrada, enquanto Isa, com uma desenvoltura notável, usava uma combinação bastante retrô: um pijama largo, com calça e blusa bordô. Tinha uma queimadura de cigarro na manga, mas Marie-France não disse nada a ela. O que era bastante incomum, mas naquela noite tudo estava sendo incomum.

Notei também que Marie-France não fez nenhuma pergunta às amigas sobre a data comunicada ao telefone. Não investigou, como se não tivesse muito interesse em entender se realmente havia errado nos convites ou se os convidados tinham tido outra razão para não aparecer na festa.

Comemos os sanduíches de pão de leite e bebemos o vinho ácido da taberna, sentados nos sofás baixos. Ao fundo, Dalida cantava. Nem parecia uma festa, mas era, e foi a última. Andrea não apareceu, mas até o fim eu espiava através da vitrine, e de vez em quando parecia que eu conseguia ver, na escuridão, olhos que observavam o interior da loja. Provavelmente eu estava enganada.

[illegible] resultados
[illegible] para não aparecer [illegible]

Começamos [illegible] de [illegible]
[illegible] de fundo
Dali de cada [illegible] mas [illegible]
uma [illegible]
[illegible]
[illegible] que [illegible]
[illegible] emudecida.

14. Girolimoni

Um dia, ouvi Giosuè murmurando com alguém nos fundos. Não era Marie-France, que estava atualizando a lista de pedidos com uma caneta azul no bloco com o monograma da loja ao lado do caixa. Não era Marta, parada na luz da vitrine observando um ponto na calçada onde as folhas caídas se acumulavam com o calor. Não era Micol, enviada à lanchonete para pegar café para todo mundo. Nem Elsa, com quem Giosuè às vezes insistia em manter longas conversas enquanto a cachorra respondia com pequenos rosnados.

Giosuè dizia algo confuso, eu o escutava, mas o som estava abafado, o tom da voz muito baixo. Tive a impressão de reconhecer a palavra *agressão*. Por que falar de agressões em uma manhã tão bonita?

A poeira pairava no ar. Eu sabia que Marie-France não ficaria nada contente e me mandaria pegar o espanador assim que estivéssemos no intervalo para o almoço. Mas estava bonito, como se o ar fosse feito de ouro. Foi então que vi o ponto que Marta olhava fixamente, sob um cobertor crocante de folhas. A princípio, eu não havia percebido, enganada por todo aquele ouro e azul que davam ao ar uma consistência líquida, como se a vitrine fosse um aquário. Olhando melhor, porém, no asfalto alguém havia traçado um sinal com tinta preta. Parecia uma mancha de alcatrão, mas era uma seta. E a seta apontava para a loja.

Poderia ser uma brincadeira, um engano, uma daquelas linhas que os trabalhadores desenham nas calçadas para se orientar em trabalhos de manutenção — sim, com certeza era algo desse tipo. Marta não disse uma palavra e eu não disse nada a ela; estávamos cansadas, nos arrastando, como quase sempre acontecia de manhã. As clientes começaram a chegar e eu não pensei mais na seta. Marie-France nem mesmo devia tê-la notado.

No dia seguinte, quando cheguei à loja, o sol estava brilhando novamente e as folhas haviam sido varridas da calçada. A seta não estava mais lá. Mas não como se fosse alguma coisa imaginada. Fato era que alguém a *apagara*. Eu via no asfalto, quase imperceptíveis, vestígios de um branco sujo: a espuma empapada do detergente com o qual alguém (*mas quem?*) deve ter esfregado a calçada. Giosuè sorria e massageava as mãos, torcendo-as. Notei que estava faltando o anel de esmeralda no mindinho de sua mão esquerda, mas talvez eu estivesse enganada, porque logo depois, quando uma cliente entrou e ele com gestos amplos apresentou os novos modelos de Gai Mattiolo que tinham acabado de chegar na noite anterior — Micol e eu sabíamos disso, já que havíamos recebido uma bronca por esquecer de registrá-los na nota —, a pedra brilhou, multiplicando um raio de sol contra a vitrine, vindo das frondes dos plátanos.

Marie-France parecia perfeitamente serena naquele dia, o rosto radiante sob os cabelos puxados, entre os dois botões de ouro em seus brincos de clipe. Parecia ainda mais loira do que o normal, quase excessivamente loira, pensei. Como se tivesse descoberto que podia ser mais ligeira, mais inconsistente, mais esvoaçante, mais leve do que todo mundo: do que nós, do que uma seta na calçada, do que os sussurros que se acumulavam atrás de sua nuca, entre os grampos que seguravam seu coque.

Porque as palavras, enquanto isso, começaram a circular.

Seria possível que ela não as escutasse?

Preguiçosamente, Micol apareceu nos fundos com a lista de entregas das roupas de banho que tínhamos encomendado da Sportskin, uma marca canadense que, segundo Marie-France, fazia *coisinhas adoráveis*. Pensei em lhe perguntar também, pois às vezes, apesar da aparente distração, ela conseguia surpreender. Micol notava coisas às quais ninguém mais prestava atenção.

«Micol, você já viu um sujeito aqui fora da loja, em pé, parecendo estar esperando alguém? Um cara com uma maleta, de roupa azul, sem queixo?»

«Sem queixo?» Micol não estava a par de minhas teorias fisionômicas, não tínhamos intimidade suficiente. Talvez eu tivesse vergonha de falar sobre isso com ela, como se a garota não pudesse entender, sendo tão bonita — eu tinha uma teoria sobre o excesso de beleza? De qualquer forma, seria um desperdício de tempo explicar-lhe isso: depois de falar com Micol por um tempo, ela simplesmente parava de escutar.

«Sim, quer dizer, um com o queixo fugidio... Como se fosse um camelo, digamos assim!»

«Ah! Aquele sujeito. Sim, eu sei de quem você está falando. Ele é fotógrafo», ela disse sem se incomodar, como se identificar alguém a partir de uma descrição vaga e lacônica como a que eu acabara de dar fosse a coisa mais óbvia do mundo.

«Ele me explicou que está procurando garotas para contratar como vendedoras da Avon, sabe? Conhece essa marca?»

«Avon... Não é a marca daquele batom, aquele que a Chefe te pediu ontem?»

«Sim, exatamente. Ele que me deu de presente! Disse que ficou feliz por eu experimentá-lo, vamos ver... Mas nem sonho em vender os produtos dele! Já passo o dia todo no meio das roupas. Porém fiquei com o batom, era uma cor bonita. De qualquer forma, ele diz que as garotinhas são perfeitas para vender esses produtos, tipo aquelas que vêm aqui à tarde.»

«Então quer dizer que é por isso que ele está lá fora há tanto tempo, com aquela cara de pervertido?»

«Coitado, ele é uma pessoa gentil, não é culpa dele se é feinho.» Ela estava certa, e eu fiquei com vergonha: deixei minhas manias fisionômicas estúpidas me influenciarem.

Ou não. Talvez eu estivesse certa, mesmo que pelos motivos errados. Causas e efeitos se seguem e se entrelaçam de maneiras que podem ser misteriosas para nós. E mesmo que as aparências enganem, às vezes, sem que percebamos, elas falam a um recesso escondido dentro de nós, que entende o mundo melhor do que pensamos compreender com nossos critérios racionais, nossos discursos, nossos raciocínios bem azeitados que seguem uma lógica perfeita.

Para me tirar daquela situação embaraçosa, as garotas chegaram. Ou melhor, elas já tinham chegado: enquanto estávamos nos fundos, a pequena corte de Rossana havia tomado posse dos provadores. Os gritos nos atraíram, um tumulto incomum de risadas.

A garota alta estava em pé diante do espelho, com as pernas nuas. Ela usava um vestido da Cacharel muito pequeno que deixava metade de sua bunda de fora. As outras ao redor, sentadas nos sofás como se tivessem esperado do lado de fora para dar sua opinião sobre o vestido que ela estava experimentando, riam fora de controle. Nunca as tinha visto assim. Naquele dia, elas pareciam quase maldosas.

«Você realmente achou que ficaria bem com um vestido tão curto? Olhe só que coxa!» Rossana ria alto, chupando um pirulito de morango, item estritamente proibido na loja. Eu deveria ter ido para cima dela, tirado antes que Marie-France a pegasse fazendo isso, mas a verdade é que ela me assustava. Pessoas prepotentes me paralisam.

A garota alta continuava de pé, imóvel, em silêncio. Eu sentia sua humilhação.

«E quem você pensa que é? Ridícula!»

«Você não sabe que ela se acha Sophie Marceau? Quem ela pensa que é?», disse a outra, Donatella, que sempre apoiava Rossana em qualquer coisa que ela dissesse.

«Mas foi você quem me disse isso», a altona ficou vermelha, com um fio de voz recolhido para defender o que restava de seu orgulho, «que sua irmã acha que sou parecida com ela... Você me disse isso ontem!»

«E ela estava tirando sarro de você, não percebeu?», surgiu a quarta, aquela que quase sempre me parecia mais amiga da garota alta do que de Rossana. É claro que não era o caso naquele dia.

«O que está acontecendo aqui?»

Marie-France chegou, alta, imponente, majestosa. Suspirei aliviada, mesmo que o problema do pirulito ainda estivesse longe de ser resolvido.

«Elas me falaram para experimentar esse, para a festa de sábado, que daria certo em mim, e depois, e depois... Eu vesti, mas elas só queriam tirar sarro de mim.»

Prestes a começar a chorar na frente de Marie-France, ela tentava se conter.

«Mas tirar sarro de você por quê? Quem te deu esse tamanho? Esse no máximo serve para ela, que é uma andorinha», e, com um toque de desprezo que talvez só eu tenha notado, apontou para Rossana, que nunca tinha parecido tão baixa para mim.

«Você é alta, é esplêndida, pare com isso. Limpe suas lágrimas, vamos, pegue meu lenço. E volte aqui para se trocar.»

Ela entrou no provador e só então notei que a saia curta demais do vestido estava manchada. De vermelho, como se — óbvio! O pirulito de Rossana!

Ela, é claro, percebeu meu olhar.

«Pelo menos aqueles muquiranas de seus pais vão ser obrigados a te dar vinte mil liras para comprar alguma coisa», sussurrou aquela fina concentração de perfídia, que, como uma pedra jogada em um lago, provocou um movimento de risadinhas entre as bruxas que a apoiavam.

Marie-France, para sua sorte, não a ouviu, ou decidiu ignorar. Eu, por outro lado, ouvi perfeitamente bem, assim como a garota alta. Ela saiu do provador, com o vestido manchado, de cabeça erguida, e o levou até o caixa. Ela decidiu fingir que nada aconteceu, sempre fingia. Sobrevivia assim.

«Não, *ma mie*, não posso vender isso para você, não vê que está danificado? Está sujo, deve ser um defeito de fábrica», Marie-France sorriu com doçura. Tive a impressão de ver Rossana ficar vermelha, agora era a vez dela: de raiva ou talvez de humilhação, quem saberia dizer. E que diferença faria?

Que pesadelo é ter catorze anos, pensei.

Naquela noite, lembrei que algo assim também tinha acontecido comigo. Micol, como sempre, tinha saído. Em casa, estávamos só Marta, Elsa e eu. Em poucas semanas, o apartamento ficou lotado, mas felizmente havia espaço para todas. Isso aliviava Marie-France de qualquer sentimento de culpa por não poder ter mantido Elsa consigo: «Estou velha demais», nos disse, aparecendo uma manhã na loja com os olhos inchados, «para ter um cachorro, meus tesouros». Levá-la para passear à noite era um peso para ela, nas ruas não havia vivalma e Deus sabe o que poderia acontecer a uma senhora sozinha com um cachorro que não desconfia de ninguém, que faria festa com qualquer pessoa mal-intencionada que aparecesse. Pela primeira vez, percebi o quanto ela poderia sofrer com a solidão, aquela mulher firme que dava apoio a todo mundo. Às vezes, ela também estava cansada, às vezes até a Chefe se sentia fraca.

Felizmente, Elsa não agravou seus escrúpulos de consciência e, com a alegria com que enfrentava qualquer aspecto de sua existência canina, ela se adaptou à mudança. Em cerca de dez dias, já havia se acostumado a dormir aos pés de minha cama, no quarto que eu dividia com Marta. No quarto de Micol ela entrava mais raramente. Talvez a considerasse muito felina, talvez Micol não lhe desse atenção suficiente, ocupada como estava consigo mesma e com toda a confusão que sua simples passagem causava no mundo. Nós jantávamos e Elsa, embaixo da mesa, tentava roubar nossa comida. Às vezes, fingíamos deixar cair um pedaço de pão por descuido, só para vê-la se atirar na porção com a alegria que se sente diante de oportunidades inesperadas. Nós, sobretudo Marta e eu, descobrimos que viver com um cachorro é um pouco como encontrar uma portinha pela qual, com um empurrãozinho, podemos vislumbrar a paz animada das brincadeiras de infância. Estávamos felizes por tê-la conosco, mesmo que na loja ela se comportasse como se fosse a cachorra de Marie-France: respondia só a ela, ficava seguindo-a por toda parte, fazia festa só com ela. Às vezes eu sentia um leve ciúme, mas logo passava.

Naquela noite, enfim, estávamos no sofá com Marta — Elsa aninhada no chão — bebendo um copo de vinho Mateus, que ela adorava por algum motivo (dizia que era doida pela garrafa em forma de gota e que colecionava os vasilhames com a intenção de transformá-los em candelabros, mas nunca conseguia fazer isso). Foi exatamente nesse momento que aquela velha história me veio à mente. Eu já esquecera, como todas as coisas às quais um dia você deixa de dar atenção. Eu tinha treze anos. Havia um garoto, que agora eu nem me lembrava muito bem como era. Minha amiga dizia que, na opinião dela, ele era bonitinho... Eu nunca tinha achado isso, mas, depois que ela me falou isso, o garoto começou a parecer bonitinho para mim também.

«E então?»

«Então ele me convidou para sair, e eu não sabia o que responder, já que tinha sido minha amiga quem dissera primeiro que ele era bonitinho... Mas ele conhecia as duas. E fui eu que ele convidou para sair.»

«E o que você fez?»

«A pior coisa que eu podia fazer. Pedi permissão a ela, e então saí com ele e até nos beijamos, embora eu não tenha gostado muito... Mas eu tinha de dar um jeito naquela situação.»

«Mas essa história é completamente diferente da... Da que aconteceu hoje!»

«Sim, é verdade, mas... O que é idêntico, o que me fez lembrar dessa história, é a maneira como minha amiga começou a me tratar depois disso. Ela tinha dito *faça o que você quiser*, mas é claro que ela não queria *realmente* dizer que eu poderia fazer o que eu quisesse: queria que eu pusesse a amizade em primeiro lugar. Nossa amizade. Ela estava certa? Talvez sim, não sei. Eu, por oportunismo, fui pragmática: afinal, ele já tinha me convidado para sair, ela teria ficado chateada de qualquer maneira. Mas não era tão simples assim. Só que naquela época eu não entendia, e depois me arrependi muito... De qualquer forma, eu estava dizendo, o que é idêntico é a maneira... A maneira como ela me tratou naquela época. Como Rossana com a garota alta. E ela aceita... Como eu aceitava.»

Marta ficou em silêncio por um tempo. Então, como se uma grande verdade tivesse sido revelada, ela disse com uma voz séria: «Com certeza, ser jovem é bom só quando você já esqueceu como era.»

Era mesmo uma grande verdade.

Giosuè estava arrumando, atrás da vitrine, a postura dos manequins que tínhamos acabado de preparar. Trocávamos as roupas a cada dois ou três dias, Marie-France dizia que um pouco de variedade fazia bem. Ele, embora nos deixasse vesti-los, nunca estava satisfeito com a posição em que os deixávamos, com o lugar das mãos, com a inclinação da cabeça. Ele estava olhando para fora.

«Espero que aquele não seja um Girolimoni», ele disse, como se estivesse falando sozinho. Eu estava ao lado dele e não tinha ideia do que ele queria dizer com aquilo.

«O quê?»

«Está vendo aquele ali? Aquele sujeito com maleta e terno azul?»

«Sim, ele sempre fica aqui em frente, deve ser um fotógrafo, um representante de alguma coisa... Não lembro mais.»

«Talvez, mas eu não gosto dele. Fica conversando com as garotas.»

«Mas quem é Girolimoni?»

«Ah! É um homem que há muitos, muitos anos foi acusado aqui em Roma de ser… Bom, um monstro. De ter violentado e matado meninas.»

«Oh, meu Deus! E era verdade?»

«Acabou que não, mas quando descobriram já era tarde demais.»

«Então, se ele era inocente… você quer dizer que espera que aquele sujeito não seja inocente e acusado de forma injusta?» Evidentemente, meu hábito de esmiuçar as coisas não tinha me abandonado só porque eu não frequentava mais as salas de aula da faculdade de Filosofia.

«Não, não… Quero dizer… É uma expressão. Nós romanos dizemos assim. Vocês polentonas não poderiam entender mesmo. Falamos Girolimoni querendo dizer monstro. Mesmo que o original, no final das contas, fosse inocente.»

«Mas você não acha isso muito cruel?»

«Sim… Mas agora já se usa a expressão, não tem mais jeito. Esta cidade é assim, você sabe.»

Giosuè devia conhecer bem a brutalidade de Roma, que ainda assim ele amava. Seu tio, quando ele tinha apenas alguns meses, fora deportado para Auschwitz depois da denúncia de um ex-colega de escola: seu melhor amigo no primário, colega inseparável de carteira, a quem ele havia pedido ajuda para conseguir um passaporte.

Ambos tinham 26 anos. Giosuè não se lembrava do tio, é claro, morreu pouco tempo depois, no campo, quando Giosuè ainda era um bebê. A família o mandou com seus irmãos para a zona rural, na casa de amigos de amigos que os esconderam e os protegeram. Foi Marie-France quem me contou isso uma vez, em um momento de confiança inesperada. Eu nunca teria ousado perguntar, mas ela estava tão disposta naquele dia, que encontrei coragem.

«O que ele acha de toda essa história? Tem raiva?»

«Ah, não, *ma mie*, por que ele ficaria com raiva? Era assim naquela época, o outro que deve ter ficado com medo. O medo faz as pessoas fazerem coisas terríveis, sabia?»

Giosuè se irritava com frequência, mas nunca ficava realmente com raiva. Talvez, se o temperamento dele fosse um pouco mais iracundo, as coisas tivessem sido um pouco melhores para todos nós. Mas não podemos saber que rumo nossa vida tomaria se fôssemos diferentes do que somos, não é? Isso ficou claro para nós na noite em que fomos à ópera para ver Micol.

Ela trabalhava como figurante na *Traviata*, apareceria por alguns instantes, mas estávamos ansiosos para vê-la no palco com o figurino. Micol, que enchia nossa casa com buquês de flores de seus inúmeros admiradores; Micol, que uma vez me confessou ter jogado fora um vestido só para não ter de passá-lo; Micol, que só comia ovos cozidos e os marcava com um C na geladeira, e uma vez Marta por brincadeira marcou um C nos ovos crus também, só para confundi-la, e ela nem percebeu, porque na verdade ela nunca comia os ovos cozidos, já que sempre havia alguém que a convidava para jantar fora. O curioso foi que Marta — que sempre adorou ovos cozidos e se assustou com o incidente com Giosuè, que levou a bandeja de *œufs mayonnaise* de volta à rotisseria — nunca aproveitou a oportunidade para comê-los.

Enfim, em nossa nova rotina, entre casa e loja, como um raio de sol repentino veio esse convite para *La Traviata*, e, mesmo que não nos dissesse respeito diretamente, estávamos todas tão animadas que mal podíamos esperar. Nós nos dividimos em dois carros para ir da boutique ao teatro: fui designada ao Fiesta de Giosuè, um carro muito desgastado, de um sóbrio azul-escuro, completamente descuidado por dentro. Só uma das duas portas funcionava e uma janela permanecia meio aberta, mas ele parecia não se importar.

«Vamos tomar um café antes», me disse, e entramos na lanchonete ao lado da boutique. Talvez estivesse cansado, talvez tivesse medo de cochilar durante o espetáculo. Ele pediu à caixa dois cafés e ela parecia não ouvi-lo. Pediu de novo e ela o ignorou. Então, como se nada tivesse acontecido, Giosuè repetiu o pedido em voz alta. Nunca tinha sido assim tão rude. Os outros clientes no balcão se viraram com o espanto aborrecido que se reserva aos loucos. O barista trocou olhares com a caixa e então nos serviu de má vontade. Nem sequer nos deu o chocolate de costume. Tentei me convencer de que a explicação mais simples para aquele desaforo poderia ser a mais realista: era tarde, eles estavam prestes a desligar a máquina de café, tínhamos bagunçado seus planos. Mas eu sabia que não era por isso.

Um senhor gordo que entrou depois de nós recebeu sua xícara fumegante, o chocolate, o sorriso da caixa. Nós saímos sem dizer uma palavra.

Eu não ousava fazer perguntas, Giosuè permanecia em silêncio. Ele não aparentava ter sido humilhado. Na verdade, ele parecia até mais alto. Talvez só tivesse endireitado os ombros.

«Sabe», ele disse quando estávamos no carro, entrando ambos pelo lado do passageiro, «eu quis insistir porque houve um tempo em que pessoas como eu não eram atendidas nos lugares. E não pretendo ver isso acontecer de novo.»

Não tive chance de perguntar o que ele queria dizer com *pessoas como ele*, pois ele mudou de assunto no mesmo instante. Tínhamos um buquê de narcisos para dar a Micol depois do espetáculo. Eu fora buscá-lo na floricultura da esquina, quando levei Elsa até Lorelei, que morava logo ali atrás e se ofereceu para cuidar da cachorra naquela noite, já que nem uma nem outra poderiam ir à ópera: uma porque animais não eram permitidos, a outra porque não é mais permitido fumar dentro do teatro. Na verdade, ela não ia ao teatro desde 1975.

«Você sabia», disse Giosuè, «que para os antigos gregos a maioria das flores eram quase todas metamorfoses de amores infelizes? Alguém entrava em um jardim e o que encontrava? Não plantas e flores, mas uma galeria de amantes rejeitados.»

Sim, pensei, considerar Narciso um amante rejeitado exigiria uma visão bastante particular da vida. No mais, ele era assim. Sorri porque não sabia muito bem como continuar a conversa, tudo o que eu tinha a dizer parecia indelicado. Talvez ele tenha ficado aliviado com isso, mas eu não poderia jurar, pois ele permanecia impenetrável, como de costume. Então ligou o rádio e começou a cantar com Ornella Vanoni.

15. Alguém viu essa garota?

Um rio nasce — aprendi no livro de Geografia, embora eu não pudesse dizer que já havia testemunhado um evento semelhante — da confluência de inúmeros riachos e torrentes em um único leito rochoso, que se fortalece e engrossa com águas frescas, indiferentes ao destino que as empurra para deslizar até o vale, crescendo a ponto de romper diques e pontes. Da mesma forma nasce uma calúnia. Eu nunca tinha testemunhado esse fenômeno, e, além disso, sua descrição não havia sido contemplada pelos livros didáticos. Por isso, naquele momento, demorei — todos nós demoramos — a perceber o que estava acontecendo.

Nunca contei isso a ninguém porque não são coisas das quais gosto de falar, mas desde a época daquela desventura mantive uma caixa de recordações que só abro em noites insones, ou depois de um pesadelo, como aquele em que a selva tomava conta da loja. Há duas ou três balas com pedaços de laranja, uma bala Rossana. Agora elas devem ser venenosas. E outras coisas sem importância: um par de botões de madrepérola, a fotografia que tiramos um dia com o rapaz da rotisseria, nós sentados para almoçar na mesinha dos fundos, todos sorridentes. Um baralho de tarô de Marselha e uns óculos de sol da Celine. Um batom quase terminado, um pano que ainda cheira a vinagre. E aí uma série de bilhetes em envelopes — um envelope está grudento. Um pedaço de plástico em forma de chaveiro, um cardador de cachorro, e mais fotos de todos nós em uma festa na loja, e outras em que nós, meninas, sorrimos usando ternos Armani — que deveriam ser o uniforme na semana em que Giosuè ganhou uma Polaroid de presente. Em uma delas, Marie-France está sozinha, loira por causa do flash. Eu não saberia dizer por que guardei esta caixa. Talvez porque, na época da desgraça, eu já tivesse certeza de que as investigações não avançariam muito, então pensei que era meu direito guardar esses detritos, montar um pequeno museu clandestino de uma estação que já passou. A verdade é que ninguém teria investigado além disso, acerca daquela história horrível. Uma história embaraçosa, daquelas que é muito melhor manter silêncio. Agora que superei a idade de Marie-France na época dos fatos, se penso de novo em tudo o que aconteceu, é quase como se estivesse me sobrepondo a ela.

Em pé atrás da vitrine da loja, o que ela sentia enquanto lá fora se espessava a nuvem de sussurros? As garotas riam, cutucavam umas às outras como se estivessem prestes a sortear quem seria a primeira a entrar — seria a vez de quem? Naquela época, eu quase sempre as ignorava: não percebia nada, não sentia nada, exceto o cansaço de um dia após o outro, a ansiedade de não saber quem eu me tornaria, o sutil prazer de adiar os desejos. Mas, se agora fecho os olhos e volto à cena, não ocupo mais o espaço que ocupava naquela época. Fecho os olhos e estou dentro da loja, no perfume das peônias que Giosuè trouxera do mercado naquela manhã — ele dizia que as peônias vivem duas semanas por ano e devemos honrar o milagre, então gastava uma fortuna com elas. Estou de pé exatamente no lugar onde estava Marie-France, não no canto de onde eu podia vê-la, imóvel, completamente ereta, com seu porte doce e altivo.

Os olhos de Marie-France, que na lembrança são os meus, olhavam fixamente um ponto invisível para nós, enquanto nos mexíamos para recuperar a ordem dos cabides ditada pelas etiquetas que Micol havia embaralhado, por culpa, como sempre, de sua cabeça nas nuvens. A porta se abriu, Marie-France pareceu se animar, inalou o perfume das peônias que deviam ter absorvido e anulado o cheiro muito doce, podre, dos lírios. Dias antes, Micol tinha recebido um buquê de lírios brancos tão altos quanto nós, com um laço escarlate e um bilhete. Distraída, como sempre, os deixou jogados no balcão até que alguém, Marta talvez, pegou um vaso Venini de vidro azul e os enfiou dentro com quatro dedos de água. Mas era realmente Marta, ou eu, que não podia suportar a ideia de flores cortadas e abandonadas para definhar no ar? Talvez tenha sido eu e na memória ponho a culpa em Marta, para atrair a ira de Giosuè assim que ele percebeu. Ninguém poderia imaginar no que estava se metendo com aquele pequeno gesto de bondade. Giosuè sabia que Marie-France não suportava o cheiro de lírios, alegava que era mefítico, nauseante. Por isso, assim que o ar transportou os vapores até seu nariz (tão sensível a qualquer perturbação olfativa a ponto de nos obrigar a deixar as janelas dos fundos abertas, mesmo no inverno), ele se lançou da sala, onde estava atualizando os pedidos, até a loja, agarrou o buquê dos pobres lírios e correu para jogá-los na lixeira lá fora, onde durante todo o dia vimos as pétalas, pontudas e alvas, e os longos pistilos coroando os sacos de lixo.

Enfim, o perfume excessivamente doce dos lírios tinha desaparecido; no ar pairava o aroma tênue, discreto, das belas peônias brancas e rosas. Marie-France aspirou com prazer, como quem está com sede e bebe um gole de água fresca. Mas a porta se abriu e já era tarde demais para se perguntar o que a levara àquele suspiro um pouco mais profundo do que de costume, quase um suspiro involuntário: ela tinha captado, talvez na pressão da mão da garota na maçaneta, talvez nos olhares das outras lá fora, algo (uma dureza, um desafio, ou mesmo uma ferocidade) que fosse suficiente para fazer tremer o vidro límpido? Por um momento, até o queixo de Marie-France tremeu. Será que ela já havia entendido? Será que a partir de presságios tão sutis deduzira que aquela garota não traria nada de bom, nem o grupo de amigas do lado de fora da porta?

A garota era pouco mais do que uma criança. Tinha cabelos cacheados, aqueles cachos em espiral que não se deixam pentear, e os usava em duas marias-chiquinhas altas na cabeça, o que lhe conferia um inútil aspecto de juventude, mas também uma aura inquietante de inocência traída, porque sob os cachos tinha os olhos esquivos, opacos. Ou talvez seja assim que me lembro dela agora, pois a vejo através dos olhos de Marie-France como uma profecia invertida, à luz do que descobriríamos em seguida; do que Marie-France foi forçada a ver, entender, suportar.

Quem poderia dizer.

A garota usava botas Timberland gastas, provavelmente de segunda mão, talvez herdadas de um irmão, de uma irmã mais velha. E deviam ser um pouco grandes demais para ela, porque tropeçava, como se houvesse um espaço vazio entre a ponta dos dedos e a parte da frente. Um espaço que atrapalhava seu caminho.

Ela carregava a tiracolo a bolsa Naj-Oleari com o padrão de fundo azul e flores amarelas. Todas começaram a desejar uma dessas, nós tínhamos pendurado uma no ombro raquítico da Crevette. Ela havia comprado conosco? Era possível, aquela era uma garota do bairro, e no bairro as garotas vinham até nós para se abastecer de objetos que descobriam, dia após dia, desejar desesperadamente. Era delas que vinham as risadinhas — a alegria contida de encontrar as últimas novidades, as coleções Cacharel que Marie-France mandava vir de Paris, os perfumes, as bolsas e tudo mais — que enchiam a boutique à tarde.

Naquela tarde, no entanto, pairava um estranho silêncio, pelo menos é assim que me lembro. Em pé, diante do balcão, a garota abriu devagar a bolsa e com a mão ainda um pouco rechonchuda, com covinhas nos nós dos dedos, como as de um anjo pintado, tirou uma fotografia amassada nas bordas. Marie-France mal a tocou com a ponta dos dedos: ela fazia isso quando alguém lhe entregava algo de cuja limpeza ela não estava completamente certa. Naquele caso, porém, tinha suas razões, porque a fotografia estava danificada, grudenta, devia ter ficado por muito tempo entre as páginas de um caderno escolar.

«Ela esteve aqui?», a garota perguntou, assinalando um ponto desbotado sob a pátina engordurada que cobria a foto. O ponto desbotado, olhando melhor, era o rosto pálido de uma garota, em uma fila de rostos pálidos como luas. Culpa do flash, provavelmente. Estavam em um ambiente interno, ao fundo uma barra para exercícios, um espelho comprido: talvez uma academia, uma escola de dança? Usavam *bodies* coloridos, justos, leggings contrastantes — *color block*, como Marie-France nos ensinou — e polainas de lã grossa. A foto devia ser de alguns meses atrás, talvez do inverno: a garota cacheada estava ali também, e não parecia muito diferente. As garotas sorriam alinhadas por altura, como nos velhos retratos que se faziam das meninas na praia: uma ao lado da outra, da mais alta para a mais baixa, irmãs, primas, amigas. Sorriam e olhavam direto para a câmera, todas exceto uma. O dedo gordo da garota apontava para seu rosto.

«Ela esteve aqui?», a garota repetiu. Na foto, ela estava três lugares à direita do rosto que apontava — vários centímetros de altura as separavam.

«E então, ela esteve aqui?», murmurou pela terceira vez.

Ela esteve sim, com certeza. Foi só então que percebi que do lado de fora da vitrine, esperando no grupo com as outras, estava Rossana com sua aparência de pequena sátrapa, o rosto tenso pelo esforço de captar, pelos movimentos dos lábios, cada migalha da conversa entre Marie-France e sua amiga.

Marie-France parecia apenas perplexa, eu começava a sentir sua irritação, deduzia pela frequência com que piscava os olhos. Era esse, em geral, o prelúdio de seus pequenos acessos de exasperação, acessos que nunca eram realmente acessos: eram como pequenos bufos de vapor, temporariamente baixavam a pressão. De qualquer forma, só eu e Micol, na remota hipótese de estar prestando atenção à cena, poderíamos notar aquela leve ruga na serenidade olímpica de nossa Chefe. Marie-France, acostumada ao autocontrole imposto por anos de contato intermitente com a humanidade prepotente e decrépita, em geral imperscrutável, inconsciente e excêntrica que frequentava a loja, nunca permitiria que sua irritação viesse à tona. Sua testa permaneceu lisa, nem mesmo enrugou naquele ponto, na raiz do nariz, onde nos últimos tempos havia abrigado uma preocupação que cavava uma ruga perpendicular à armação dos óculos. Mas tanto os óculos quanto a ruga permaneciam cuidadosamente ocultos aos olhares de estranhos. Eu mesma só percebi suas lentes para presbiopia quando a flagrei nos fundos, curvada sobre alguns cadernos de anotações, escrevendo com fúria. Muitas vezes a vi fazendo contas sem me deter nos óculos, mas naquele dia era diferente, ela estava tão concentrada que pressionava a caneta para deixar uma marca no papel assim como na testa, rápida e apaixonada, no limite do frenesi. Estava absorvida pela tarefa de manter o sigilo, assim não havia como descobrir quais marcas suas mãos traçavam, prontas para fechar o caderno assim que percebesse minha chegada.

Agora, mantendo a calma reservada aos clientes mais incômodos, ela respondeu à garota com sua voz de contralto suave: «Mas é claro, querida, você não se lembra? Todas vocês estiveram juntas aqui, as quatro, outro dia». Eu não a reconhecera — era uma de nossas clientes habituais. Mas vê-la sozinha, sem o cortejo das outras, como uma flor desprendida do galho, me fez enxergá-la como uma estranha. Por elegância, Marie-France evitou comentar a discrepância entre a enorme quantidade de tempo que as garotas desperdiçavam na loja e a relativa sensatez de seus gastos, com exceção daqueles, sempre exagerados mesmo que esporádicos, de Rossana. Foi ela quem quis as adolescentes livres na loja, sem mães, sem avós, sem irmãs mais velhas com pérolas no pescoço, não é?

«Seria melhor conferir os provadores quando sairmos», desembuchou a garota de uma só vez, como quem diz uma frase decorada. E parecia quase envergonhada por deixar à sua adversária não só o tempo de réplica mas também o de decifrar aquelas palavras sem pé nem cabeça. Assim que as pronunciou, abaixou a cabeça e saiu pela porta.

«Mas olha só essa imbecilzinha», disse Marta, aparecendo na vitrine a tempo de vê-la se afastar com as marias-chiquinhas balançando ao vento.

Marie-France, pela primeira vez, não a repreendeu pelo palavreado. Talvez tivesse outras coisas em mente, talvez no íntimo concordasse com ela e estivesse grata por Marta ter dado voz ao que passava por sua cabeça também.

Por algum tempo ainda não saberíamos qual significado atribuir àquela intrusão desconexa. A garota na foto era a alta e magra que, segundo Marie-France, se tornaria uma belezinha. Naquele dia ela não tinha vindo com as outras. Surpreendeu-me pensar que a beleza nos mitos gregos nem sempre era uma bênção para as mortais. Na verdade, às vezes enfurecia alguma deusa, e em um instante a pobre coitada se via transformada em aranha ou passarinho. Poderia acontecer o mesmo com uma garota que ainda não era bonita, que aliás, diante das outras, parecia desajeitada, esguia, incerta — contudo, era inegavelmente diferente, como se estivesse destinada a uma sorte diferente, a uma vida em que ela bastaria a si mesma para seguir em frente? Quem sabe se a garota alta já intuía que não precisaria agradar aos caprichos de Rossana, conformar-se aos comportamentos das outras; se sabia que em um futuro não muito distante seu charme iria irradiar raios tão poderosos que nada poderia ofuscar seu brilho. De fato, ela era a única que quase nunca ria das piadas de Rossana; vinha à loja com as outras, mas se mantinha deslocada. Talvez sua recusa em obedecer às leis do grupo, implícitas e violentas, tivesse irritado a minúscula divindade daquele panteão de crisálidas?

Nos mitos nunca acontecia de uma deusa irritada fazer a rival desaparecer. Eram apenas a beleza, as formas do corpo, a pele lisa que eram anuladas. Tudo o que poderia ser objeto de admiração ou desejo. Quem sabe se Marie-France teria dito até de Aracne transformada em aranha que *morreu mal, coitada*. E ninguém teria ousado lhe dizer que na verdade ela não morrera de fato.

16. Olhem bem os provadores!

Uma tempestade estava se formando, mas o céu brilhava insistente em um azul sereno. Os ventos sopravam distantes demais para que pudéssemos perceber um sopro de nós que se inchavam sobre a cidade, sobre casas, ruas e prédios, nos pátios do colégio, diante das vitrines do vendedor que toda manhã dispunha flores frescas nas caixas transbordando de cerejas e morangos, ao longo dos trilhos brilhantes do bonde. Mesmo que nossa audição fosse capaz de captar o peso invisível dos sussurros, risadas abafadas, palavras sussurradas e gaguejos, não teríamos tido capacidade de reunir os indícios. E, mesmo que tivéssemos ouvido tilintar — como o sino nas estações provinciais quando o trem se aproxima da plataforma, como um alarme que rompe o silêncio na noite profunda — os sinais de emergência, mesmo que os tivéssemos percebido, isso não teria sido suficiente. Nenhum de nós jamais havia experimentado, em toda a sua vida, a cólera invisível da fofoca. Ninguém havia provado o gosto da calúnia, exceto na forma de maledicências insignificantes, às vezes trocadas nos corredores da escola, surgidas do tédio mais achatado, como flores de alcaparra entre as pedras de um muro. Mas a calúnia real e verdadeira era desconhecida, por isso não saberíamos reconhecê-la, nem poderíamos construir barreiras fortes o suficiente para contê-la. E assim ela nos arrastou em um maio fresco e perfumado que prometia tudo, menos lama, pedras, avalanches.

Não entendo o que me leva a antecipar os fatos. Seria possível pensar, talvez não de todo errado, que é a angústia de reviver novamente a história por completo, de tirar da gaveta lembranças roídas pelas traças e descobrir que nem as traças puderam destruir o tecido emaranhado da culpa, que une os pontos dispersos da memória para compor uma figura completa.

A figura completa era uma estrela, um símbolo transformado sem querer em uma marca de infâmia: e nenhum de nós poderia suspeitar que a carregava de modo inconsciente, quase tatuada na pele, na nuca, visível para quem às nossas costas sibilava insultos. Não éramos adeptos à ideia de violência, à injustiça para a qual não há defesa, à sombra que te repele quando você gostaria que te protegesse. Estávamos totalmente expostos ao sol. Mas não suspeitávamos ter os inimigos que tínhamos.

A história é muito clara e, para não sermos mal interpretados, repete-se desde os tempos mais remotos, cada vez regressa em forma de farsa, dizem. Mas acredito que seja sempre uma nova tragédia, só que ninguém percebe, ninguém se importa. Ninguém está interessado em refletir sobre isso. E nem em defender quem sofre as consequências.

A calúnia não conhece inocentes, sabiam? As pessoas ouvem e julgam, e, mesmo que decidam não acreditar, ainda assim se deixam ser convencidas sem demonstrar. Murmuram. Deve haver algo por trás disso, alguma coisa eles devem ter feito. Se não por isso, alguma outra culpa eles devem ter.

Alguma coisa eles devem ter feito.

Pergunto-me o que teria levado Marie-France, naquela época, a manter sua calma serena. Ignorando as palavras da garota, ela passou a mão esquerda pelos cabelos, seus cabelos que, em qualquer condição — cansaço, chuva, vento, calor — mantinham o penteado, cheio, perfeito, como se um ventinho perene de dentro o mantivesse naquela posição.

«É o laquê, *ma mie*. Vocês deveriam aprender a usá-lo.» Ela sabia (nós deveríamos saber também) o quão importante era, para uma senhora, manter os cabelos em ordem, não importa o que aconteça ao seu redor. Tentei desajeitadamente, borrifando névoa sobre o coque que Marie-France havia fixado no alto, imitar a inabalável estaticidade de seu penteado, impecável mesmo quando, raras vezes, o desfazia em um corte chanel volumoso, até os ombros, idêntico ao que Catherine Deneuve exibia nas fotografias das revistas — uma semelhança que Marie-France enfatizava com o tom de loiro, com os brincos de pastilha, embora nunca esquecesse de ficar corada se alguma cliente mencionasse isso.

Não consegui, nem naquela época nem em qualquer outra, captar o segredo de seu penteado, a vaporosidade ideal preservada pelo laquê, o controle firme dos cachos quando ela usava o coque. Em mim, o mesmo laquê (eu sabia onde encontrá-lo, no armarinho com espelho no pequeno banheiro dos fundos, onde podíamos permanecer por intervalos não superiores a cinco minutos, ou *não ficaria bem, ma biche*, murmurava pudicamente Marie-France) causava um efeito desastroso, juntando em um melado endurecido mechas que pareciam de uma boneca ou de um manequim, devido à espessura não natural que assumiam ao se solidificarem pelo perfume pungente, químico, irresistível do laquê.

Havia dois opções: ou Marie-France guardava na boutique aquele frasco de laquê como um espelho para os pássaros, e em si mesma ela usava outro, de qualidade e eficácia diferentes, escondendo-o dos olhos de nós subordinadas; ou eram de fato seus cabelos, loiríssimos e quase esponjosos, que tinham uma textura prodigiosa.

Sob aquela maravilha tricológica, firme e leve como um merengue, Marie-France se dirigiu aos provadores a pequenos passos despreocupados, como se não quisesse correr o risco de dar a mínima satisfação à garota, que já desaparecera. Eu conhecia afinal a obstinação que ela tinha para não ser pega em falha por ninguém, nem por nós, nem pelas clientes ou fornecedores, nem pelo senhor que vinha limpar a loja e a vitrine e que todos chamávamos de Filipino, e só ela de Ben, que suponho era seu nome. Era a única, aliás, a quem ele se dirigia diretamente: chamava-a de Madame e a tratava por você.

Ao chegar diante das cortinas, dissipou a fingida indolência. Afastou-as com um rápido puxão, como quem tira um curativo: o chintz Naj-Oleari brilhou sob as altas luzes do teto e percebi que todos nós estávamos prendendo a respiração. Mas o que esperávamos?

No provador, é claro, não havia nada. Elsa, que a havia seguido até ali, suspirou. Um som que normalmente nos fazia rir.

«Não há nada», disse Giosuè.

«Nada», disse Micol sem olhar.

«Nada», disse Marie-France. Elsa suspirou de novo e então ela fez um afago em sua pelagem.

«Vamos, ao trabalho, que estamos perdendo tempo com essas criancices.»

Eu a segui com o canto dos olhos enquanto voltava a dobrar os pulôveres para colocá-los nas prateleiras. Uma tarefa que, por alguma razão, sempre odiei durante todo o tempo que passei na boutique, me irritava e às vezes até me deixava furiosa. Minha falta de precisão me tirava do sério, e também a indisciplina das lãs e dos algodões, macios, rebeldes, obstinados a manter uma forma diferente daquela que minhas mãos queriam impor. Segui-a de longe, sem que ela percebesse meu olhar fixo em sua nuca. Segui-a e a vi inspecionar a superfície do espelho do provador com o olho crítico, o olho apertado para ver melhor e mais longe, o que nos aterrorizava quando explorava nossas negligências. No começo, não encontrou nada que confirmasse suas suspeitas — que ela chamava de *pressentimentos*. Por alguma razão, só escutamos os pressentimentos quando se desencadeia uma sequência de coincidências imperceptíveis que tornará impossível que façamos algo: depois, nos esquecemos deles até que voltem a falar conosco no futuro do pretérito, quando tudo o que deveria acontecer já terá acontecido.

Sensível até demais às variações da preciosa serenidade que sua ansiedade fazia parecer sempre um perigo, Marie-France era um catalisador vivo de pressentimentos, aos quais dava audiência com olhar absorto e seguro, como se os presságios a confinassem em uma parte de si mesma destinada a permanecer inexpugnável ao mundo, apesar de suas tentativas para se abrir: *ma mie, tenho um pressentimento*, dizia sempre que parecia intuir o mínimo distúrbio da ordem que desejava que o cosmos inteiro respondesse, dentro e fora dela. *Tenho um pressentimento* — dessa vez não o dissera, mas era como se eu tivesse ouvido sua voz. Caso contrário, ela não estaria tão atenta. E não teria encontrado a peça que descobriu, e que no entanto não foi suficiente para nos salvar.

Quando eu era criança, imaginava resolver casos misteriosos como uma investigadora. Não que considerasse isso uma estrada viável profissionalmente, até porque era provável que eu não tivesse o tino para isso, que não fosse feita para um trabalho de paciência e precisão. Bastava ver como eu me saía dobrando pulôveres para perceber que com certeza eu não nascera para a precisão meticulosa. Enfim, talvez como detetive eu não seria grande coisa: e estava prestes a provar isso com minha incapacidade de entender, de interpretar. De prever, e de prover, enquanto ainda havia tempo.

Marie-France saiu do provador em silêncio. Não disse a ninguém — exceto a nós, quando já era tarde demais — o que encontrara no chão de um canto do provador, onde o carpete vermelho-cereja parecia levantado, como se alguém tivesse tentado empurrar algo ali embaixo com as unhas. Eram pedaços de uma fotografia, rasgada displicentemente até reduzir a confetes as silhuetas de quatro garotas sentadas na areia da praia. Não era preciso recompor os fragmentos para perceber que o rosto rasgado por traços profundos de caneta preta era o da figura mais esbelta. Era o rosto de nossa grandona, da garota alta que Marie-France havia defendido poucos dias atrás.

Logo saberíamos seu nome. E seu rosto estaria pendurado nas esquinas de todas as ruas, nas reproduções em preto e branco de um sorriso idêntico ao que uma mão desconhecida havia apagado na fotografia que Marie-France, sem dizer nenhuma palavra, encontrou no provador.

17. A garota desaparece

Ela desapareceu depois da escola, em uma tarde de maio avançado. Em maio, as ruas do bairro tinham um brilho plácido — a sombra dos plátanos era verde, afetuosa, como se Roma tivesse se transformado em um bosque da montanha e as avenidas fossem rios a serem atravessados, sob a copa das árvores tão altas, a ponto de roubarem a luz dos edifícios, de ir de um lado ao outro da rua, criando longos corredores frescos. Era uma daquelas tardes em que, olhando pela vitrine da loja, eu me perdia no balanço das sombras e a imaginação vinha fácil porque tudo sussurrava promessas — o ar e o sol, o farfalhar das folhas e o burburinho dos transeuntes, até mesmo as roupas de banho que tínhamos de dispor *como salsichinhas*, Marie-France dizia, ou enroladas em uma grande cesta de vime de onde as garotas pescariam biquínis xadrez capazes de evocar Antibes em Fregene. Era uma daquelas tardes em que tudo parecia novo, até mesmo o céu azul sobre os cedros-do-líbano da vila para além da muralha antiga. Até o bonde que rangia em seu percurso habitual nos iludia de que absolutamente nada de mau poderia acontecer. Então, em uma tarde assim, ela simplesmente desapareceu do nada.

É claro que levou um tempo para descobrirmos. Quanto a descobrir como aconteceu, e o que aconteceu para além da cortina de conjecturas, ainda não houve tempo suficiente.

O primeiro alarme veio pelo telejornal, alguns dias depois do desaparecimento, quando Isa Cacioni irrompeu na loja com uma excitação excessiva até para ela. *Oh, my!* Ela balançava os braços no ar como alguém que está prestes a se afogar. Baixou os óculos de sol com armação de resina dura *tangerine* (ela chamava assim o laranja) em forma de estrela-do-mar.

«Estão falando de uma garota desaparecida, a foto está em todos os jornais, ponha logo no telejornal», tagarelava, folheando sob o olhar de Marie-France o *Il Messaggero*, que de fato estampava na primeira página o rosto da garota alta que alguns dias antes tinha assistido com suas amigas à cena do marido sem aliança.

E continuou: «Mas vocês a conheciam? Dizem que era daqui do bairro, estudava aqui atrás, me parece que já a vi mesmo... Será que não era ela, *querida*? Quase nunca esqueço um rosto, vocês sabem disso!»

Não tive tempo de me esconder no depósito antes que, com um reflexo fenomenal, ela me capturasse pela bochecha com um tapinha. Aquela mulher era forte como uma lenhadora quando queria.

«Era ela, não é, docinho? Diga-me que não estou enganada, senão terei de me render à evidência de que sou apenas uma velha inútil...»

Era ela, sim. Ela no jornal, em preto e branco, agora que não estava mais na loja em carne e osso.

«Temos que avisar a polícia! É nosso dever cívico, entendem?» Isa agitava o jornal para lá e para cá como uma bandeira.

«Isa, mas avisar o quê? Que a menina vinha aqui experimentar roupas» Marie-France revelou seu comportamento pragmático de líder, que, nos momentos de crise, demonstrava, por trás de sua aparência elegante, a mulher que era: acostumada a se virar sozinha. A mulher que, sozinha, tivera de atravessar tempestades e tormentas.

Isa Cacioni não perdeu o ânimo. «Ligue no noticiário, queridinha», disse enquanto empurrava Marie-France levemente para o fundo da loja. Ela se deixou empurrar. Notei que estava um pouco pálida.

Na loja não havia ninguém, exceto Lorelei, como sempre silenciosa, como sempre acompanhando fielmente Cacioni. Percebemos sua presença pelo estalo do isqueiro e pelo cheiro de seu Muratti, que rapidamente impregnou o ar. Marie-France a fulminou com o olhar, mas não era hora para repreensões. Além disso, tinha uma condescendência por sua amiga, uma forma de ternura. *Ela sofreu tanto, ma biche, que se tornar tabagista é o mínimo!*

Ficamos todos na pequena sala, envolvidos pela nuvem de fumaça que crescia como um cogumelo sobre nossa cabeça. Marie-France ligou a antiga televisão Brionvega vermelha, que estava ali por acaso, pois anos antes tinha desenvolvido uma séria dependência de programas de televenda e, como forma de se livrar disso, não encontrou outra alternativa a não ser se desfazer da televisão.

Na televisão falavam da garota. Descobrimos que se chamava Marisa. Um nome de outros tempos, comentou Marie-France; talvez tenham escolhido em homenagem a alguma avó ou tia que já não estava mais aqui. Foi só então que percebi que as amigas nunca a chamavam pelo nome… Para elas talvez fosse desnecessário, já que a garota sempre estava lá, solícita, prestativa, pronta para aceitar suas prepotências. Depois de um tempo, eu conhecia seus nomes — eu nunca tinha pensado sobre isso. Havia Rossana, claro, mas também Donatella, aquela com as marias-chiquinhas, que parecia sua porta-voz, a gregária que transmitia as ordens às outras; e Simonetta, que ainda tinha ares de criança e parecia estar ali sempre por puro acaso. O nome Marisa não se ouvia nunca, pelo menos não na boutique, no meio da gritaria que elas faziam.

No telejornal, por outro lado, seu nome martelava na voz do repórter. Mostraram a loja dos avós maternos, uma mercearia na Piazza Bologna; a mãe, com o rosto cansado de quem não prega os olhos há horas, mas com uma expressão viva, vigilante e determinada, como quem sabe que aquele é o momento certo para lutar. Era como ver uma versão envelhecida, enrugada apenas nas partes mais frágeis — sob os olhos, nos vincos que deixam entre parênteses os lábios — do rostinho da filha, que aparecia em sobreposição, em uma fotografia provavelmente tirada para o livro da escola ou para algum documento: uma fotografia de identificação, com uma pose formal, um pouco tensa. Marisa mantinha o pescoço levemente inclinado e parecia estar olhando de baixo para cima; tinha um ar sonhador e terno, envergonhada diante da câmera. Ao revê-la, entendi mais uma vez que Marie-France estava certa: ela era uma flor no botão, destinada a se tornar uma belezinha.

Se não fosse pelo fato de que o destino se assemelha a uma corrente profunda, imprevisível, gelada como aquelas que nos prendem em um lago, longe da margem, quando de repente parece que estamos nadando no gelo e as pernas ficam paralisadas entre algas flutuantes.

Nos dias seguintes, a história foi crescendo, entre as atualizações dos telejornais que se somavam às conjecturas e fofocas que se propagavam rapidamente na loja: não se falava de outra coisa. As clientes queriam saber e fazer saber que estavam informadas, os detalhes se somavam aos detalhes.

Contavam que Marisa tinha voltado da escola, como sempre, por volta das duas da tarde, com Sabrina, a amiga do andar debaixo. Elas se conheciam desde o ensino fundamental, recentemente se viam um pouco menos, mas voltar para casa juntas ainda era um hábito. A loja dos avós, onde trabalhava a mãe de Marisa, não muito longe de casa, fechava na hora do almoço; na mesa estavam prontos o espaguete e o *saltimbocca*. Ela comeu com apetite com a mãe e a irmã, depois preparou o café sozinha. Às vinte para as três, o interfone tocou, a mãe atendeu: *É Francesco, para você*, e passou o aparelho. Marisa, lembrava a mãe, hesitou por um momento. *Não, vamos nos encontrar em vinte minutos*, ela disse, e depois de desligar explicou que aquele Francesco era seu antigo colega de escola. Ela iria encontrá-lo em frente aos correios da Piazza Bologna. A mãe perguntou como estavam as tarefas da escola — era terça-feira, e no dia seguinte teria uma prova de História — e ela, aluna meticulosa e irrepreensível, respondeu que estavam progredindo bem e que, de qualquer forma, ela não ficaria fora por muito tempo.

Ela pegou a mochila Naj-Oleari que sempre levava consigo, até na loja, com a carteira e uma escova de cabelos *para qualquer emergência*, e desceu. A irmã estava no quarto estudando, a mãe tinha voltado ao trabalho. O pai, ao voltar do escritório, não viu a filha mais nova e ficou alarmado: já eram sete e meia, às oito a família jantava, e a garota ainda não tinha voltado? A mãe, que preparava os escalopes, estava furiosa. Dissera claramente para ela voltar cedo e terminar de estudar. Nem tinha telefonado para avisar! Assim que Marisa aparecesse, ela lhe daria uma bronca, de mãe para filha. Mas, ao ver a inquietação do marido, lembrou-se de que a filha nunca tinha feito uma travessura dessas. Seu caráter calmo e amável, a atenção para não preocupar os pais tinham feito dela uma menina obediente e respeitosa. Enfim, não era de seu feitio.

A irmã não sabia de nada. Tinha cinco anos a mais do que Marisa, estava no primeiro ano do curso de Letras e, embora se dessem muito bem e brigassem apenas quando Marisa se apoderava sorrateiramente das roupas de Manuela, alegando que ela não as usava mais, nos últimos meses haviam passado menos tempo juntas. Manuela estava ocupada com os estudos e com um rapaz pelo qual parecia ter perdido a cabeça, enquanto Marisa estava sempre fora com as amigas... Enfim, não era estranho que Manuela não soubesse onde tinha ido parar aquela que, de repente, parecia ser de novo sua irmãzinha mais nova. Ela ficou até irritada com a agitação dos pais: por que estavam tão espantados? Marisa tinha quinze anos e seria normal se aprontasse uma dessas. Ela não era nenhuma santa, certo? E não era sua responsabilidade mantê-la sob controle.

Mas os pais não se acalmavam e assim, antes de chamar a polícia, decidiram ligar para as amigas. A mãe telefonou para Donatella, que estava em casa, já sentada para o jantar. Ela tinha visto Marisa apenas de manhã, na escola. Naquela tarde, nenhuma delas havia passado pela loja, nem Rossana. A irmã pensou que talvez Marisa tivesse ficado conversando com a amiga do andar debaixo: desceu, tocou a campainha, para grande incômodo do pai, que estava prestes a devorar um enorme *sartù* de arroz. Sabrina se levantou da mesa e disse que, depois de voltar da escola, tinha visto Marisa de novo na porta do prédio. Devia ser por volta das três, tinha certeza do horário porque estava indo para as aulas de reforço de Matemática.

Manuela agradeceu e desligou. Achou então que seria uma boa ideia tentar ligar para o rapaz que sua irmã tinha ido encontrar. Francesco, né?, o colega de escola. Ela se lembrou do sobrenome porque até alguns anos atrás, enquanto estavam na mesma escola, Marisa o mencionava de vez em quando, embora não parecesse que fossem particularmente muito próximos. Encontrou o número na lista telefônica e, apesar de ser a hora do jantar, ligou; saber o que sua irmã estava aprontando era mais importante do que ter boas maneiras.

Francesco atendeu no quinto ou sexto toque, porque estava comendo o rigatone feito por sua mãe. Quando ela disse que era a irmã de Marisa, ele hesitou por um momento. Mas não como alguém que quer esconder algo, e sim como alguém que está tentando associar um nome a um rosto.

«Ah, claro! Marisa!», e ficou em suspenso, como alguém que não sabe o que esperar, porque acabara de ouvir falar de alguém em que não pensava havia algum tempo.

Ele não a via já fazia um ano; tinham se cruzado no verão anterior, uma noite, em frente ao cinema Savoy, com suas respectivas turmas de amigos e amigas. Ele ficou feliz em encontrá-la depois de tanto tempo, disse talvez para ser gentil com a irmã — era um rapaz simpático e parecia sincero. Depois disso, não se encontraram nem se falaram mais.

Enquanto isso, já eram quase nove horas da noite. Decidiram chamar a polícia.

Para registrar uma denúncia, era necessário esperar um certo número de horas. O policial que atendeu foi tão solícito que chegou a sugerir uma interpretação reconfortante: provavelmente se tratava de uma breve fuga de casa, muito comum entre adolescentes. Ah, como isso acontecia! Dia sim e outro também. Passadas quarenta e oito horas, em nove de dez casos os adolescentes voltavam como se nada tivesse acontecido. O pai, que segurava o telefone, não se atreveu a perguntar sobre o décimo caso.

Aconteceu algo fora do comum?

Sim, aconteceu. Mas como dar importância a pequenos detalhes insignificantes? A irmã lembrou que Marisa, geralmente tão submissa, alguns dias antes, à mesa, tinha dito que ela mesma arrumaria o dinheiro de que os pais precisavam para comprar o apartamento ao lado do deles, já à venda, para aumentar o imóvel, e assim cada uma das meninas poderia ter seu próprio quarto. *Quando?*, responderam, zombando de sua presunção. *Muito em breve*, ela respondeu.

Nos dias seguintes, Sabrina, que tinha sido a amiga do coração até os anos do ensino fundamental, depois um pouco menos, mas só porque estavam em turmas diferentes — não queria, por delicadeza, ressaltar que entre as novas amizades de Marisa havia pessoas esnobes, como Rossana —, subiu para ter notícias e, conversando com Manuela, lembrou de um episódio que talvez pudesse ser relevante. Naquela tarde, quando a encontrou embaixo do prédio, Marisa não estava sozinha. Havia uma garota que Sabrina nunca tinha visto antes. Usava um impermeável cinza e não parecia uma estudante do colégio, era mais velha. Mas Sabrina não a observou muito bem, disse ela, pois se cruzaram apenas por um minuto. A garota tinha uma bolsa com o desenho de um cavalo-marinho e caminhava, a mão nos ombros de Marisa, em direção ao ponto de ônibus da Piazza Bologna. Sabrina se perguntou quem era, mas não ousou fazer perguntas, já que a amiga não havia dado sinais de que quereria apresentá-la.

Manuela, como se fosse da polícia (a qual, poucos dias depois, faria as mesmas perguntas de forma um pouco mais direta), insistiu: Sabrina notou algo, além dessa mulher misteriosa, nos últimos dias? Marisa também havia falado sobre dinheiro com ela, o que parecia uma presunção, mas talvez não fosse?

Não. Não tinha falado sobre dinheiro, mas... Uma semana antes, mais ou menos, enquanto estavam indo para a escola, ela havia contado que lhe ofereceram um trabalho de publicidade para alguns cosméticos.

«Publicidade em que sentido?», perguntara Sabrina, «tipo um comercial?» Marisa ficara então um pouco envergonhada, disse que ainda precisava entender melhor, e que era algo que aconteceria nos dias do desfile de Trinità dei Monti. E, quando Sabrina perguntara quem lhe fizera uma proposta dessas, ela respondeu vagamente. «Me pararam na rua», disse, e Sabrina não sabia se deveria apontar a imprudência de responder a um desconhecido ou considerar o ocorrido como uma simples vaidade. Era algo incomum em Marisa, que nunca se vangloriava de nada e que era bastante insegura.

«Mas ela te disse que era um desconhecido?», pressionou Manuela, que agora buscava pistas como um detetive.

Ela não havia dito isso; na verdade, foi algo que ela mesma pensou, talvez porque estivesse acostumada a ouvir que é uma grande imprudência parar para falar com desconhecidos na rua, sejam homens ou mulheres... Bom, com mulheres não é a mesma coisa, não é tão perigoso.

Então poderia muito bem ser uma mulher.

Como a desconhecida com quem Marisa estava, da última vez que foi vista, indo em direção à parada de ônibus.

Naquele primeiro dia, a notícia começou a se espalhar: o pequeno televisor Brionvega a divulgou, breve, linear — no entanto, foi o suficiente para gelar nosso sangue. O interfone, a garota com o impermeável e a bolsa, a tarde em que ela desceu e não voltou, o amigo que não sabe nada do suposto encontro. Então, quem tinha interfonado?

Assistindo ao telejornal, estávamos agitados, cada um com sua teoria — talvez estivéssemos muito agitados ou talvez muito envolvidos em teorias fáceis. Talvez fosse nosso jeito de afastar a sensação de presságio, o miasma que emanava da televisão e que contaminava o ar ao nosso redor. Talvez estivéssemos minimizando a situação, sem saber ainda o quanto precisaríamos reduzir, em breve, ameaças bem maiores.

O fato é que pulamos ao mesmo tempo quando ouvimos, no ambiente ao lado, um rosnado baixo, insistente, que crescia lentamente em intensidade, como um motor que está acelerando.

Elsa?

Corremos para ver. A cachorra, com o corpo tenso, o focinho baixo no chão, ronca, ameaça, rosna, rosna, rosna. Não se move, como se a obstinação das patas dianteiras quisesse impedir a passagem de um inimigo. Não se mexe, não cede, continua a rosnar. Mas para quem, para o que ela está rosnando? Fora da porta de vidro não há ninguém. Está fechada. Mas mesmo assim, Elsa Schiaparelli, em versão bobtail, nunca rosna em vão. Marie-France se aproxima na ponta dos pés. Mas a poucos passos do focinho de Elsa perde a confiança. O nariz da cachorra está inchado, quase inflamado, como se alguém tivesse lhe dado um soco. Como podia ter acontecido isso? Estávamos todas ali. E para quem ela ainda estava rosnando? Elsa se inclina como se estivesse protegendo Marie-France de um perigo. Prendemos a respiração, ninguém ousa avançar. Marie-France põe os óculos que guarda em uma pequena caixa preta presa ao cinto — ela não gosta que saibam que tem presbiopia, insiste que seu problema é miopia, mas todos sabemos que é de perto que ela vê mal. Põe os óculos e dá um grito.

«Lagartas! Malditas lagartas!»

Atordoados, nos aproximamos. As lagartas não são exatamente lagartas, ou melhor, são lagartas específicas. As mais pruriginosas de todas. Por isso o focinho de Elsa está inchado, deve ter se aproximado por curiosidade, até encostar nos pequenos corpos peludos. São larvas de processionária.

Nunca tinham entrado na loja, simplesmente não costumam frequentar locais fechados. Elas se alimentam de folhas de pinheiro, infestam coníferas, não boutiques de moda. O que elas estão fazendo no piso de mármore brilhante, em fila, grudadas umas nas outras como pequenos vagões de um trem urticante, uma cadeia que da porta avança entre os manequins da vitrine e continua, em direção ao perímetro das prateleiras, dos cabides a quatro centímetros de distância um do outro, entre os suéteres e as blusas de seda? Não há pinheiros, nem cedros, nem larícios, no raio de metros e metros da loja. Estamos em uma rua da cidade, o que significa essa intrusão da natureza?

Marie-France tapa a boca com a mão pois de outro modo continuaria gritando, mas não quer mais gritar. Giosuè se aproximou calmamente de Elsa, pegou-a pela coleira e com suavidade a arrastou em direção ao banheiro dos fundos. Ele me pergunta onde estavam as luvas que usamos na limpeza, e eu as entrego a ele, que as veste. Abre a boca da cachorra, que parece abatida e se deixa levar com uma entrega triste. Sinto uma ternura tão grande que gostaria de me jogar aos pés de Elsa, de sofrer em seu lugar — ao invés disso, não faço nada, fico apenas observando Giosuè abrir a boca dela e, devagar, um a um, remover os pelos das lagartas. Penso que ele teria sido um bom pai, se tivesse tido filhos; um bom dono de cachorro, se tivesse adotado um cachorro.

Marie-France, assim como Elsa, parece ferida. Ela compreendeu o que nós também compreendemos.

Alguém tinha armado aquilo para nós.

Uma pegadinha de muito mau gosto.

Cacioni já estava em estado de alerta. Em uma de suas muitas vidas, parece que ela morou na zona rural. E agora, como uma profetisa, ergue os braços para o alto e expõe a nós seu conhecimento sobre as processionárias, que continuam sua marcha, mais rápida do que se esperaria, bastante rápida para causar nojo em todos nós que as observamos sem mover um músculo — e se os vagõezinhos irritantes desse trem peludo caminhassem para cima de nós?

As processionárias são larvas. Larvas de borboletas noturnas, Isa Cacioni nos explica.

«Mas como? São mariposas?» Micol tem fobia a borboletas. Sua voz treme de desgosto.

«Sim, serão mariposas em breve. Mas normalmente elas não entram em casas, especialmente quando são larvas, como agora, ou pupas... Elas comem folhas, não são traças! O que estão fazendo em uma loja é um mistério.»

Marie-France as acompanha. Estão indo em uma direção exata. O trem pulsante de patinhas se dirige a algo que não conseguimos ver.

Isa Cacioni continua a aula de entomologia. Aparentemente, essas lagartas feias, destinadas a se transformarem em mariposas ainda mais feias, além de terem um poder urticante incomum, como descobriu às suas próprias custas a pobre Elsa — que geme em sua caminha, com a cabeça entre as patas, e depois adormece, exausta por causa da dor —, são muito tenazes e resistentes, inclusive devido à coesão de suas procissões. Nenhuma delas jamais fica sozinha, elas sabem que a união faz a força. Vivem em ninhos brancos em formato de pera feitos com suas secreções, ficam penduradas nas árvores de que se alimentam.

E a essa altura surge a questão: onde está a árvore aqui dentro?

Corro para conferir os vasos. A iúca, o fícus-benjamin, fícus-elástica: nada, nenhum sinal. Nenhuma folha mordiscada. Sem ninhos, sem bolinhas de seda branca.

A procissão agora está na altura dos provadores, blindados por uma antiga cômoda pintada de branco brilhante onde guardamos os suéteres de cashmere leve que vendemos durante todas as estações. As lagartas, chegando aos pés do móvel, começam a subir, os corpos verticais — para onde estão indo? Desaparecem entre os suéteres cor de lavanda e azul-bebê, na linha exata de demarcação entre os dois tons. Vejo Marie-France tremer de repugnância e delicadamente mudar de lugar o último suéter lavanda, levantando-o. O ninho de larvas está ali embaixo, uma enorme gosma opalescente que se espalha sobre o azul do primeiro suéter da pilha. Marie-France está prestes a vomitar, mas resiste, nós a vemos endireitando as costas. O horrível embrulho se agita, se move — está vivo. É uma coisa viva.

«Alguém trouxe esse negócio para a loja!», Marie-France sibila. Parece que ela tem um pano no fundo da garganta, alguma coisa impede que sua respiração desça e estrangule sua voz. Ela tenta estender a mão.

«Por favor, não toque nisso!», grita Isa atrás dela. Ela para então, incerta, e por um momento, por trás dos óculos que ela nunca usa, seus olhos me parecem muito lúcidos, como se estivessem cheios de lágrimas.

Mas ela não chora, não choraria diante de nós, muito menos diante de um trem de processionárias.

Permanece imóvel e, com a voz de antes, uma voz que nem parece sua, pergunta, talvez para todos, talvez para ninguém: «E então, o que devo fazer?»

«*Stay, Madam, stay*», diz uma voz — não tínhamos percebido, mas nesse meio-tempo Ben havia chegado. Ele sempre chega por volta desse horário para dar uma olhada e ver se, antes da limpeza propriamente dita, que é feita logo depois que a loja fecha, há algum servicinho antecipado que pode ser feito sem atrapalhar as clientes. Ele pega Marie-France pela cintura, com respeito, mas também com firmeza — *como se fosse um manequim* —, e a afasta um pouco, o suficiente para conseguir passar.

Ele está segurando um dos dois guarda-chuvas que ficam no porta-guarda-chuvas na entrada da loja, esquecidos por desconhecidos em épocas não identificadas. Segura-o pela ponta, com a empunhadura voltada para a frente. Usa o gancho do guarda-chuva para pegar o ninho — que treme, agarrado ao suporte, como um pudim. Treme por dentro porque está vivo. No entanto, Ben está bastante calmo, seus movimentos são precisos. Põe o aglomerado trêmulo no centro da loja, sobre o belo piso de mármore que Marie-France nos faz limpar duas vezes ao dia e que ele lava toda noite com desinfetante. Ela queria protestar, dizer alguma coisa, todos gostaríamos de dizer algo, mas ninguém fala nada. Entre quilômetros de tecidos, entre roupas finas e sintéticas, entre cores vibrantes, o ninho parece ser de tecido também, e de certo modo é — a seda, no final das contas, é o casulo do bicho-da-seda, mas quem sabe por que tendemos a nos esquecer disso. Tecido, mas um tecido inquieto. Vivo. Quanto tempo vai levar para que as larvas que se esconderam lá dentro devolvam os corpinhos peludos? Ainda sem dizer uma palavra, ainda com o guarda-chuva na mão, Ben vai até o caixa e do compartimento debaixo pega o líquido que serve para recarregar os isqueiros. Temos um frasco ali, para qualquer eventualidade, e ele sabe disso — sabe tudo sobre a loja, sabe onde estão as coisas e também onde deveriam estar. Ele abre o frasquinho e espalha o líquido sobre o ninho, que murcha instantaneamente, como um curativo molhado. Ouvimos um zumbido, talvez apenas o imaginemos. Ben tira do bolso direito uma caixa de fósforos — eu suspeitava que ele fumasse, porque, toda vez que eu chegava à loja e não o via imediatamente, silencioso como era, eu me perguntava se o cheiro de fumaça era um rastro da passagem de Lorelei —, pega um fósforo e, com a unha áspera do polegar, uma unha longa de guitarrista, o acende. Joga a chama sobre o ninho no centro da sala: uma labareda, a pequena pira arde, Marie-France ainda gostaria de gritar, mas, em vez disso, como todos nós, permanece ali em silêncio. Estamos sob um feitiço.

A chama queima e se apaga sozinha, sobra um monte irrisório de cinzas. Com uma vassourinha e uma pá, em um piscar de olhos, Ben faz desaparecer também essa mínima marca, *puff*, não há mais nada.

Despeja o conteúdo da pá em um vaso de fícus e nós o olhamos interrogativos. «*Ash is good*», ele diz. «*Good for plants.*» Faz um carinho na cabeça de Elsa, que abana o rabo lentamente, depois pendura de volta seu casaco, que quase parece um jaleco de laboratório, e se dirige até a porta.

«*See you later*», e já está lá fora.

Nós permanecemos ali paralisados, olhando o piso imaculado. Elsa, ao vê-lo partir, se aproxima do vidro e solta um pequeno grito. Talvez seja melancolia, talvez, à sua maneira, ela saiba que, graças a ele, o acidente que a deixou com o focinho dolorido já está resolvido.

«Onde ele mora?», pergunta Lorelei, que muitas vezes tem curiosidades desse tipo, aparentemente bizarras. Na verdade, ela gosta de acompanhar a trama, saber o que está acontecendo e o que pode esperar.

Marie-France a olha pensativa, como se estivesse refletindo sobre isso pela primeira vez. «Não faço ideia, sabia?», diz em voz baixa.

Lorelei dá um sorriso forçado. *Vocês têm noção de que não sabemos nada sobre ele?* Eu também estou pensando nisso, mas não ousaria dizer.

Não sabemos de onde ele vem, não sabemos onde ele mora, nem mesmo qual é seu sobrenome. Só sabemos que ele resolveu a emergência das processionárias e que se chama Ben. Se esse for seu nome de verdade.

18. O jantar

Naqueles dias, movida por razões indecifráveis, Marie-France nos convidou para jantar em sua casa: Marta, Micol e eu, mas também Isa e Lorelei, e até a sra. Bogossian, de quem eu nunca tinha ouvido falar antes daquela noite, exceto por alusões muito vagas. Eu sabia que ela lia cartas e que, de vez em quando, Marie-France as consultava, junto com Cacioni, pois elas diziam que não esperavam mais nada da vida, o que não era verdade.

Como eu suspeitava, Madame Bogossian era uma mulher excêntrica, com uma intensidade até maior do que eu esperava: a enésima inusitada moradora do mundo particular de Marie-France. Que buscava a perfeição estética em seu trabalho, mas, quando escolhia suas amigas, cercava-se de pessoas tortuosas, anômalas, irredutíveis a qualquer categoria. Gostava de pessoas que pareciam estar tão fora do lugar na vida normal que se sentiam à vontade em qualquer lugar. Aquelas que nem sequer tentam se adaptar, que nem pensam em encolher para se encaixar nos espaços ocupados por pessoas normais: preferem reformular a realidade para que ela corresponda à sua forma. Marie-France achava terrivelmente entediantes as pessoas normais. *E ficar entediada é o pior dos crimes*, repetia, citando não sei quem, talvez a si mesma.

Madame Bogossian morava na portaria do térreo de um prédio em reforma, não muito longe da loja. Mas, atenção, ela não era porteira, apenas podia usar temporariamente o lugar, como especificou Marie-France. Claro, segundo a explicação de Isa, esse uso temporário se arrastava havia uns quinze anos, mas ela não era de forma alguma obrigada a fazer o que dizia fazer para ajudar os condôminos: distribuir a correspondência, regar as plantas do jardim. Às vezes não resistia e dava uma espiadinha nas cartas antes de entregá-las, mas era uma coisa inocente, e ninguém tinha o direito de reclamar: ela estava, afinal, fazendo um favor para o prédio todo, tudo bem se a correspondência chegasse um pouco atrasada, não é?

Ela afirmava ser descendente da diáspora de uma antiga família armênia, e que tinha se salvado do genocídio de 1917, quando era apenas uma criança, porque seus pais, que haviam notado nela uma profunda curiosidade e prontidão de espírito, a tinham enviado aos sete anos para estudar em Veneza. Havia sido sua salvação, ela nunca mais viu nem a mãe nem o pai, e nenhum dos oito irmãos e irmãs. Todos tinham sido massacrados, com exceção de uma tia-avó que morava em Viena e que a acolhera para lhe ensinar tudo o que sabia sobre a vida. Madame Bogossian tinha a aparência majestosa de um Buda de boate. Arrastava consigo um carrinho de compras preto com bolinhas brancas. Levava-o para todos os lugares, Cacioni me disse, mas ninguém sabia o que havia dentro dele. Depois de muitas cerimônias, concordou em deixá-lo na entrada da casa.

Marie-France também havia convidado Giosuè, que estava incluído em nossos plurais femininos, o único homem do gineceu. Mas nossa anfitriã conhecia bem sua tendência a dar o bolo de última hora, como de fato aconteceu naquele dia, sem que ela demonstrasse qualquer desconforto. «É o homem menos confiável do mundo!», disse-nos Marie-France na porta. «E pensar que os homens já não são por si só confiáveis... Mas ele os supera, supera a todos. Hoje ele esqueceu que tinha de jogar tênis com não sei quem, no clube, e já haviam reservado o campo... Vai entender esses malditos rapazes!»

«Além de tudo, vai começar a chover», resmungou Madame Bogossian. «Só Deus sabe como se joga tênis na chuva.»

Parece que Isa Cacioni abafou uma risadinha, mas talvez eu só tenha imaginado isso.

«De qualquer forma, nós estamos aqui, vamos, entrem, entrem.» Marie-France se afastou para nos dar passagem.

Ela morava em um prédio estilo art nouveau, de elegância ressecada, todo envolto em festões de glicínias. O perfume entrava pelas janelas abertas em uma penumbra suave. A luz da noite era tênue e os cômodos estavam escuros como em muitos apartamentos romanos, tanto os antigos do centro quanto os mais novos. Em Milão, onde cresci, dentro das casas o cinza do ar se transforma em um reflexo difuso que não permite segredos, enquanto a atmosfera celeste de Roma se torna uma escuridão iridescente, uma escuridão de cortinas, paredes espessas e janelas de chumbo — assim também era a casa de Marie-France.

De resto, parecia o apartamento que eu queria para mim. Estava cheio de recordações de seu passado como beldade. Havia vitrines, como aquelas em que os colecionadores expõem estátuas votivas etruscas compradas de antiquários de moral duvidosa, só que elas estavam cheias de chapéus e bonés e *fascinators*, aqueles pequenos pedaços de chapéu que se prendem aos cabelos para cerimônias. Véus, penas, plumas, turbantes, havia de tudo, uma pequena coleção da história da moda dos anos 1920 aos anos 1980, enfiada nas cabeças de madeira sem rosto que ocupavam as vitrines dos chapeleiros.

«É uma pequena mania minha, *ma mie*», me disse Marie-France ao ver que eu os estava observando. «Minha coleção é meu orgulho! Comecei a comprá-los quando era jovem, no *marché aux puces* de Saint-Ouen.» Ela sempre falava do velho mercado de pulgas, do *café chantant* entre as lojas apreciadas por diretores, estilistas e também por ela quando era jovem: ela se sentava lá aos domingos à tarde, quando morava em Paris, para escutar epígonas envelhecidas de Édith Piaf e a melancolia de suas canções de amores acabados. «E aí os amigos, que já sabem disso, me presenteiam com uma peça todo ano.»

«Mas você os usa?» A pergunta passou de meu pensamento para os lábios.

«Ah não! Nunca! Onde eu poderia ir arrumada assim? Às vezes, porém», ela abafou um sorriso e a timidez a rejuvenesceu, «eu os experimento, isso sim. Depois, se quiserem, deixo que vocês experimentem alguns também. Era a brincadeira preferida de Corinna quando era pequena... Mas agora venham, venham...»

Deixamos os casacos e os sobretudos no grande armário da entrada. Para chegar à sala, atravessava-se uma daquelas cozinhas das quais as pessoas dizem que *é visível a mão do arquiteto* — uma frase que na época eu devo ter ouvido uma infinidade de vezes, e sabe-se lá por que sempre a respeito de cozinhas. Havia certamente a mão de algum arquiteto, que devia ter pensado em tornar o ambiente o mais semelhante possível a um açougue de luxo e o menos possível a uma cozinha: tudo em mármore verde, a pia, a bancada, a mesa. Por outro lado, os módulos na parede eram de plástico duro e brilhante, em um verde-bosque intenso. Parecia tudo, menos o lugar onde Marie-France poderia preparar um ovo frito à noite enrolada em um de seus quimonos de ficar em casa. Eu estava certa de que ela tinha vários, mesmo não tendo outra prova além da refinada vestimenta oriental com a qual ela nos recebeu: uma bata de seda com desenho de andorinhas e flores em tons de verde e azul — que lhe caíam tão bem e que reinavam, não por acaso, entre as mobílias da casa — sobre uma calça azul da mesma seda.

Parecia uma cozinha de figuração, onde alguém prepararia para a senhora as iguarias que ela encontraria prontas na geladeira e esquentaria no pequeno forno elétrico. E, de fato, em um canto, com discrição, estava pendurado um jaleco azul cujos botões dourados duplos conferiam uma vaga semelhança a um sobretudo militar... Exatamente como aquele que Ben usava na loja. Será que ele também ajudava na casa?

Sobre a bancada, dentro de uma assadeira de vidro temperado, repousava um magnífico assado pronto para ser fatiado, com aparência bronzeada e tenra, quase como se tivesse saído de um quadro de natureza morta, cercado por um pequeno exército de pequenas cebolas douradas. Em outra assadeira, batatas *duchesse* deliciosamente vaporosas, como fósseis de ondas. E um peixe falso, modelado à perfeição com seu olho de alcaparras e a boca semiaberta desenhada com pepinos. Dentro de uma *glacette* de cristal, que brilhava com as luzes da cozinha, um pinot grigio recém-aberto, o *pinzimonio* de legumes em uma bandeja, para o aperitivo, e uma grande caixa da confeitaria Regoli indicando *les profiteroles* que descansavam na geladeira.

Há meses Marta e eu não comíamos outra coisa que não nossos macarrões com atum, ou manteiga, ou molho de tomate, e a visão de tanta abundância fazia nossos olhos e corações saltitarem.

«Está tudo pronto, minhas queridas, em breve sentamos à mesa!», cantarolava Marie-France. Ela devia ter notado os olhares ansiosos que nós, meninas, lançávamos para aquela maravilha. Ela nos levou para a sala de estar, um cômodo amplo e espaçoso — *perfeito para festas*, sussurrou Micol com uma risadinha, que indicava que Marie-France levava uma vida sibarítica, de prazeres desenfreados, o que Marta e eu considerávamos implausível. Nós víamos nela a trabalhadora incansável, a mulher solitária que devia ter sofrido e que opunha seu obstinado jansenismo diante das duras provações que os anos lhe impuseram. Essa, na verdade, era uma teoria minha que Marta, talvez com razão, achava pretensiosa. Mas para mim Marie-France via na beleza, na graça, uma forma de salvação, por isso considerava um infortúnio tão grave a decadência do status de beleza, como em todas aquelas histórias de mulheres que *depois se arruinaram*. Um infortúnio diferente, mas tão grave quanto o de não ter recebido (*coitadinha*) nenhum atributo atrativo. Por isso ela se dedicava de todas as formas a serviço da beleza, sua e das outras: era sua missão, sua maneira de ganhar o paraíso, ou pelo menos de silenciar os avisos da ruína, que, em sua imaginação, correspondia à decadência física.

Por isso, eu pensava, não nos deixava ver Corinna — assumindo que fossem verdade os rumores que insinuavam que era uma garota feia e desajeitada. Para ser sincera, uma das principais razões de minha excitação por estar ali — finalmente entre as paredes que abrigavam parte de sua vida invisível para nós, que convivíamos com ela apenas nos dias úteis e que tínhamos, portanto, uma imagem lacunosa e parcial dela — era a ideia de que eu poderia descobrir mais alguma coisa sobre sua relação com a filha. Talvez eu encontrasse algum indício ou até mesmo me deparasse com algum sinal de sua presença.

«Que casa linda!», e eu realmente achava isso. Gostava daquela casa, mas talvez, no entusiasmo do elogio, tivesse o desejo secreto de fazer com que Marie-France, lisonjeando sua vaidade, nos mostrasse a casa inteira. Assim, pelo menos eu poderia entender alguma coisa.

Funcionou. Ela nos fez visitar a sala de jantar, em que a longa mesa de cristal já estava posta com um grande vaso de hortênsias azuis cortadas no centro da *mise en place*, toda em tons de azul (copos azuis de Murano, um serviço Richard Ginori com desenhos de inspiração art déco, um jogo americano azul e branco, guardanapos de linho azuis). Em cada canto estavam acesos dois candelabros antigos de bronze, porque era o cômodo mais escuro da casa, suspirou Marie-France.

«O problema aqui é que tem pouca luz, até no pátio interno, estão vendo? Fica muito escuro no verão, culpa da videira americana» que crescia vigorosa na varanda, contrastando com a glicínia do outro lado da rua, que dava à sombra um tom esverdeado que, para mim, parecia muito bonito — eu disse isso e Marie-France sorriu satisfeita, já que certamente pensava a mesma coisa, mas por vaidade se fazia de desentendida.

Marta me arremedou, escondida de todos, com um sorriso: um pouco em tom de brincadeira, um pouco não, insinuando que eu queria adular a Chefe.

Enquanto isso, exploramos os dois banheiros: um todo em mármore preto e o outro com azulejos brancos e azuis, menor, luminoso, alegre — parecia muito o banheiro de uma garota. Estávamos no quarto de Marie-France, com as paredes de um azul tênue que mais parecia um céu de primavera e uma cama francesa, com um edredom branco e amarelo sob uma montanha de almofadas combinando, incluindo aquelas em formato cilíndrico que são vistas em todas as casas francesas. O ritual noturno de se deitar parecia exigir uns bons dez minutos só para remover aquele carregamento. Ou talvez ela se contentasse em jogar as almofadas para um lado, liberando espaço suficiente para se acomodar sob as cobertas?

Foi então que Isa irrompeu em um grito: «Desculpe, mas não era neste prédio que a marquesa morava?»

«Não, mas é logo aqui do lado... Na Via Puccini», Marie-France se apressou em responder.

«Ah sim! Eu sabia que era por aqui! Tive uma sensação de... *déjà-vu*. Eu estive aqui, sabe, para a investigação... Ah, Lorelei, como você teria se divertido! Mas ainda não tínhamos intimidade o suficiente. Se eu te conhecesse como te conheço agora, teria te chamado para vir. Se tivesse acontecido hoje...», e ela sorria com tamanha volúpia inocente que, ao vê-la, apenas quem soubesse o que nós sabíamos teria adivinhado que a investigação à qual ela se referia estava ligada a um trágico crime. Sua paixão, e a paixão de Lorelei como escritora de suspense policial, e também a minha, como aspirante a romancista ansiosa para encontrar inspiração para escrever o romance que me garantiria um futuro, sem precisar mais trabalhar na boutique.

O incidente foi narrado em detalhes por Isa, com a colaboração de Marie-France, muito bem informada — óbvio, pensei, já que ela morava a poucos passos do prédio do crime — enquanto nos dirigíamos à sala de jantar, passando por uma porta fechada (*não, querida, aqui não há nada, só muita bagunça*), e nos sentamos à mesa, onde, enquanto isso, mãos invisíveis — havia realmente mais alguém, alguém que discretamente ajudava Marie-France, ou era um feitiço? — haviam disposto as iguarias que vislumbramos na cozinha.

Os pratos circulavam: o peixe falso, delicioso, depois o lombo de porco, tão macio, e as batatas *duchesse*. E Marie--France abria uma segunda, depois uma terceira garrafa de pinot, os copos tilintavam, as risadas aumentavam de tom, os guardanapos de linho se amontoavam, Lorelei acendia um Muratti atrás do outro, enquanto Marie-France tentava empurrá-la para perto do cinzeiro de cristal, que ela ignorava com elegância. Mas, apesar da animação à mesa, se alguém tivesse entrado de repente e visto a cena tal como ela estava acontecendo, sem ter acompanhado o fio da conversa, teria pensado que estávamos falando de qualquer coisa, apenas inofensivas fofocas típicas de jantares, talvez sobre os homens que nos decepcionaram, o iminente casamento de Carolina de Mônaco ou o corte das jaquetas que estariam na moda no outono. Em vez disso, surgiu uma história sangrenta que atraiu a atenção de todas.

A poucos metros dali, no número 9, havia acontecido o terrível crime do marquês há alguns anos. Ele atirou em si mesmo depois de matar a esposa e o amante dela, uma relação incentivada pelo próprio marido. Durante muito tempo, antes do sangrento epílogo, eles estiveram no centro de muitas fofocas justamente pelo hábito que ele tinha de empurrá-la para os braços de outros homens, desde que pudesse presenciar os encontros imortalizados graças ao seu consentimento a amantes casuais (e bem-remunerados). Naturalmente, depois do drama, as fotos acabaram em uma torrente de publicações escandalosas. Ela era jovem, bonita e vinha de uma província muito pequena e modesta. Mas, ao se casar com o marquês, adquiriu uma aparência de nobreza que, embora já pleonástica, pois a monarquia era uma história antiga, deu-lhe um tom e um título dignos das páginas de notícias. Talvez o fato de ter nascido em uma pequena vila distante, com poucas perspectivas e pouco dinheiro, tenha influenciado a aceitação desse bizarro contrato matrimonial.

Quem sabe o que desencadeou a tragédia. Qual teria sido a faísca, o que teria acontecido — quais palavras, quais ruídos teriam percorrido o ar daquele quarto virado para uma rua tranquila, em uma noite de fim de verão.

Cacioni tinha um carinho especial por essa história porque tinha feito a cobertura para não sei qual jornal. Naquela época, ela ainda não devia ser uma veterana, mas era treze anos mais jovem, no auge da paixão pelo trabalho ao qual havia dedicado noites sem dormir, dias a perseguir uma indiscrição, um boato, horas febris a ditar textos de cabines telefônicas. Todas as expressões espiadas, roubadas, ouvidas, todas as frases ditas e escritas, tudo consagrado àquela sua obsessão, à vocação de ser a primeira a contar, a disseminar as palavras próprias e alheias. Ela ainda se lembrava dos detalhes aterrorizantes, do inspetor chocado com o fluido esbranquiçado que, na cena do crime recém-perpetrado, escorria gota a gota do seio da mulher, ferido sob o negro vestido de cetim.

«Ela havia operado os seios, algo que NIN-GUÉM fazia naquela época! Tinha ido até os Estados Unidos. Era silicone, mas ele via um líquido claro, como leite, no meio de todo aquele sangue...» Os olhos de Marie-France brilhavam: escandalizada, perturbada, fascinada?

«E o marido a atingiu exatamente naquele ponto... Será que ele não queria machucá-la? Os seios amorteceriam o golpe?»

Um pensamento desses só poderia vir dela. Quem sabe o que ela achava de quem operava os seios — de cirurgias estéticas capazes de driblar o envelhecimento que tanto a aterrorizava. Nunca tive a oportunidade de perguntar, mas jamais esqueci aquela observação: a ideia de um assassino, logo em seguida também um suicida, que mira no implante de plástico apalpado por outros durante anos diante de seus olhos porque não é um seio de carne, porque amorteceria o golpe. Porque o plástico não morre.

Mas o coração, sim.

«Do que você está falando, Marie-France? Imagina, ele queria matá-la, sim, ainda mais na frente do amante. Ele apertou o gatilho como tantas vezes apertara o botão da máquina fotográfica! E mirou exatamente onde mirava a lente... Uma crueldade, uma humilhação a mais, sem dúvida!»

Por um momento, os olhos de Isa Cacioni dentro das órbitas escavadas me deram medo.

«E sabem o que é mais estranho? Eles tinham um monte de empregados. Uma cozinheira, uma governanta, um mordomo faz-tudo: marido, esposa e cunhada. Ou seja, uma família completa. E talvez pudessem ter salvado alguém, se tivessem chegado antes... Se tivessem aberto a porta quando ouviram os tiros. Mas receberam ordens para *não incomodar*, e obedeceram.»

Mesmo depois de ouvirem um tiro.

Não incomodaram.

Presumivelmente, devem ter ouvido um grito.

E depois um segundo tiro.

E o terceiro.

O seio de silicone da senhora havia estourado — teria sido possível salvá-la? Provavelmente, não. Mas até que a filha do marquês voltasse de uma viagem com amigos, surpresa porque ninguém tinha ido buscá-la no aeroporto, os empregados não ousaram nem se aproximar da porta.

«Não se encontram mais empregados assim!», Madame Bogossian riu no seu canto.

Achei que ela não estivesse acompanhando a conversa, talvez por causa de sua aparência estrangeira — e não pela fisionomia, que também tinha algo de exótico nos olhos distantes, provavelmente muito bonitos antes que a vida os deformasse, enrugando-a como papel-machê sem poupar o rosto. Mas era principalmente a expressão ausente, a aparência absorta em um pensamento secreto, que a fazia parecer uma estrangeira. Ela, porém, ouvia, e lembrava, e registrava cada informação.

Todas nós ouvíamos aquela história com os olhos arregalados de curiosidade e de horror — e do constrangedor, sutil sentimento de envolvimento que histórias semelhantes invariavelmente sabem produzir por alguma razão que na época preferi não investigar.

Enquanto isso, eu continuava a me repreender por não ter conseguido descobrir informações sobre a presença de Corinna na casa. Estava certa de que encontraria respostas atrás da porta que me proibiram de abrir — mas o que fazer para contornar a proibição? Eu estava morrendo de curiosidade.

Além disso, descobri — e estranhei — que naquela noite a própria Isa Cacioni estava pisando ali pela primeira vez, mesmo sendo tão amigas. Tratavam-se com confidência afetuosa, levemente condescendente e às vezes caprichosa, algo típico de amizades de longa data. Brincavam com doçura, reconheciam mutuamente o direito de zombar dos respectivos defeitos, se viam quase todos os dias, sabiam tudo da vida uma da outra… No entanto, Cacioni nunca havia ido à casa de Marie-France. Por outro lado, a partir de insinuações vagas, entendi que, quando visitava Isa, Marie-France era de casa. Ela até tentou recompensá-la, dizendo que uma toalha de Flandres, que pegou na gaveta da entrada, ficaria ótima em sua mesa de faia — um fornecedor de produtos para casa a oferecera por um preço ridículo. Perguntei-me se não era apenas uma desculpa um pouco desajeitada para dar um presente à amiga sem que ela se sentisse em débito. Mesmo fora da loja, ela continuava a transformar, com os objetos que achava mais adequados, a vida das pessoas com quem convivia. Diante dessa assimetria, tirei minhas próprias conclusões: se até mesmo uma pessoa com quem ela tinha tanta intimidade nunca havia pisado no apartamento da Via Puccini, deveria ser porque Marie-France não convidava ninguém para ir à sua casa. Quem sabe por que naquela noite específica havia decidido contrariar seu hábito. E Corinna, onde estava naquela noite especial?

No banheiro branco e azul, notei um nécessaire simples, de plástico rígido, fechado mas não hermeticamente, como se estivesse ali caso alguém precisasse enfiá-lo na mala às pressas. No banheiro de mármore, que claramente era o reino de Marie-France, na prateleira abaixo do espelho se erguia um verdadeiro zigurate de cosméticos. Batons da Chanel, frascos e mais frascos de perfume (parece que ela nunca usava um inteiro, porque em quase todos, nos três ou quatro centímetros mais próximos ao fundo, brilhavam os néctares âmbar com os quais ela se perfumava nos pulsos e atrás das orelhas), todo o arsenal Estée Lauder — *uma mulher extraordinária*, dizia sempre que falava nela, *de uma liberdade escandalosa*. E Cacioni fazia coro com gestos de concordância, dando a entender que a conhecera pessoalmente em Nova York: e, pelo que sabíamos, poderia ser verdade mesmo.

Afinal, aquele nécessaire solitário seria um indício de algo? Estaria ali pela praticidade, porque Corinna talvez a usasse quando voltava para casa, sem precisar carregar a escova de dentes e o batom para cima e para baixo quando saísse do internato onde eu estava cada vez mais certa de que ela vivia? Eu não saberia dizer. Mas, desde que passei pela porta do reino de Marie-France, fui tomada por uma curiosidade absurda. Eu queria que as paredes falassem.

Mas as paredes não falam, é claro. Por outro lado, Madame Bogossian falava, e como, depois de ter soltado a língua com o enésimo cálice de vinho do Porto, *contrariando seus costumes* (enquanto já tínhamos secado todo o pinot). Eu me distraía e perdia o fio da conversa, concentrando-me nos detalhes da tapeçaria gasta ao redor dos interruptores, em uma longa marca vermelha na parede da cozinha que parecia resultado do arranhão de uma unha esmaltada — Dior 999, o esmalte de Marie-France, era perfeitamente compatível: mas seria possível que ela tivesse se permitido um gesto tão desmedido, que tinha estragado a parede imaculada de sua casa? Enquanto eu divagava, a atenção da mesa, já cheia de garrafas e pratos vazios, se voltou toda, como por efeito de um feitiço, à cabeleira branca de Madame Bogossian, às suas mãos deformadas pela artrite, pesadas com anéis de prata trabalhada, herança talvez de sua extinta família.

Ela tirou da pochete que trazia consigo (outra escolha peculiar cujo motivo eu não conseguira adivinhar) um maço de cartas francesas. «Agora temos que jogar?», perguntei em voz baixa a Micol, sentada ao meu lado, já entediada com a ideia de me ouvir explicar pela enésima vez as regras do buraco ou da escopa, que por alguma razão sou incapaz de memorizar.

«Não é baralho!» Micol sussurrou em meu ouvido. Ela parecia tensa. «São cartas de tarô. Marselhês.»

Estamos indo bem, pensei. Madame Bogossian tinha algo de cartomante de feira, até mesmo no nome que evocava sincretismos perdidos do início do século xx. Mas acima de tudo — percebi ao notar a reverência profunda (intimidada?) de Micol — havia algo que nos fazia acreditar, quando nos olhava, que ela estava lendo dentro de nós. Que escrutinava e sabia, sobre nós, mais do que se esperaria. Que ela fosse capaz de ler o futuro me parecia pouco plausível. Meu ceticismo se revoltava contra essa ideia, além de tudo completamente descabida, porque, como ela mesma explicou enquanto embaralhava as cartas antes de pedir a Micol para cortá-lo, «o tarô não prevê nada.»

E serve para que então?

«Mostram para onde olhar», disse como se fosse a coisa mais óbvia do mundo. Como se fosse necessário um maço de cartas empoeiradas para saber para onde olhar. Está bem, mas, mesmo que o futuro não estivesse em discussão, só a ideia de seus olhos fixos no meu presente já me inquietava.

Talvez tenha sido exatamente meu desânimo que a fez começar por mim. O burburinho cessou — tentaram me explicar que não se tratava de uma leitura de verdade, mas de um esquema com uma carta só. Um conselho, enfim. Eu tinha um dilema, uma pergunta?

Só Deus sabe se eu tinha. Meu olhar, porém, estava virado para a direção errada — como quem caminha pela rua tentando não tropeçar em uma poça, enquanto um grande vaso de flores está prestes a cair de uma sacada em cima de sua cabeça. Pensei em Andrea, que nunca me procurou, que nunca me ligou, que sabe-se lá com quantas mulheres saía: era tão inconcebível que fôssemos destinados um ao outro, não digo nem passar a vida inteira juntos, mas pelo menos nos vermos mais uma vez? Talvez isso bastasse para lhe mostrar que eu também era uma mulher, não uma garotinha, como ele fez parecer na noite da festa.

Eu tinha a pergunta, sim, e não podia falar para ninguém, porque era uma pergunta boba.

«Pense na sua pergunta», Madame Bogossian me disse.

Fechei os olhos e puxei uma carta.

19. Ainda aquela mulher

Havia dois homenzinhos, quase engraçados — por que estavam com a boca aberta, talvez pelo esforço? —, escalando um muro longo e estreito. Só que não era um muro, talvez fosse uma torre? A base estava pegando fogo.

«Você tirou a maison-Dieu», disse Marie-France em um sopro. Seu tom foi suficiente para eu entender o quanto ela respeitava as cartas.

«E a tirou de ponta-cabeça», Lorelei fez eco, igualmente concentrada.

Portanto, os homenzinhos não estavam escalando a torre.

Estavam caindo. E não estavam com a boca aberta pelo esforço — como eu poderia ter pensado nisso? Estavam com a boca aberta para gritar.

Gritavam porque estavam caindo.

O incêndio não estava na base da torre — era um raio que a atingira no topo. Ela era alta demais para escapar do raio, é isso o que acontece. Eu me encolhi. «Fique ereta.» Marie-France me deu um tapinha no ombro.

O raio havia causado o incêndio.

«O que essa carta significa?» Parecia que Madame Bogossian se esforçava para não rir. Que estava zombando de meu medo. Mas eu não tinha culpa de ser supersticiosa, era por causa disso que eu não queria brincar.

«Não é uma brincadeira, querida, mas também não precisa ficar com essa cara de enterro.» Ela tocou minha bochecha, quase me arrepiei. Seus dedos estavam gelados, ossudos, em contraste com sua gordura abundante.

«Não é uma carta ruim. Pode significar muitas coisas.»

O vento levantou a cortina. A janela ainda estava aberta.

«A tempestade está chegando», disse Lorelei, sombria, amassando um cigarro no cinzeiro de cristal. Foi por isso que Marie-France abriu a janela.

«Ah! Então o raio já chegou aqui!», riu Cacioni. Madame Bogossian a congelou com o olhar.

«Ela a tirou de cabeça para baixo...», Lorelei repetiu.

«O que isso significa? Não estou entendendo nada.»

«Não se preocupe.» Madame Bogossian segurava minha mão entre as suas, geladas. «Os arcanos nunca têm um significado só. Esta carta pode indicar uma virada, como quando alguém toca os pés no fundo e depois sobe. Uma mudança, uma revolução. Claro, também pode ser um obstáculo grande. A torre, vê?, está pegando fogo, não dá mais para se refugiar dentro dela... Normalmente, a torre por si só indica a soberba, a... Como se diz? Protérvia, isso.» Cacioni sorriu, talvez tenha sido ela quem lhe ensinou essa palavra rara. «Protérvia punida, como na torre de Babel. Mas também pode significar simplesmente que a solução de um impasse está próxima. E, além de tudo, saiu de ponta-cabeça. Isso torna o significado mais forte... Mais explosivo. Pode indicar uma demissão iminente», piscou para Marie-France, apertando os olhos brilhantes em uma rede de pequenas rugas. Eu não havia percebido que ela tinha olhos azuis. Marie-France sorriu de volta, para me tranquilizar. Talvez eu estivesse com uma expressão alarmada? Não queria que Marie-France me demitisse. Também não queria ser obrigada a pular da torre para me salvar. Mas de que outra forma eu poderia escapar das chamas?

«Deixe-me ver sua mão, vamos.»

Era um pouco demais para mim, mas não ousei recusar. Até porque ela já tinha tomado conta de minha mão. Eu temia que naquelas linhas ela pudesse ver algo mais concreto — eu não queria nenhuma mudança, não queria um futuro explosivo.

Principalmente, eu não queria saber o que esperar.

Eu não queria que ela visse se a linha da vida seria curta. Como eu reagiria se ela me dissesse que era? Como sobreviveria com o pensamento de que de um dia para o outro uma profecia poderia se abater sobre mim? Quando somos jovens, acreditamos que uma vida longa é de qualquer forma preferível a uma vida curta. É nosso erro, mas realmente acreditamos nisso — eu também acreditava naquela época.

«Abra os olhos, querida! Não precisa ficar tão tensa.»

Eu não tinha percebido que estava de olhos fechados. «Sorria, vamos.» Eu também não tinha percebido que estava rangendo os dentes. Como se estivesse esperando uma sentença ou uma condenação direta.

«A linha da vida...», gaguejei. Não sabia nem mesmo se eu queria realmente concluir a pergunta.

«Vocês são todas iguais, meninas! É bonita, longa, bem definida, não se preocupe. Não há nada de estranho em sua mão. E ainda bem que você tinha aquele ar de quem não acredita nessas coisas!», ela ria, e mais uma vez apareceu sua pequena rede de rugas. «Claro, o único problema é que aquela mulher está sempre no meio.»

Aquela mulher?, eu estava prestes a perguntar.

«Você sabe muito bem de quem estou falando.»

Eu não sabia.

Não tinha a menor ideia.

Quem era aquela mulher? Seria a mulher de Andrea? Pressupondo que ele tivesse só uma, alguém como ele, com aquele jeito de homem do mundo que pula de festa em festa... Ou talvez Marie-France? Como me veio esse pensamento de que poderia ser ela é uma pergunta à qual só encontrei resposta mais tarde. Porque, de certo modo, era ela a mulher que moldava nossa ideia de nós mesmas. A mulher que, sem saber, eu estava prestes a trair.

Foi exatamente nesse momento que a luz acabou. Lembro com certeza: na hora, pensei que fosse uma brincadeira. Achei que queriam me assustar — e, no caso, tinham conseguido perfeitamente. Uma rajada de vento fez as portas baterem, os vidros da janela tilintaram e Marta se levantou com rapidez para fechá-la. A corrente havia feito tremer uma porta que dava para a sala de jantar — o mesmo cômodo que pouco antes, quando animadas como crianças explorávamos o reino de Marie-France, fomos proibidas de ver. Aquela do quarto que eu imaginava ser de Corinna.

Lorelei e Isa, pegando ao mesmo tempo seus isqueiros, reacenderam as enormes velas no centro da mesa. A luz dançava nas paredes e agora as cartas espalhadas, as guirlandas de hera que balançavam fora da janela, o cintilar da maçaneta do quarto de Corinna, tudo tinha um ar fúnebre. Uma hora, duas horas antes — fazia quanto tempo que estávamos lá? — eu jamais diria que aquela casa pudesse ser tão sombria. Um trovão fez o chão tremer — *o piso é antigo, ma biche, não é nada*, Marie-France sussurrou porque devia ter me visto estremecer. Outro relâmpago — de novo a maçaneta cintilou. A porta do quarto se abriu. Sem pensar, achei que era minha chance: saltei para fechá-la. Eu queria aproveitar o impulso para espiar lá dentro? Talvez.

Aquela porta deveria permanecer fechada.

A mão de Marie-France rapidamente estava sobre a minha, agarrando a maçaneta, e ela a puxou com força, fazendo minhas articulações estalarem: a porta foi fechada, eu não consegui ver nada, nem mesmo uma espiadinha lá dentro. Ela reagiu no impulso, um rompimento de sua habitual calma sinuosa. Eu não deveria ter tocado na maçaneta, não deveria ter me levantado. E agora? Eu estava em pé como uma idiota. Por sorte, no escuro mal iluminado pelas velas, foi mais fácil evitar seu olhar.

Eu só ouvi a voz no escuro. A voz de Marie-France, mas diferente da habitual — como se tivesse envelhecido de repente. Eu olhava para os pés. A voz dizia: *é ela, é ela.*

Giramos como marionetes. Ela levantou o braço e apontou para um ponto no fundo do quarto — um ponto qualquer na sombra. Eu teria jurado que não havia nada, era impossível dizer, a escuridão estava densa. Cacioni fez luz com o isqueiro. Apenas a fuga dos cômodos em direção à sala que dava para a rua. Do lado de fora, no silêncio repentino, chegava o barulho da chuva, como um choro.

«Marie-France, você está bem?» Seus olhos estavam ausentes. Ela baixou o braço. Por sorte, eu estava ao seu lado e a impedi de cair quando ela desabou. Marta correu com uma almofada, endireitamos sua cabeça. E Marta, mais pronta do que eu, que tinha ficado sem ação, levantou suas pernas. Eu me espantei com o quanto ela estava magra, vista naquela posição.

«Não foi nada, foi uma síncope», disse Cacioni, que, com um gesto experiente, levantou sua pálpebra para verificar a pupila. A situação me impressionou mais do que deveria.

«Onde estão os interruptores?», gritava Micol da entrada. Nós a ouvimos mexer, xingar baixinho, e então a luz voltou.

Marie-France abriu os olhos de novo e não parecia se lembrar de nada.

«Quem você viu?», Cacioni perguntou a ela, tão brusca que percebi o quanto estava assustada.

«Ver? Eu? Só tive uma queda de pressão, Isa, não foi nada. Às vezes acontece... Foi culpa minha, esqueci de tomar o remédio. *Ma biche*, você poderia pegar o blister que está na cozinha, na cestinha de vime ao lado da geladeira?»

Corri para a cozinha, aliviada por ela ter esquecido o incidente com a maçaneta. Era mesquinho da minha parte, mas não pude evitar. Voltei com os remédios e um copo d'água. Marie-France já se sentara e estava ocupada tentando nos convencer a deixá-la em paz.

Não tinha acontecido nada.

Só uma queda de pressão.

O cansaço, a animação por nos receber para jantar — ela havia esquecido o remédio.

Não precisávamos ajudá-la com a louça.

Não precisávamos ficar com ela.

A única coisa de que ela precisava era ir para a cama imediatamente, uma boa noite de sono e no dia seguinte estaria como nova.

E a louça? «Ah, querida, amanhã quando eu estiver na boutique meu ajudante vem aqui. Quando eu voltar, a casa estará um brinco!» Ela sorriu e insistiu tanto que, apesar da resistência obstinada de Isa Cacioni, não conseguimos convencê-la a deixar pelo menos uma de nós ficar para lhe fazer companhia. Acabamos nos sentindo quase indelicadas — estava claro que ela queria ir dormir. Com doçura, nos empurrou até a porta, ainda deu um jeito de nos dar a caixa com os doces que sobraram. «Para o café da manhã de amanhã, *mes biches*!»

Estava bem, tinha voltado a ser ela mesma. Claro, deixá-la sozinha naquela casa espectral… Nas escadas, não dissemos uma palavra. No portão, por algum motivo, senti que precisava quebrar o silêncio. Até hoje me pergunto como as coisas teriam sido diferentes se eu tivesse ficado quieta.

«Mas pelo menos nos finais de semana ela não fica sozinha, né?»

«Como assim?»

«Bom, ela passa a semana toda sozinha, mas amanhã é sábado e Corinna volta para casa, não? Ou ela passa o sábado e o domingo no internato também?»

Elas me olharam horrorizadas.

«Se é uma piada…», começou Micol.

Eu as olhei de volta assustada. Não entendia o que elas queriam dizer, intuía que eu havia dito algo fora do lugar, um pensamento que teria sido melhor manter guardado, mas nenhuma delas parecia querer me ajudar. Elas, na verdade, me davam um pouco de medo, na penumbra do portão. Lá fora, a chuva despencava, não passava nenhum táxi. Eu só queria ir embora dali.

Elas continuaram em silêncio, me avaliando, como se estivessem julgando minha sinceridade.

Então Isa Cacioni suspirou.

«Barbara, em que mundo você vive?»

É, em que mundo eu vivia? No mesmo mundo delas, mas por algum motivo eu nunca me dava conta de nada. Bem diferente de uma detetive. Madame Bogossian, gesticulando no meio da rua, conseguiu não sei como chamar dois táxis. Eles pararam, amarelos, sob a chuva forte.

Isa Cacioni entrou no primeiro. E me lançou um olhar do fundo do carro.

«Corinna morreu. Todo mundo sabe disso, querida, acorde.» Subiu o vidro. «Via Condotti, 16, por favor.»

20. Vinagre de maçã

Naquela noite não pregamos os olhos. Micol, na verdade, dormia profundamente. Mas, talvez por causa da agitação depois do jantar, ela decidiu ter um de seus ataques de sonambulismo.

Já estávamos acostumadas, embora eu me assustasse toda vez ao ouvir os passos no escuro do corredor. Levantávamos, Marta e eu, com cuidado para não acordá-la — não sabíamos quais seriam as consequências se desrespeitássemos a regra de ouro, porém parecia mais prudente evitar descobrir.

Elsa não queria saber de dormir em sua caminha na cozinha e, como se alguém lhe tivesse imposto a tarefa de vigiar nosso sono, dividia suas noites em etapas: deitava-se no chão, aos pés de nossa cama, alternadamente. Já resignada aos despertares inconscientes de Micol, não latia mais: devia ter entendido, quem sabe como, que não era o caso. Ela levantava a cabeça e se enrolava de novo com um gemido, como quem boceja para protestar que a noite é feita para dormir — mas sem exageros, com uma medida discreta e muito sóbria.

Do corredor veio uma ventania de jasmim. Aos poucos, com os pés descalços sobre os ladrilhos frescos, tentando não fazer barulho, Marta e eu seguimos os passos da sonâmbula. Micol tinha aberto a janela e se equilibrava na beirada. Ela fazia isso com frequência. Toda vez era um espetáculo aterrorizante, mas a cada vez nos assustava menos. *A gente se acostuma com qualquer coisa*, dizia Marie-France, e tinha razão até nisso. Por sorte, além do parapeito, havia a varanda à qual a porta-balcão dava acesso: não era um risco muito grande e comemorávamos por termos deixado para ela aquele quarto, e não o nosso, que dava de frente para a rua. Como ela conseguia escalar até lá em cima continuava um mistério. Mais uma vez ela tinha puxado a escrivaninha para trás para subir pelo mármore liso e escorregadio do peitoril da janela. À luz da lua, sua silhueta era espectral, a camisola de seda (um presente de Marie-France, claro, que afirmava que dormir de calças era um absurdo que levava a graves repercussões estéticas) inflava como uma vela, os cachos ruivos embaraçados em um grande nó selvagem. No silêncio, o chamado de uma ave de rapina vibrou, talvez uma coruja.

«Mas há corujas na cidade?», sussurrei para Marta, que me fez sinal para ficar quieta. Devagar, sem fazer barulho, uma pela direita e a outra pela esquerda, pegamos as mãos de Micol. Ela se virou para trás, quase derrubando todas nós. A escrivaninha estava prestes a tombar, mas Marta agarrou o tampo da mesa a tempo. Com pequenos passos, pusemos Micol de volta na cama.

Na manhã seguinte, na cozinha, nossas olheiras estavam escuras, quase doloridas. Quando não durmo bem, tenho a sensação de que meu rosto, mais do que minha cabeça, fica rígido.

Micol tirou seis colherinhas do congelador. Era tudo que tínhamos.

«Ah! As colherinhas no congelador e eu aqui mexendo o café com a faca de manteiga», resmungou Marta, mas não parecia com raiva. Não estava mais emburrada do que estaria em qualquer outra manhã. Não era exatamente mau humor, era mais uma corrente subterrânea de pessimismo, que sabia dominar com surtos repentinos de alegria.

«Estou dizendo, é um método infalível! E com certeza não podemos nos apresentar na loja com essa cara, vocês já se viram?»

Micol nos mostrou o procedimento — sua mãe tinha ensinado quando ela ainda era uma criança alheia ao problema das olheiras. As colherinhas têm que ficar meia hora no congelador: não mais, senão queimam a pele com o gelo, não menos, senão não adianta. É só aplicá-las por alguns minutos sob os olhos e as bolsas desaparecem.

«É uma questão de vaso... Vaso sei lá o quê, não lembro bem», especificou com um ar pensativo. «Basicamente, isso faz a circulação voltar e absorve o inchaço sob os olhos!» Ela estava radiante, com a cabeça inclinada para trás para que as colherinhas não caíssem. Não percebeu que, com uma daquelas que ela pegara, Marta estava mexendo seu café com leite. Eu também inclinei a cabeça, como Micol.

«Não é um absurdo que dê para se queimar com o frio?»

«Os opostos sempre nos ferram», disse Micol, com a cabeça inclinada, a voz quase gorgolejava.

«Os extremos, não os opostos», corrigiu Marta com uma calma incomum, enquanto enxaguava a xícara e a colher na pia. «Eles não deveriam existir.»

Tínhamos combinado que eu abriria a loja nas manhãs de sexta-feira. Era, então, minha vez: ainda que as colherinhas não tivessem ajudado em nada e eu sentisse o rosto inchado e a cabeça atordoada pela falta de sono, o medo da fria raiva de Marie-France (que detestava o desleixo dos atrasos) era grande demais para que eu me permitisse perder tempo na rua, mesmo que fosse só para espiar meu reflexo nas vitrines. Eu estava usando um casaco Blumarine de algodão fino, com ombreiras e botões duplos dourados. Era um azul-escuro como a noite, bordada em preto. Eu achava divertida a ideia de que as pessoas que me viam na rua pensassem que aquelas roupas eram minhas, não sabendo que na verdade eram os uniformes que Marie-France nos atribuía toda semana, combinando nossas *mises* no que parecia uma perfeita harmonia provisória, antes de reorganizar tudo na segunda-feira seguinte. Para elas, era óbvio que aquelas roupas eram minhas: que indícios elas tinham para imaginar o contrário? O que sabia a atendente da lanchonete onde eu parava para tomar um café quando chegava alegremente adiantada, ou o porteiro português que varria o portão do 29 e presenteava os passantes com um largo sorriso luminoso, ou a secretária do advogado do 43, com seus ternos e óculos com armação de ouro — o que elas sabiam sobre minha vida, sobre o que acontecia comigo fora do perímetro do bairro, sobre os pensamentos que me atormentavam enquanto eu caminhava rapidamente de manhã para evitar os olhares de Marie-France? E o que eu sabia sobre a vida delas, sobre a cor de seus sofás, sobre suas irritações matinais, sobre as esperanças secretas que cultivavam, sobre as dores que tentavam afastar?

Nada, ninguém sabe nada sobre ninguém. E então, sabe-se lá como aconteceu que alguém decidiu me seguir, de toda a multidão que se espalhava pela calçada naquela bela manhã de sexta-feira primaveril. A única coisa certa era que alguém estava me observando: eu me virei uma vez, duas, mas não consegui entender de onde vinha o olhar. No entanto, sentia-o colado em minha nuca, em meu rabo de cavalo — é impossível se enganar sobre a sensação de estar sendo observado, não importa o que Marta diga sobre minhas paranoias. A sensação de dois olhos te seguindo é algo primordial, indelével. E eu sentia dois olhos atrás de mim. Mas, por mais que eu me virasse — *devagar, senão não adianta, devagar, sem deixar que te vejam* —, eu não conseguia isolar na multidão o rosto que mirava em mim o olhar. Havia uma mulherzinha loira, atarracada — as proporções arredondadas de uma pequena cômoda —, com um lenço verde no pescoço. *Loira, mais ou menos dessa altura…* Correspondia à descrição. Por um instante, sem nem mesmo elaborar o pensamento até o fim, me veio a ideia de que poderia ser a esposa do senhor sobrancelha, aquela que ele tinha, sem sucesso, ido procurar na loja.

Que bobeira!

Ela estava indo pela mesma rua que eu, mas eu nunca a vira daqueles lados. Eram oito horas de uma manhã fresca, com vento, sob a sombra líquida dos plátanos, um horário para pessoas de rotina. Quem se aventura por um bairro onde não mora nem trabalha às oito da manhã de uma sexta-feira?

De novo me chamei de estúpida: imagine se uma loira atarracada não poderia estar passeando logo cedo em uma rua de Parioli! Talvez ela esteja visitando parentes ou amigos, talvez esteja fazendo compras. Talvez, simplesmente, tenha se mudado há pouco tempo. Ou talvez tenha passado por aqui milhares de vezes e você nunca a tenha notado, porque é uma loira atarracada como tantas outras, e nem nesta manhã você teria notado… Se não fosse por essa obsessão de estar sendo observada.

Porém, você sente que está sendo seguida. Provavelmente ela também sabe que o que você está usando é um uniforme, não um casaco seu. Que você não pode comprar casacos Blumarine, porque é apenas uma vendedora. E que você trabalha na *Joséphine*, aí está a placa, o toldo dobrado a ser baixado, a persiana a ser erguida.

Paro e não vejo mais a mulher loira. Então eu estava errada, ela não estava me seguindo! Suspiro aliviada enquanto me agacho para girar a chave na tranca. No chão, enfiado na grade de ferro, há um envelope. Meu primeiro pensamento é que alguém o deixou cair: levanto-me rapidamente, estendo a mão — e por pouco não encosto no lenço verde, mas ele já estava longe. Tinha sido ela.

E, com a certeza inexplicável dos maus pressentimentos, sei que ela *realmente* estava me seguindo. Pego o envelope, mostrarei a Marie-France, a Giosuè, não vou abri-lo. Com certeza não é para mim, deve ser para eles, e é melhor que saibam. Estão acontecendo muitas coisas desde que aquele sujeito entrou na loja procurando sua esposa, digo a mim mesma, e empurro a porta de vidro.

A queimação de um tapa, exatamente assim, só que algo líquido e viscoso escorre por meus olhos. Dói. Grito, mas não há ninguém. A pior parte não é a dor, mas a sensação de que bem perto de meu rosto, enquanto aperto os olhos para evitar que esse líquido nojento caia neles, o ar vibra, se move — como se asas estivessem batendo a poucos centímetros de mim. Não vejo nada, mas por um instante tenho a sensação de que uma asa — uma asa quase quente, coberta de pelos fofos — toca minha bochecha.

Depois não sinto mais nada. Caio, desabo no chão. Pelo menos é o que Marie-France me conta quando abro os olhos. Eles ainda estão queimando, mas agora a dor é suportável. Com um pano fresco de cambraia de linho, um retalho de um trabalho qualquer de costura, ela enxuga minha testa.

Meus pés sobre uma cadeira, pernas para cima e cabeça para baixo, como ela estava ontem à noite. Estou melhor.

«Você caiu como um saco de cenouras, *ma biche*», diz, e não sei por que ela disse saco de cenouras e não saco de batatas.

«Plaft, você caiu assim! Eu estava chegando, por sorte, te chamei da rua e te vi cair. Fiquei assustada, sabia? Que susto! Por acaso, naquele momento também estava passando a enfermeira do dr. Bisenti, Carola. Ela te deu uma olhada e receitou água boricada para limpar seus olhos. E você sabe o que foi?»

Eu me perguntava a mesma coisa. Com um movimento imperceptível, toquei o bolso do casaco: a carta ainda estava lá. Eu tinha certeza de que havia alguma relação com a emboscada pela qual eu passara — mas qual? E por que Marie-France estava tão tagarela?

Ela falava sem parar, como se tivesse medo do silêncio. Talvez ela quisesse me tranquilizar, ou tranquilizar a si mesma — de que estava tudo bem, de que não havia acontecido nada grave. De que a responsabilidade não era sua.

Mas não, pensei. É perfeitamente normal um momento de nervosismo quando você vê sua funcionária desabar no chão enquanto abre a loja. Perfeitamente normal e compreensível.

«O doutor chegou correndo, *ma mie*, por segurança mandei Carola chamá-lo. Para ele não foi nem um grande incômodo, teve só de atravessar o pátio, mas eu queria que ele te desse uma olhada, na hora fiquei muito assustada... Mesmo que não seja nada, absolutamente nada. Vou mandar para ele *les profiteroles* da Regoli, ele adora, Carola me disse, mesmo que esteja com o colesterol nas alturas. Mas tem sempre uma desculpa pronta. *O médico sou eu ou são vocês?*

Enfim, vou mandar para ele, depois ele resolve… Bom, de qualquer forma, ele já te deu uma olhada, você nem bateu a cabeça, por sorte…»

«Sim, mas o que era aquele *negócio* que ele… Aquele…» Eu não sabia nem como chamá-lo.

«Ah, *ma biche*, olhe que absurdo! Vi que você tinha algo pegajoso nos cílios, não conseguia entender. O doutor deu uma olhada e me perguntou: *vocês viram processionárias nas últimas semanas, talvez nas árvores aqui em frente?* E nós, claro, que as vimos, lembra? Então, esses animais… Esses animais não são só lagartas. São lagartas que se tornam borboletas. Devem ter feito outro ninho lá na última prateleira, aquela dos suéteres defeituosos que ninguém experimenta… Giosuè encontrou agora, é lá que elas estão trocando de pele. Mas não se preocupe, ele já as levou para o pátio com a pazinha e pôs fogo. Ai, mas como você está? Seus olhos ainda estão bem vermelhos, pobre querida… Agora vá até a lanchonete e tome alguma coisa, uma *orzata*, um chocolate, o que você quiser.» Tirou do bolso uma nota amassada: cinco mil liras. Deve tê-la pegado enquanto eu ainda estava desmaiada. Marie-France sempre pensava em tudo.

«Mas elas estão mesmo nos suéteres? Isso é possível? E nós que achávamos que tínhamos resolvido tudo naquele dia… Eu achava que elas precisavam, né… Da natureza.»

«Deu para ver que as larvas não estavam todas no ninho que Ben destruiu. Elas têm essa coisa especial, que quando são lagartas podem te queimar se você tocar nelas, como aconteceu com Elsa, e aí quando se tornam borboletas… Borboletonas, mariposas, ou o que for, espirram um líquido, fazem isso para se defender, foi o que espirraram em seu rosto. Como as lulas, mas felizmente não é tinta, não deixa mancha!»

Não deixava mancha, não, mas queimava, com certeza! Marie-France se levantou. Pôs uma mão no decote da blusa de seda e tirou a corrente com uma série de pequenas chaves. Escolheu uma, foi até a mesa dos óculos e abriu a vitrine de cristal. Pegou uns óculos escuros da Celine com lentes grandes, cônicas.

«Aqui, por hoje você pode usar estes, se a luz te incomodar. O doutor disse que você está bem, mas agora vá até a lanchonete, tome algo, se acalme.»

Eu não podia acreditar: ela ainda queria que eu trabalhasse naquele dia. Não protestei, sabia que com Marie-France seria inútil. Conhecia sua ética: ela, em meu lugar, trabalharia. Além disso, como eu me sentiria se estivesse sozinha em casa, depois daquele susto? Com passos lentos, escondida atrás de meus grandes óculos de sol, fui até a lanchonete.

O doutor tinha razão: meus olhos não queimavam mais, eu enxergava como antes. Mas… Ainda havia alguma coisa estranha. Eu estava sugestionada? Mas até na consideração excessiva de Marie-France me pareceu haver alguma coisa. Alguma coisa pouco clara. Até o dia anterior, eu acharia quase comovente sua solicitude: a nota de dinheiro pronta, os óculos Celine, o médico chamado às pressas, *les profiteroles* para agradecê-lo. Mas agora tudo isso me pareciam indícios de consciência pesada. E ela nem sequer me deu o dia de folga! É possível que ela fosse tão maníaca por trabalho, tão mesquinha, a ponto de não me permitir um dia tranquilo depois de um contratempo pelo qual, no fundo, ela era responsável? Malditos suéteres, fazia meses que Giosuè tinha proposto doá-los para a paróquia da esquina. Nenhuma de nossas clientes jamais compraria material de segunda mão!

Só quando cheguei à lanchonete e reconheci de costas a cabeleira loira foi que percebi o que de fato me incomodava.

Não era a mariposa com seu líquido urticante nem a inflexível devoção de Marie-France ao trabalho.

Era a história de Corinna. E Isa Cacioni, que se virou como se tivesse adivinhado que eu estava olhando para ela por trás daqueles óculos, certamente sabia tudo sobre aquela história.

«Minha querida! Bom dia! Mas o que foi? Seus olhos estão lacrimejando…» Ela me estendeu com uma inesperada gentileza um guardanapo com o qual limpei a bochecha sob a armação dos óculos.

«Ah! Agora está melhor», e acendeu um cigarro. Para variar.

«Não foi nada… Uma borboleta!»

«Uma borboleta? Mas como assim?» Ela riu. «Será que você não exagerou na bebida ontem?»

Ela ria, eu não. Eu sentia uma espécie de desconforto — ao pensar na vergonha que passei na noite anterior, minha garganta queimava igual quando se está prestes a ter um forte resfriado. Era constrangimento, não resfriado: pior para mim.

Fiz um esforço para manter a voz firme. Cacioni não era o tipo de mulher que aprecia tons lamentosos.

«Isa, eu nunca quis… Enfim, sei que falei uma bobagem ontem, mas não queria. Eu, olhe só, eu achava que Corinna morava em um internato, em algum colégio para meninas…»

«Você não sabia de nada? Como é possível? Giosuè nunca te contou?»

Ela levantou os olhos para o céu. Não sabia o que dizer. Perguntei-me se não havia esquecido ou interpretado mal alguma coisa — seria possível? Seria possível que eu tivesse perdido um fato tão importante, uma ferida tão profunda, só porque talvez eu não tenha percebido um subentendido, não tenha compreendido um sinal? Seria muito estranho, mas eu não podia excluir essa hipótese. Uma pessoa distraída nunca pode excluir nada que possa ser atribuído à sua distração.

Então Cacioni me contou a história.

Foi uma desgraça. Não um acidente, mas uma verdadeira desgraça. Ela repetiu duas vezes, como se essa fosse a parte mais importante.

«Você sabe como Marie-France é, a conhece... Para ela, ter uma filha como Corinna era quase uma afronta. Mas ela a amava, e amá-la aumentava sua dor.»

Ela falava como se tudo fosse óbvio. Alguma coisa me escapava — Marie-France, tão afetuosa, materna, tão protetora com a gente, como poderia ter considerado sua filha uma afronta? Realmente.

«Como assim... Como assim sua dor?»

«É que você nunca viu Corinna, senão entenderia! Era uma garota difícil. Claro, poderíamos até pensar que ela era difícil porque se sentia... Deslocada, veja só. Fora de lugar. Ela não era parecida com Marie-France. Ela não se importava com as coisas que sua mãe adora. Não se importava com roupas, não se importava com rapazes. Quando era pequena parecia uma atitude normal, uma insatisfação comum. Sua mãe fazia trancinhas com fitas combinando com o vestido bordado e dois minutos depois a encontrava rolando no chão, as tranças desfeitas, o vestido rasgado. Era uma criança vivaz. Uma moleca... Todos usávamos essa palavra. Uma moleca. Em certo momento, ela começou a usar essa palavra para descrever a si mesma. Estava crescendo e não suportava mais que sua mãe a vestisse como uma boneca. Além disso, você sabe como é: Marie-France, digamos assim, não estava muito entusiasmada com a ideia de que fosse possível calcular sua idade vendo quantos anos sua filha aparentava. Mas Corinna crescia, na verdade, fermentava: era uma garota robusta. E sua mãe a vestia com esses vestidos ridículos, de menina pequena, de boneca. Ela, que estava começando a ter dez, doze anos, se irritava e ficava triste. Um dia voltou da escola com o cabelo cheio de chiclete grudado: contou que tinha sido uma colega que fizera aquilo para incomodá-la, por desprezo. Mas eu pensei que talvez... Talvez ela mesma tivesse feito aquilo, ou pelo menos facilitado para a colega. Porque Marie-France foi obrigada a cortar seu cabelo bem curto, não havia outra solução, de tanto que estavam grudados. O chiclete não saía, sem chance, e olhe que ela fez compressas com sei lá quais misturas, até com molho de tomate, com ovos... Usou tudo o que tinha na geladeira, mas nada adiantou. Corinna, no entanto, estava bem com aquele novo corte, com o cabelo bem curto. Estava contente. Dizia: *finalmente pareço a moleca que sou*, e ria. Nunca havia rido assim. Sua mãe, por outro lado, não estava nada contente: daquele jeito, Corinna realmente parecia um garoto. Enfim, os cabelos foram crescendo devagar, mais escuros. Corinna os cortava com tesourinhas no banheiro, Marie-France escondia as tesourinhas. Os cabelos cresciam e não eram mais loiros como antes. Para Marie-France, era importante que Corinna fosse loira: *isso a torna mais refinada*, ela dizia. Sabe, ela não conseguia se perdoar por ter uma filha feiosa. Eu dizia a ela que era a adolescência, que ela ficaria bonita, que melhoraria com o tempo... Todos nós dizíamos isso a ela. E, além do mais, sejamos honestas: não é porque uma pessoa nasce feinha que isso precisa ser uma tragédia, não é? Veja Lorelei... Coitada. Vamos, é brincadeira, não precisa fazer essa cara. Enfim, ela virou escritora e teve uma vida plena, até viveu seus romances, se é que você me entende. E ela não é exatamente o máximo da beleza. Mas não é o fim do mundo! Por alguma razão, mesmo sendo tão inteligente, Marie-France estava convencida de que sua filha estava condenada à infelicidade só porque não tinha puxado sua beleza. E ela não percebia que era ela mesma que a fazia infeliz, criando complexos...»

«Como? Ela lhe dizia que era feia?»

«Não, não, imagine. Mas você sabe como ela é, não consegue esconder nada.» Sobre isso eu já não tinha tanta certeza. Ela escondera de mim, por exemplo, que havia perdido uma filha. Não era suficiente para abalar sua fama de ser transparente? Mas não ousei dizer isso.

«Bom», ela continuou enquanto mexia em um anel no dedo, uma esmeralda montada em ouro branco, muito parecida com aquela que Marie-France usava. Pensei, não sei por quê, que talvez tivesse sido um presente dela: Isa Cacioni não era o tipo que compra joias verdadeiras. «Ela tentava de todas as formas corrigir Corinna. Convencera-a de que aquele cabelo, que estava ficando cada vez mais escuro, deveria ser clareado com uma mistura de água e camomila. Água, camomila e uma pitada de água sanitária para fixar. Só que a camomila não era muito eficaz, então, dia após dia, ela aumentava a quantidade de água sanitária. Preparava a mistura em uma xícara toda vez que Corinna precisava lavar o cabelo e ela mesma a aplicava no cabelo com um pincel. E não era só isso: toda manhã, antes do café da manhã, ela fazia Corinna beber vinagre de maçã. Dizia que purificava o organismo, que fazia milagres e que era um truque que Liz Taylor usava na época em que gravou *Cleópatra*. Na verdade, ela só esperava que isso a fizesse emagrecer, porque Corinna era robusta, e, quanto mais o tempo passava, mais espessos seus ombros, braços e coxas ficavam. Marie-France não gostava disso, estava exasperada: nada ficava bem nela...»

Pensei em seu entusiasmo quando decidiu abrir a boutique para as garotas. Na alegria que brilhava em seus olhos diante das coleções da Cacharel. Era uma reparação, uma compensação?

«Corinna se mostrava cada vez mais apagada. Seu cabelo estava seco, desgrenhado como as penas de um pintinho feio. Não emagrecia, mas o vinagre bebido de manhã, bem... Certamente não adoçava seu humor. Um dia, Marie-France teve de sair cedo, tinha algum compromisso na loja, talvez estivesse para chegar uma coleção nova, não lembro mais. Era uma terça-feira, e às terças à noite Corinna lavava o cabelo. Marie-France havia tirado a filha do internato, temia que coisas estranhas acontecessem lá, entre todas aquelas meninas. Ela tinha medo de que as conversas sobre ser um moleque, sabe, escondessem... Uma inclinação. Estava convencida de que não suportaria. Enfim, ela saiu cedo. No balcão da cozinha, deixou preparada a xícara com o vinagre de maçã e a xícara com a água sanitária para a noite.»

Contra minha vontade, comecei a entender.

«Então... Corinna estava sozinha quando?...»

«Marie-France voltou para casa naquela manhã. Tinha esquecido a caixa registradora, aquela que ela sempre carrega para lá e para cá porque diz que é perigoso deixá-la na loja à noite, caso aconteça um incêndio ou alguma outra calamidade... Bom. Ela voltou para casa e eu fui junto. Eu não tinha nada para fazer, o dia estava bonito. Fiquei no portão e disse: *te espero aqui, vou fumar um cigarro*. Acabei o cigarro e acendi outro. E então pensei, quando acabei mais um: *que estranho, ela não desce*. Não é de seu feitio perder tempo. Toquei a campainha e ninguém respondeu, senti um medo muito grande. Subi com a porteira.»

Então ela já estivera na casa de Marie-France... Claro que não havia sido a melhor ocasião para uma visita. Eu não tinha certeza se queria ouvir o resto. Mas ninguém podia parar Isa Cacioni quando ela estava contando uma história. E aí, gostando ou não, eu *tinha* de saber como havia terminado.

«Subimos correndo, quer dizer, tanto quanto conseguem correr duas pessoas meio mancas, eu com o joelho machucado, a porteira com os quadris tortos de tanto esfregar escadas. A porta estava entreaberta, como quando se entra em casa para pegar algo rapidamente. Encontramos Marie-France atordoada, não dizia nada, parecia que nem nos via, diante de Corinna caída no chão. Mas ela estava viva. *Você chamou a ambulância?* E ela nada, não respondia. Eu que chamei. Tentaram salvá-la, mas já era tarde. Coitada da menina, coitada de Marie-France. Ela não conseguia chorar. Estava paralisada. Está paralisada... É como se algo dentro dela tivesse se transformado em gesso. Você já viu? Às vezes é como se... Como se ela abduzisse a si mesma.»

Talvez eu tenha visto, talvez não. Não sabia mais o que pensar. A única certeza era de que eu nunca soube quem era Marie-France. Eu tinha visto sua segurança e seus coques, havia tomado como verdadeiros seus conselhos de beleza. Tinha rido de sua obsessão pela morte e por doenças, de sua hipocondria, de sua mania de elegância. Eu nunca entendi quem ela era de verdade.

À noite, ao tirar o casaco, senti o papelão rígido da carta. Ela havia ficado no meu bolso desde a manhã, com toda aquela agitação. Eu tinha esquecido de entregá-la a Marie-France: dez horas antes eu teria entregado sem abrir.

Agora as coisas eram diferentes.

O envelope não estava selado, mas estava pegajoso como se alguém o tivesse manuseado com os dedos melados de açúcar. Dentro havia um cartãozinho quadrado, daqueles em que se desejam parabéns.

ABRAM BEM OS OLHOS

Mas eu estava cansada, as pálpebras ainda queimavam, estava cansada e farta de todas aquelas emoções. E, estranhamente, não fiquei assustada nem com aquela caligrafia assimétrica nem com a brincadeira desagradável das mariposas, que o bilhete revelava ter sido orquestrada pela mesma mão. Fechei os olhos e deslizei para o sono sem sonhos de quem não aguenta mais os caprichos do mundo.

21. Uma amiga que você não tem

Uma nova carta chegou no fim de agosto, dois dias depois da reabertura da loja. Havíamos fechado por três semanas, a de *ferragosto* e as duas seguintes, porque *é inútil ficarmos abertos, na cidade não sobra nem um cachorro, ma mie*, Marie-France dizia como se quisesse nos convencer de que depois das férias a loja, quase deserta durante julho inteiro, voltaria a ficar cheia de vozes e risadas. O verão tinha passado como um sopro. Na cidade, havia pelo menos um cachorro — Elsa — e eu, que não sabia para onde ir e tinha pensado em aproveitar esse tempo para continuar a monografia.

Marie-France tinha ido para a Costa Azzurra encontrar uma prima *que se casara com uma fortuna*, e voltou com sardas no nariz e os olhos mais claros. Giosuè foi a um acampamento indefinido. Marta, superada a ideia da Croácia, passou com o pai e as irmãs, brigando o tempo todo. Micol tinha sido convidada para um cruzeiro em um veleiro por não sei quais amigos milionários, e voltou deslumbrante com seu bronzeado.

Eu tinha me arrastado por semanas estagnantes, acordando tarde entorpecida pelo calor. Em casa, vivia na penumbra para escapar do calor abafado e sempre esquecia de comprar o leite. À noite, abria tudo, levantava as persianas e deixava a brisa entrar. O ar cheirava a poeira e citronela, as ruas estavam vazias; nós que tínhamos ficado ali nos movíamos flutuando pela luz, sorríamos para estranhos como se estivéssemos nas montanhas. Eu fazia longas caminhadas com Elsa, ao anoitecer, e comprava um *supplì* na única rotisseria aberta. Às vezes eu ia rever algum filme no cinema ao ar livre. Os dias eram idênticos, eu me embalava na ilusão de não conhecer ninguém. Era relaxante. Todas as manhãs prometia a mim mesma que depois do café eu começaria a escrever. Depois pensava que já estava tarde, que Elsa precisava descer. Eu comprava uma fatia de melancia no quiosque, subia de volta e já era a hora do almoço. Fazia espaguete e aí o calor me dava sono, então eu lia deitada com Elsa aos pés da cama, sobre os azulejos frescos. Eu lia romances franceses, suspenses americanos, antigas coletâneas de poesia renascentista aleatoriamente encontradas na biblioteca do apartamento. Deviam ser livros de Marie-France, sabe-se lá em que época da vida ela os comprara, sabe-se lá se os havia lido. Eu lia até que ficasse tarde o bastante, para me obrigar a adiar a escrita da monografia para o dia seguinte, sabendo muito bem que no dia seguinte faria a mesma coisa.

Uma noite, ali pela metade de minha fase de aborrecimento, fui ao cinema ver *Zelig*. Minha aparência era de dar pena; se Marie-France me visse, teria ficado horrorizada — mas ela estava na Costa Azzurra e eu no Savoy, com uma camiseta azul-celeste toda esfarrapada, calças de linho de odalisca e os velhos tamancos de quando eu era a estudante de Filosofia que eu não conseguia voltar a ser, apesar de minhas tímidas tentativas. Meu cabelo tinha se transformado em um matagal sem forma, eu estava totalmente sem maquiagem. A última pessoa que eu esperava encontrar estava ali, justamente na saída do cinema. Eu podia apostar que ele estaria em algum lugar selvagem e lindo, aqueles lugares que só os *bons vivants* conhecem e para onde ninguém jamais convidaria alguém como eu para ir. Mas ele estava em Roma, vestindo uma camisa de linho, e tinha ido ao cinema com um amigo, um tal Franco, um tipo bronzeado com cabelos grisalhos e uma corrente de ouro no pescoço, que falava com uma voz profunda de alcatrão. Eu não conseguia imaginar como tinham se conhecido, mas depois dos cumprimentos Franco disse que tinha de ir a algum lugar — nem se deu ao trabalho de inventar uma desculpa — e se afastou, deixando-me sozinha com Andrea, que me explicou que Franco era o garçom do restaurante onde ele sempre almoçava, mas que naquele dia estava fechado, então se encontraram no cinema, acreditando ser os únicos sobreviventes do verão romano.

Eu, no entanto, estava lá também, e esperei tanto por aquele momento que agora parecia irreal. Eu estava lá, sorrindo com uma timidez que me fazia sentir raiva de mim mesma, e aceitava o convite de Andrea para ir beber algo, ainda sem conseguir acreditar que aquilo estava realmente acontecendo. Eu me xingava por não ter passado o depilador elétrico, me xingava por ter escolhido me vestir como uma sem-teto, mas agora eu não podia recuar. Caminhávamos lado a lado, sentamos em uma mesa no único bar aberto em centenas de metros, ele pediu um negroni, eu, para impressionar, um Fernet-Branca. Ele ria de mim porque era um digestivo, eu respondia com pompa que gostava como aperitivo.

Conversamos, conversamos, e descobri que ele estava em Roma de passagem, no dia seguinte pegaria um avião, claro, para uma ilha das Canárias cujo nome eu não entendi muito bem. Também porque, depois do Fernet, e envergonhada por minha ignorância, o acompanhei no segundo round de negronis, e já estava à beira da embriaguez.

Conversamos, conversamos, como se conversa quando se está flertando, pelo menos era como eu entendia, naquela época, a arte do flerte, que, para ser sincera, eu dominava pouco e mal. Mas ele parecia tão disposto e interessado em tudo que eu estava dizendo, que comecei a me sentir poderosa e linda.

Até que ele mencionou o nome de uma mulher — Carmen, ou algo assim — e eu tive certeza de que era para ela que ele estava indo. A nuvem de alegria na qual eu flutuava se dissipou, eu disse que precisava voltar para casa para cuidar da cachorra, tentando manter o rosto sorridente e os olhos alegres. Ele me acompanhou até a porta de casa a pé, apesar de minhas objeções. Despediu-se com um beijo na bochecha e, enquanto eu morria de melancolia, me disse uma coisa que nunca mais esqueci: «Você ri tanto, mas acho que você ri porque você é uma pessoa que também sabe chorar».

Como se responde a uma frase dessas? Felizmente eu tinha a língua afiada pelo Fernet, pelo negroni. Hoje, uma observação dessas me ofenderia. Na época, passei a noite pensando nisso. Era tão verdade.

Elsa sonhava, uma caçada, uma perseguição, algo assim. Ela dava pequenos gemidos durante o sono, em espasmos, como se estivesse correndo.

Eu não dormi e passei dias só pensando no que ele me disse. Tão verdade que talvez não quisesse dizer nada.

Depois de três semanas, pálida e mais cansada do que antes do recesso, voltei ao trabalho. Nós nos abraçamos e percebi o quanto todos tinham feito falta. Marie-France me atribuiu, já no segundo dia, o turno da manhã.

Por isso eu ainda estava sozinha quando encontrei uma nova carta escondida no portão. Um envelope pequeno, cor de creme, do mesmo modelo: outro daqueles cartões que acompanham presentes. Pelo menos dessa vez não estava pegajosa. No envelope não havia remetente nem destinatário. Talvez eu tivesse aberto mesmo se soubesse com certeza que não era para mim. Mas, como não dava nenhum indício, nem precisei lidar com a sensação venenosa de violar um segredo por curiosidade. Por outro lado, desde aquela noite do jantar, eu sentia a necessidade de entender, de saber alguma coisa a mais: sobre a vida de Marie-France e sobre a boutique, o lugar onde eu passava a maior parte de meu tempo, para onde convergiam minhas forças e pensamentos, quer eu quisesse ou não. Sem perceber, eu tinha mergulhado naquela vida dia após dia, e feito dela meu horizonte. Havia me afundado no brilho dos botões, nas mil pequenas regras que, até um ano atrás, eu desconhecia. A boutique apagara a pessoa que eu era, como se fosse uma existência passada.

Talvez, apesar da lembrança das mariposas, algum recanto de meu coração particularmente sensível às ilusões tenha se deixado levar pela ideia de que poderia ser um correio elegante, enviado por Andrea: ele não havia mexido um dedo para me procurar, depois daquela famosa noite em que eu pensava frequentemente, mas talvez quisesse esperar só para me surpreender com um gesto tão antigo, tão seguro. Se não me falhe a memória — mas não consigo mais ter certeza —, cheguei até a me sentir lisonjeada enquanto explorava com os dedos a superfície áspera do envelope. Era mesmo parecido com aqueles cartões que o florista da esquina punha nos buquês de flores que o entregador levava na loja. Mas não estava escrito, como nos outros, PARA MICOL em letras grandes e espaçadas.

Novamente, o envelope não estava selado, quem o fechou apenas enfiou a ponta do triângulo de papel entre as dobras da parte inferior. Abrir não tinha nada de irreversível.

O cartão pulou para minha mão como um pequeno grilo, uma pulga, um inseto saltitante e inesperado.

E imediatamente ficou claro que abrir aquela carta tinha sido um gesto irreparável. Que eu não voltaria mais atrás.

Estava escrito com letra de forma, com uma letra infantil, mas dava para ver que não tinha sido escrita por uma criança. As primeiras letras de cada linha pareciam tremidas, como se a mão tivesse vibrado ao traçá-las com a tinta vermelha — vermelho como as unhas pintadas de Marie-France, vermelho como os números que ela anotava no grande livro de contabilidade quando era preciso registrar uma falta ou um pedido pendente. Não era exatamente o que se chamaria de um garrancho, parecia mais o rastro deixado por um animal. Um inseto, de novo. Mais do que tudo, um rastro vermelho.

Passado o desconcerto pela caligrafia, as marcas tremidas que dançavam diante de meus olhos compuseram um delírio decifrável:

> AQUI AO REDOR TODOS JÁ SABEM
> E ESPERAM O GRANDE DIA.
> VOCÊ DÁ PENA.
> UMA AMIGA QUE VOCÊ NÃO TEM

Que diabos isso poderia significar estava além de minha compreensão. Sentei-me no chão atrás do caixa para que ninguém me visse da rua, e senti muita vontade de chorar, como se faz às vezes quando se é criança, de cansaço. Como se chora quando se tem certeza de que alguém vai saber nos consolar — mas eu não tinha ninguém. Não havia ninguém em quem eu confiasse de verdade entre todas aquelas pessoas com quem eu passava meus dias e minhas noites, mas com quem eu não tinha compartilhado nem meio segredo.

Agora sabia com certeza que a carta não era para mim, porque eu não tinha segredos, não era interessante o suficiente.

Não me ocorreu pensar que todos atribuímos a nós mesmos essa inocência, até que se fixe sobre nós o olhar de alguém que decide vasculhar nossa vida — que nos parece plenamente apresentável, exposta à luz do sol, até que alguém ponha as mãos nela e comecem a surgir assuntos sórdidos com os quais não imaginávamos ter alguma relação. Porque só são sórdidos aos olhos de quem não sabe, mas que avidamente tenta saber. Pois há olhares que violam sem piedade, que descobrem, suspeitam e divulgam, enquanto nós não sabemos que estamos sendo observados.

Mas essa é uma verdade que só com o tempo eu compreendi. Naquela época, um pensamento assim não passaria pela minha cabeça. Eu não refletia sobre as leis eternas às quais a humanidade obedece, mesmo no erro, mesmo na má-fé, na trapaça: era tão tola que só queria, de imediato, a chave do mistério.

Encontrar um culpado, resolver a questão.

Queria dizer a mim mesma, antes de dormir à noite, que eu não tinha nada a ver com aquilo. Não conseguia admitir que, mais do que qualquer detalhe fora do lugar, o que me perturbava de fato era o pensamento de não poder mais confiar cegamente em Marie-France, agora que conhecia a história de Corinna.

O bilhete poderia ser para ela. Ou para Micol. Ou até para Giosuè — o que eu sabia sobre eles? Isa Cacioni tinha me dado uma pista sobre o passado de Marie-France, mas que serviu apenas para me mostrar a profundidade da escuridão que a envolvia.

E agora eu tinha em mãos uma carta anônima com ameaças. O que era essa referência a um grande dia que todos esperavam? Só havia uma coisa razoável a se fazer: eu precisava mostrá-la aos outros com o primeiro bilhete; então, juntos, poderíamos entender.

Ao invés disso, dobrei a carta e a enfiei no bolso esquerdo, que nunca uso. E assim não pensei mais nisso, nem me perguntei o porquê de meu gesto. Eu queria investigar, descobrir quem a enviara? Era minha grande oportunidade.

E, se eu queria ter um segredo, finalmente tinha. Não me preocupei em proteger ninguém.

22. Vi uma sombra

Quando as coisas mudam, elas parecem idênticas a como eram antes. Pelo menos até que seja tarde demais para voltar atrás: por isso é tão difícil reconstruir o momento exato da ruptura.

Depois do jantar em sua casa, Marie-France se comportava como sempre havia se comportado, mas eu sentia alguma coisa diferente nela — só que não conseguia identificá-la com clareza. E, independente disso, tudo continuava na mesma. A olho nu, não havia diferenças notáveis, apenas pequenas fissuras, detalhes.

Como se, ao descobrir a história de Corinna, eu tivesse perdido uma forma de inocência à qual me mantinha agarrada até aquele momento, parecia que eu tinha me transformado — em quê, não sabia. A vida de todo dia era uma encenação cansada.

Cansada, eu levantava a porta, e de vez em quando uma sutil angústia me incomodava, herança do incidente da mariposa. Cansada, eu me arrastava pela loja. Perguntava-me se era minha imaginação que estava me enganando, mostrando-me as horas envolvidas por uma teia de pressentimentos, ou se as visitas das garotas à loja realmente tinham diminuído. Seria por isso que, quando acontecia de eu escutar as risadas, os gritos delas nos provadores, eles me pareciam mais altos, mais agudos, mais exasperantes? Marie-France contava o dinheiro no fim do dia e não deixava escapar nenhum comentário. Poderíamos deduzir que os negócios não sofriam com aquela queda geral? Talvez fosse só o verão que estivesse passando, eu dizia a mim mesma. E, se eu ousasse confiar a Marie-France meu torpor e meu tédio, tenho certeza de que ela diria a mesma coisa.

Só que, desde o dia do jantar, não tive mais a oportunidade de falar cara a cara com ela. Não lhe contei nada sobre como eu estava me sentindo, sobre o que me parecia estar acontecendo com a boutique, com todos nós. Não lhe perguntei nada sobre ela. Não que tivesse sido algo calculado, mas simplesmente nunca aparecia uma oportunidade.

«Você está estranha», Marta me disse um dia à tarde. Eu estava sentada no depósito. «O que você tem?»

«Não tenho nada, só estou descansando um pouco.»

«Sentada no chão sujo, com os olhos arregalados?»

«Por quê, não posso? Eu descanso como quero, você cuide de sua vida!»

«Ei, ei, ei! O que está acontecendo, Barbarè? Você está nervosa, já faz um bom tempo que te vejo assim...»

«Desculpa, você tem razão. É que realmente estou cansada. Aqui ultimamente parece que não entendo mais nada, como se tivesse perdido o sentido...»

«O sentido?»

«Sim, o sentido do que estamos fazendo. Não sei, parece que nos esforçamos tanto, mas para quê? Para nada!»

«Bom, você está aqui esperando terminar sua monografia, parece que há um sentido nisso, sim. Ou não? Quantos semestres você quer perder? Você disse que precisava do verão, e agora o verão passou, talvez seja o momento de voltar à sua vida real.» Reconheci o tom pragmático do homem de negócios que ela sabia ser.

«Não escrevi uma linha este verão, veja só.»

«Mas é normal, acontece! Às vezes passamos por um período meio fraco. Você vai retomar, vai terminar, e vai encontrar um trabalho maravilhoso e cheio de sentido. E Micol também, mais cedo ou mais tarde vai chegar a vez dela, vai conseguir um teste, vai fazer um filme e vai aparecer na capa da *Amica*. E vamos recortar e pendurar atrás do caixa…»

«Sim… E você?»

«Eu o quê? Eu nasci para este trabalho, a Grande Chefe sempre me diz isso, não é?»

«Mas Marie-France não vai trabalhar para sempre, você não pensa nisso? E além disso, a moda muda, o mundo muda, uma boutique assim em dez anos estará acabada e ela… Ela já não é tão jov…»

«Você está louca? Quer que ela te escute? Só te avisando que ela pode entrar por aquela porta a qualquer momento. Se ela ouvir isso, não sei o que pode acontecer.»

«Eu sei. Eu despedaçaria o coração dela.»

«Isso, exatamente. E você quer despedaçar o coração dela?»

«Não.»

«Então fique quieta e pare com esses pensamentos deprimentes, que eles te dão rugas.»

«Meu Deus, você está começando a falar como ela!»

«Sim, ela criou um monstro», Marta riu e saiu do depósito. Ela me deixou ali, no chão, sorrindo como uma boba. Eu realmente estava preocupada em não despedaçar o coração dela?

Só um pouquinho, o suficiente para lembrar que a vida é mais — mais do que a boutique, mais do que as medidas que uma senhora precisava tomar para evitar que notassem que ela estava envelhecendo, que estava vivendo, que estava errando. Só o suficiente para me fazer sentir que ainda havia tempo de recuperar minha vida, se eu conseguisse entender o que queria alcançar, quem eu queria ser, e talvez inventar uma maneira de não sucumbir à angústia de descobrir uma ruga ou uma mancha escura nas costas da mão, de ser descartada, de ter desperdiçado os dias com o inútil esforço de brilhar — para quem, afinal?

Micol chegou muito animada, mas não queria nos contar por quê. Seus olhos brilhavam e na penumbra da loja pareciam roxos. Marie-France adorava esse tipo de reflexo.

«Hoje você está radiante, *ma biche.* O que aconteceu? Deixe-me adivinhar… Um encontro?» Ela ria como se tivesse quinze anos. Micol ficou levemente corada. «Não quer contar nada para nós, querida? Sim, você tem razão! É coisa sua. Esta senhorita aqui é muito reservada e certamente tem seus motivos, não é, Giosuè?»

«Com você, é impossível alguém ser reservado», Giosuè murmurou. Mas ele sabia que não era verdade: sua vida privada impenetrável era a prova evidente do contrário.

«Ah, imagine! Com você ainda, que é o senhor dos segredos…» Marie-France até piscou para ele. Estava de muito bom humor.

Era como se não houvesse nuvens em seu céu. Loira, leve, espumante como um merengue. Tirou uma pulseira fina, com um pingente de pérola de água doce. Fez sinal para Micol, que docilmente lhe estendeu o pulso.

«Aqui está, isso fica melhor em você do que em mim.» Sorriu.

Qual era a necessidade de dar um presente para ela?, me perguntei sem querer.

«Por acaso tem alguma coisa a ver com o advogado Scotti?» Ela lançou a frase como se não fosse nada, como se estivesse pensando alto, como se não esperasse uma resposta.

E, de fato, não houve resposta. Micol baixou os olhos para a pulseira e por um instante me pareceu que suas bochechas estivessem coradas — mas talvez fosse a luz, a mesma que fazia seus olhos parecerem roxos. Se estava prestes a sorrir, conteve-se. Marie-France parecia tranquila, satisfeita. Eu não me surpreenderia se ela começasse a ronronar.

Pensei que ela havia dado o presente pela razão mais simples de todas: porque Micol era bonita e ela lhe era grata.

Os cabides tinham de ser dispostos a quatro centímetros de distância nas araras. Comecei a trabalhar sem que ninguém me dissesse nada.

Fazia tempo que Marie-France não me dava presentes. Fazia tempo que ela não me dizia um daqueles comentários que me faziam sentir especial. Me perguntei se não era também por causa disso que eu estava com uma amargura presa na garganta pronta para virar choro. Um, dois, três, quatro, eu contava e recontava os cabides, organizava-os na ordem perfeita, não permitiria que o amargor na garganta me impedisse de trabalhar. Marie-France passou por mim e me deu um tapinha na bochecha. Sorri como quando era criança e me faziam cócegas.

Então ela não estava brava comigo. Não tinha me esquecido.

«Fique reta, Barbara, ou vamos ter que pôr um colete em você!»

Eu estava tão perto de chorar, mas talvez fosse porque eu sentia que finalmente podia relaxar. Marta percebeu e me ofereceu um de seus cigarros Chiaravalle do pacote de emergência que guardava nos fundos da loja. Ela comprava quando ia visitar seus pais, porque estar com eles sem fumar como uma chaminé era inconcebível — ela dizia isso, mas sabíamos que era o caubói que estava falando. Como sempre, a ideia de fumar cigarros vindos das Marche — vejam só, produzidos e geralmente fumados só nas Marche — bastou para espantar a nuvem de mau humor.

Eu estava na frente da loja, envolta em fumaça, quando vi as garotas chegarem.

A luz brilhava em seus cabelos como auréolas, tinham algo de irreal. Fascinantes, ocupadas com suas conversas, pareciam anjinhos, um espetáculo quase enjoativo. E muito, muito distante da realidade — ao vê-las assim, no entanto, enganavam até o olhar mais experiente. Ou enganavam pelo menos o meu.

«Estou dizendo para vocês, a irmã da Cristina também disse! Ela disse que também acontecia quando ela tinha nossa idade, só que ainda não havia as coleções só para garotas, era um lugar para senhoras e, se você tinha treze anos, você tinha que ir com sua mãe, então era mais raro.»

«Mas como era possível?»

«Porque elas drogavam as mães também, né? Você não entende?»

«Mas como é possível que ninguém nunca tenha dito nada? Que isso não tenha ido parar nos jornais?»

«Como é possível? Porque eles são *protegidos*, né? Têm amigos importantes, nos jornais… Na polícia…»

Eu não tinha ideia do que elas estavam falando, mas não conseguia não ouvir. Fiquei com os olhos fixos na rua, sentada na beirada da floreira. Estava de costas para as três garotas, que nem se deram conta de minha presença.

«E como eles são tão protegidos?»

«Mas, Ginny! Você nunca entende nada? É porque eles são *judeus*, né? Esses daí são protegidos em todo lugar, pelo amor de Deus!»

Elas entraram na loja de supetão. Fiquei do lado de fora, contando o tempo de minha pausa, um trago após o outro. Eu nunca tinha pensado na questão nesses termos, ou melhor: pensei, mas voltei atrás. Agora finalmente eu me permitia formulá-la por inteiro: por que Marie-France não havia chamado a polícia depois daqueles acontecimentos absurdos na loja? E nem depois das processionárias — do que mais ela precisava para se alarmar de verdade? Nem Giosuè tinha mexido um dedo para pedir ajuda. Era como se eles se envergonhassem de alguma coisa. Temiam o efeito *olha o lobo, olha o lobo*?

Ou as garotas tinham razão e éramos protegidos de alguma forma?

Porque eu estava com eles, mesmo não sendo uma deles.

E eu não conseguia mais entender quem eles realmente eram.

Marta e eu voltamos para casa à luz do fim da tarde que caía lentamente, fofocando sobre Micol, que em nossa opinião tinha saído com o advogado Scotti, mesmo que ela não quisesse nos dizer nada — mas conseguiríamos tirar dela algum detalhe quando voltasse: quando estava bêbada, não conseguia manter a boca fechada. Nós a esperaríamos acordadas, aproveitando para arrumar as prateleiras da cozinha enquanto isso. Por arrumar, Marta queria dizer *reorganizar*, eu queria dizer *pintar de verde*, com uma tinta especial que encontrei na loja de ferramentas quando fui procurar um varal novo — o antigo tinha quebrado com o peso da roupa molhada que coloquei nele, sem perceber que a centrifugação não tinha funcionado, o que, pelo menos, me dispensava de cuidar da máquina de lavar nas semanas seguintes. Mas para me redimir decidi comprar um varal novo. Além disso, a loja de ferramentas era minha loja preferida. «Se a Chefe soubesse!», Marta ria, e era melhor mesmo que a Chefe não soubesse.

Em compensação, Marie-France sabia que o advogado Scotti tinha uma esposa e três filhas que faziam compras conosco. No entanto, apesar de Micol ter ficado vermelha, não havia dito nada.

«Você não acha que é um pouco… suspeito? Não estou dizendo que ela a encorajou, mas, bom, ela até lhe deu sua pulseira!»

«Marie-France não é nossa mãe. E ela sabe muito bem que Micol faria o que quisesse de qualquer maneira, assim como você, assim como eu. Quer dizer, você não, você é uma santinha e só pensa em seu amor impossível, mas eu já fiz meus estragos, minha querida…», sorria maliciosa. Talvez ela tivesse razão, me faltava experiência. Eu não era uma mulher do mundo como ela. Como Marie-France, como todas as mulheres ao meu redor. Até as garotas sabiam mais sobre a vida do que eu.

«Pare de se vitimizar o tempo todo!», Marta disse quando chegamos em casa, com Elsa esticada no chão para aproveitar o frescor dos azulejos, enquanto me servia um copo de Mateus. Comprávamos a bebida pela garrafa em forma de gota, mas também porque Micol gostava. Ela dizia que não a deixava bêbada, então sempre bebia demais. E pensar que seus pretendentes gastavam fortunas em champanhe.

«É um falso exemplar de alto custo», Marta ria, me explicando o conceito de alto e baixo custo — eu nunca tinha ouvido falar. Mas ela lia uma infinidade de revistas e às vezes até comprava as americanas na banca de jornal da Via Veneto. Ela me contava animada o que descobria, fazia o tempo voar enquanto ficávamos conversando, e gostava de imaginar que o sofá em que estávamos sentadas desaparecia magicamente de nosso bairro romano e reaparecia em alguma cidade conhecida só de nome. Nova Orleans, Chicago, Nova York, para nós não fazia diferença. Só que lá entenderíamos facilmente se éramos pessoas de alto ou baixo custo. Eu pertencia à segunda categoria, com quase certeza, já que minha loja preferida era a de ferramentas e naquele momento eu estava bebendo o Mateus de Micol sem nenhum problema.

Ela apareceu na porta, quase como se a tivéssemos evocado com nossas brincadeiras. Parecia um fantasma. A risada cessou em nossos lábios, estava com os olhos vermelhos de alguém que chorou muito, toda descabelada. Segurava os sapatos na mão, as meias de náilon sujas de poeira.

«Vocês deixaram a porta aberta.»

«Você voltou para casa descalça?», Marta perguntou atônita.

«Meu salto quebrou.» Ela me mostrou o sapato.

«Eu conserto já para você, tenho cola Artiglio bem aqui na gaveta!» Eu sorri. Por instinto, sem refletir sobre por quê ou como, eu tentava aliviar a tensão.

«Mas como aconteceu?»

Marta a acomodou no sofá marrom, ou melhor, *maròn*, como Marie-France dizia, da cozinha. Micol se deixou cair. Manteve os olhos fechados.

«Micol... Está tudo bem?» Marta lhe ofereceu um copinho de tônico de genciana. Para ela, essa era a solução para qualquer problema. Ela tinha algumas doses que seus pais mandavam para ela. *Faz bem para o sangue*, e acho que ela realmente acreditava nisso.

Tinham roubado sua bolsa. Na rua, quando voltava para casa. Não conseguimos fazer com que ela dissesse mais nada. Micol havia sido assaltada e estava com vergonha. Não nos contou por que estava voltando para casa sozinha, como tinha sido a noite com o advogado, como havia sido o jantar, por que voltara tão cedo e a pé. Não explicou se o salto quebrou enquanto tentava pegar o assaltante, quem era, se queria registrar queixa.

Sobre essa questão, Marta não aceitou outra alternativa: *amanhã te levo na polícia*, ela disse com um tom que não admitia respostas.

Micol ficou sentada com os olhos fechados, trancada em seu silêncio. Tinha perdido aquela frivolidade arejada, aquela atitude efervescente que causava bom humor e nos fazia perdoar qualquer deslize.

«Vamos deitar?», Marta perguntou em voz baixa, como se falasse com uma criança, e Micol se levantou devagar, se apoiou em seu ombro e quase se deixou ser carregada para o quarto, como um saco pesado.

Eu não sabia o que dizer, então não disse nada. Sentia-me envolvida por um cansaço denso, como se todo o esforço das últimas semanas tivesse caído sobre mim de uma vez só.

Nenhuma de nós se preocupou com trancar a porta. Nenhuma de nós se preocupou com o fato de que na bolsa de Micol, a bolsa que tinha sido roubada, estavam as chaves de casa — então, no fim das contas, não trancar a porta foi um esquecimento insignificante. Estávamos cansadas, éramos jovens, não pensamos em nada.

Naquela noite, sonhei que estava acordada e que um homem entrava em nossa casa no escuro e nos observava, deitadas na cama, sem dizer nada.

No sonho, porém, eu não tinha medo.

Na manhã seguinte, não houve nenhuma ida à polícia. Micol não estava se sentindo bem e pediu para que a cobríssemos no trabalho, para que abríssemos a loja em seu lugar. Claro, que ela descansasse um pouco. Se não nos apoiássemos entre nós, como poderíamos sobreviver?

«Droga!», ela exclamou quando estávamos na porta.

«O que houve?»

«As chaves da loja estavam na bolsa... Se Marie-France souber... Meu Deus!»

«Mas que nada! Quem te assaltou nem sabe onde você trabalha! Não está escrito na sua identidade, né?»

«Não, e além disso eu tinha deixado a identidade em casa.» Ela sorriu de orelha a orelha, aliviada.

«Então vamos fazer uma cópia na loja de ferramentas e a Chefe não vai saber de nada. Fique tranquila!»

E saímos, tendo o cuidado de trancá-la ali dentro, depois de deixar meu molho de chaves com Micol, caso ela precisasse sair, mesmo tendo garantido que passaria o dia na cama descansando. Ela precisava disso, por causa do susto, dizia Marta.

Susto ou não, a encontramos deitada na cama de noite, quando voltamos com uma enorme travessa de lasanha que Marie-France havia encomendado para nós na rotisseria, *assim aquela pobre moça se anima um pouco*. Para justificar sua ausência, mencionamos um mal-estar genérico, sem falar do assalto. Se tivéssemos refletido um pouco, teríamos entendido que a razão pela qual o omitimos era, por si só, um ótimo motivo para falar com Marie-France. Mas estávamos com muita preguiça para deixá-la nos forçar, como certamente faria, a ir à polícia.

Por outro lado, a Chefe também não envolveu a polícia quando aconteceram aquelas inscrições na calçada ou aquelas vozes estranhas — não é? Estávamos simplesmente seguindo seu exemplo.

À noite, Micol estava descansada e fresca, rosada como um damasco começando a amadurecer. Ela disse que tinha cochilado o dia todo.

«A certa altura, perto da hora do almoço, levantei para pegar a *focaccia* que vocês deixaram para mim.»

«Aliás, sua gratidão me emociona!», Marta interrompeu, brincando porque detestava que seus esforços não fossem reconhecidos.

«Você tem razão, obrigada, estava deliciosa... Mas eu estava dizendo outra coisa! Levantei e tive a impressão de ver uma sombra no corredor.»

«Deve ter sido um jogo de luz, uma árvore...»

«Não, não, era realmente a sombra de uma pessoa... Como se estivesse atravessando o corredor, estou te dizendo!»

«E... Você viu alguém?»

«Não. Conferi e não havia ninguém. Estranho, não é? Olhei por toda a casa. Fiquei com um pouco de medo. Voltei para a cama. Depois de um tempo, estava quase dormindo e me pareceu que a sombra estava passando de novo... Mas talvez eu já estivesse sonhando.»

«Pode ter sido sua imaginação já da primeira vez! Não existem sombras que andam por aí soltas sem gente», disse Marta, passando o prato cheio.

E, com a sublime superficialidade de nossos vinte anos, nenhuma de nós três dedicou nem mais um segundo sequer àquele incidente.

23. Você não sabe por quê, mas ela sabe

Olhando em retrospectiva, eu poderia dizer que foi justamente depois do assalto de Micol que as coisas começaram a afundar de vez. Mas olhar em retrospectiva é uma ilusão de ótica que embaralha as cartas e remove da realidade a única coisa que a torna aceitável — aquela camada de previsibilidade achatada graças à qual, depois de um tempo, você se acostuma com tudo, graças à qual, depois de um tempo, as coisas se tornam indiferentes. Há quem chame isso de hábito, mas é comodismo.

Nós nos acostumamos com as vozes, os sussurros. Com as fofocas e as risadinhas, com as palavras — *judeus*, *rabinos* — sussurradas em murmúrios que chegavam aos nossos ouvidos. Nós nos acostumamos a conferir as mãos das garotas que corriam para as mochilas, para as pastas, para esconder um brinco de pastilha, uma pulseira. E nós, com discrição, com gentileza, pedíamos a elas para abrirem a bolsa. Delicadas, para não ofendê-las.

Nós. Nós para não ofender a elas, que abertamente nos desafiavam.

As buscas pela garota desaparecida continuavam infrutíferas, a vida seguia em frente. Certo dia, um novo grupinho entrou na loja: pareciam um pouco mais adultas do que nossas clientes habituais da tarde, poderiam ser estudantes universitárias. Uma delas parecia particularmente perdida.

«Está vendo aquela ali?», Marta perguntou, me chamando em um canto. «É irmã da Marisa.»

Ela a reconheceu por tê-la visto na televisão. Ela, sim, sabia reconhecer a fisionomia das pessoas. Eu, é evidente, estava começando a perder o foco. Desviei o olhar como se fosse desagradável ser pega olhando para ela. Na verdade, era. Quem sabe quantas pessoas, como eu, tinham desviado o olhar durante aqueles meses, quantas ainda desviariam com o passar dos anos. Se ela tivesse posto uma tiara em sua bolsa Naj-Oleari, nunca saberíamos — não pedimos para que ela a abrisse, nenhuma de nós teve essa ousadia. Mas tenho certeza de que ela não pegou nada.

Enquanto isso, nós nos acostumávamos com uma atmosfera nova, com olhares de canto que não se preocupavam em ser rudes, assim como nos acostumamos com os manequins danificados. Era fácil: foi algo tão gradual… Mudanças imperceptíveis, interferências. Mas o fato era que se acumulavam: e, por mais insignificantes que fossem, eram mudanças reais. Nós as percebíamos sem prestar muita atenção. Era como se um véu de negligência tivesse pousado sobre a vitrine. Cada coisa, na loja, adquiria um aspecto de descuido. Marie-France punha a culpa em nós, ficava nervosa.

E pensar que ela nem sabia do roubo das chaves. As chaves desaparecidas com a bolsa de Micol, a sombra no apartamento. Se tivéssemos contado, ainda teria sido possível salvar tudo? Quem sabe. Para nós, dia após dia, era mais importante salvar a nós mesmas das iras repentinas, contidas, de nossa chefe curvilínea.

«Será possível que sempre vou precisar dizer as coisas duas vezes para vocês entenderem? Está tudo uma bagunça terrível.» Mas não havia bagunça nenhuma. Tínhamos dobrado todos os suéteres, aspirado o carpete com o Folletto, regado as plantas, colocado os cabides nas prateleiras a uma distância de quatro centímetros.

No entanto, alguma coisa não estava bem. Havia bagunça, sim. Mas não a bagunça que estávamos acostumadas a domar com o trabalho.

Um dia, o anel de plástico duro que colocamos no dedo de Crevette escorregou — eram espanhóis, compramos um monte no atacado, as garotas adoravam. *Plic*, fez o anel quicando no chão. E Marie-France levantou os olhos do caixa, como ela fazia, erguendo ligeiramente uma sobrancelha — era o sinal para que eu fosse ver o que tinha acontecido. Abri a porta que dava para a vitrine, o anel tinha escorregado porque de repente a mão tinha girado 180 graus. Peguei-o sem dificuldade, coloquei-o de volta, dobrei a mão. E foi então que vi os manequins rebeldes.

Casacos rasgados, perucas despenteadas. Um parecia fazer um gesto obsceno com os braços, outro tinha a cabeça virada como em um episódio de possessão, com os olhos alinhados com as costas.

Decidi então chamar Marie-France. Ela ficou de pé, em silêncio, olhando uma a uma as mulheres de celuloide, a rebelião que as tornara monstruosas. Que, por alguma razão maluca, as fazia parecer mais vivas em sua estática ilógica.

Achei que ela fosse ficar furiosa, que fosse dizer que havíamos sido nós — não por negligência, mas por sabotagem deliberada: as três, atônitas dentro da vitrine, estávamos prontas para nos justificar e lamentar, tentando provar nossa inocência diante de um ato de vandalismo cruel.

No entanto, ela não disse nada. Em silêncio, não sem solenidade, arrumou os manequins na postura original, ajustou a inclinação das perucas, refez as dobras das roupas.

Então, quando terminou, deu um suspiro profundo, abaixou-se e saiu pela portinha. *Era por isso que tudo estava parecendo uma bagunça*, foi seu único comentário. Seus olhos estavam tristes e, quem sabe por quê, o fato de ela não ter se irritado, de não ter culpado ninguém, nos deixou incomodadas. Se ela tivesse nos repreendido, talvez a considerássemos injusta, mas nos sentiríamos aliviadas por sua raiva. Essa resignação, no entanto, parecia um mau presságio.

E, de fato, depois daquele dia, começou a acontecer de tudo.

Às vezes, chegávamos de manhã e parecia que tudo estava em ordem, como deveria estar. Mas havia alguma coisa, uma dissonância suspensa no ar, na poeira fresca. Então olhávamos melhor. Parávamos na frente do vaso de fícus, ou da prateleira dos vestidos Cacharel, e observávamos. E, ao olhar mais de perto, as incongruências apareciam. Às vezes, a terra do vaso estava remexida, e em seu interior havia algo que não deveria estar lá — podia ser um punhado de balas que alguém pegou do pote perto do caixa e enterrou ali, um gesto insensato e, por isso mesmo, inquietante. Talvez fosse a raiva subentendida que nos perturbava, que nos causava um medo subterrâneo. Se não fosse raiva, por que se dar ao trabalho de cobrir com pequenas bolinhas de poliestireno dez roupas de lã penduradas em fila a quatro centímetros uma da outra? Tirar as bolinhas antiestáticas era uma tarefa árdua e chatíssima. Por que nos fazer passar por isso, se não por raiva? Tínhamos de removê-las uma a uma, com a ponta dos dedos. E depois colocá-las em sacos transparentes. Marie-France nos vigiava de perto e não dizia nada.

Uma vez, Marta e eu chegamos bem cedo pela manhã. A rua estava deserta. Dentro da loja, tudo parecia em ordem, uma calma absoluta. Era como uma praia amanhecendo no fim do verão. Aquela calmaria perfeita nos dava a sensação de um alívio intenso e doce depois do cansaço dos dias anteriores.

«Mas por que você acha que a Grande Chefe não quer chamar a polícia, com o que aconteceu ontem? Não são brincadeiras normais!»

«Porque ela sabe muito bem que, no momento em que chamarmos a polícia, quem está fazendo essas travessuras alcança seu objetivo.»

No dia anterior, ocorreu um fato que nenhum de nós conseguiu interpretar. Ninguém, talvez só Giosuè, mas que também seguia a linha de Marie-France: não pedir ajuda, não fazer alarde. Ainda mais porque não estava tão claro o que era a marca na parede, abaixo do nome da loja.

«Como assim não está claro? É uma suástica», ele se manifestou, levantando os ombros. Marie-France balançava a cabeça, apertava os olhos talvez para focar melhor a marca. Era uma marca gordurosa, borrada — como quando se passa a chama do isqueiro sobre uma rolha para queimar a cortiça e desenhar bigodes nas crianças sorridentes. Os contornos eram incertos. Poderia ser uma cruz — uma suástica, como dizia Giosuè? Talvez. De qualquer forma, desapareceu rápido, deixando apenas uma aura um pouco mais escura do que o amarelo-esverdeado do reboco. Giosuè, depois de ficar em silêncio observando o risco — que era um risco pelo menos não havia dúvida —, pegou um pano branco e uma bacia com água e sabão, que usávamos quando precisávamos limpar a vitrine. E com toda a sua paciência, a figura alta um pouco curvada, os ombros inclinados para baixo, parando de vez em quando e balançando a cabeça para que os cachos não o impedissem de contemplar sua obra, sem se importar com os transeuntes surpresos ao ver que um senhor tão elegante, de paletó escuro e mocassins Gucci, com uma bacia de água cada vez mais turva e um pano cada vez mais sujo, apagava a marca.

Agora só restava uma sombra. Se precisássemos de provas para mostrar à polícia… bom, não tínhamos. Para dar conta de tudo sozinhos, nos isolamos: quem aceitaria nos proteger se a ameaça era invisível?

«No fim das contas, acho que a Chefe tem razão», disse Marta. Ela parecia bastante absorta.

«Em que sentido?»

«Esses idiotas são mais espertos do que nós. Sabem muito bem que a polícia procura provas e eles não as deixam. Até a marca de ontem fizeram de forma que pudesse parecer ou não alguma coisa. Então, se chamássemos a polícia, o único efeito seria o de gritar *olhe o lobo, olhe o lobo*, e não sermos mais ouvidas. Hoje de manhã, por exemplo. Se a delegacia mandasse alguém aqui para verificar o que está acontecendo, o que encontraria?»

«Nada…»

«Exato. E não teríamos passado vergonha, não teríamos feito papel de idiotas se pedíssemos ajuda? E por causa de quê? De um manequim com o pulso torcido, algumas balas em um vaso de fícus…»

«Mas não entendo o que querem de nós. E quem são, afinal?»

«Sei tanto quanto você. Acho que eles só querem nos assustar.»

«Mas por quê?»

«Talvez porque achem que temos alguma coisa a ver com a garota desaparecida? Talvez seja uma vingança por algo que você e eu nem sabemos… Já pensou nisso?»

Uma vingança. Não que eu não tivesse pensado nisso. E eu também não tinha pensado, para ser honesta, no efeito *olhe o lobo, olhe o lobo* — uma mania de Marie-France, que citava a expressão a todo momento. *Não se deve reclamar, ma biche, se não ninguém te levará a sério quando você realmente precisar reclamar de algo. Quem grita «olhe o lobo, olhe o lobo» não é ouvido por ninguém, sabia?* O momento de uma emergência era sempre um momento projetado para o futuro, um momento distante.

E se, na verdade, fosse iminente?

Se a emergência for agora, o que devemos fazer?

Naquele exato momento, como se alguém estivesse ouvindo não apenas nosso diálogo, mas até meus pensamentos, ouviu-se um chiado desajeitado, agudo e interminável, como o grito de um pássaro ferido. Um longo lamento insuportável.

«Que diabos é isso?»

«Não sei. Vem de fora.» Marta foi correndo até a rua. Tapei os ouvidos, aquele som perfurava meu cérebro.

«Não consigo entender.» Ela olhava ao redor, a rua estava deserta. Então o barulho parou e ela voltou para dentro da loja, satisfeita. Na mão, um palito de madeira curvado.

«Acredita que enfiaram um palito de madeira no nosso interfone?»

«Não é um palito, é um fósforo.»

Um fósforo daqueles longos, enfiado no interfone. Para fazê-lo tocar sem parar. Era o tipo de brincadeira maldosa feita na noite de sábado com professores pouco amados, ou quando se está perto dos exames finais — com o endereço do diretor ou do professor de Matemática descoberto graças a alguma operação tática na secretaria.

Mas não tínhamos nada a ver com a escola, não ensinávamos Matemática. Então, quem teria tido essa ideia?

Quem compra fósforos longos, se não for para acender um cachimbo?

Era só uma brincadeira, uma bobagem, mas mesmo assim, no silêncio absoluto da manhã, aquele barulho ressoava alto demais.

Por esses dias, veio alguém perguntar novamente sobre a garota desaparecida. Um homem na faixa dos cinquenta anos que, antes de entrar, apagou o cigarro na sola de um sapato inglês de couro delicado em frente à loja. Veio e trouxe uma foto da amiga de Rossana. Perguntou quais eram as novidades para Micol, que estava no caixa. Marie-France veio correndo dos fundos, arrastando suas botas de salto alto. Usava uma blusa com gola alta e punhos com pelos, estava esvoaçante — etérea, aérea — como um cisne negro. Percebi, quando ela inclinou a cabeça, o quanto seus cabelos loiros estavam rareando. Ela seguia — *vigiava* — as palavras que saíam da boca de Micol. Presente, muda, atenta, apreensiva.

«Sim, ela veio aqui algumas vezes», Micol dizia ao homem de sapatos ingleses, enquanto Marie-France estava lá, com a respiração em suspenso, pronta para intervir.

«Vocês notaram algo de especial?»

«N-não, era um grupo de garotas... As outras continuam vindo aqui, ou seja, voltaram mesmo sem ela», Micol respondia incerta, mas sua hesitação, que não escapou à Marie-France, não pareceu impressionar o homem. Nem um pouco.

«Você se lembra da última vez que ela entrou aqui? Lembra que dia era?»

Marie-France então não se conteve mais. «Com licença.» Ela exibiu seu sorriso mais doce, puxando os cantos da boca para mostrar os caninos, os quais eu nunca tinha notado: eram afiados, longos, muito mais afiados e muito mais longos do que o normal. Ou talvez fosse só sua expressão que lhe dava aquele ar agudo, vampiresco? Talvez fosse o contraste com o batom, Estée Lauder Pure Color Envy nº 143 — que eu conhecia muito bem por ter sido encarregada de encomendá-lo na perfumaria a cada sete semanas, aproximadamente —, que dava ao brilho dos dentes um quê de cobra letal.

«Com licença», continuou. «Quem é o senhor, quais são suas credenciais para fazer essas perguntas à minha funcionária? Por favor, identifique-se primeiro!»

Eu nunca achei que iria ouvir aquele tom frio, burocrático de Marie-France. *Identifique-se!*

«Você tem um crachá, alguma coisa?»

«Tenho todo o direito de fazer as perguntas que eu quiser, minha senhora, já que recebi várias denúncias por aqui.»

«Sim, mas me diga, quem é o senhor? Trabalha para a polícia?»

«Eu sei para quem trabalho e isso não lhe diz respeito.» O homem se tornou agressivo de repente. Marie-France deu alguns passos em sua direção, ele recuou imperceptivelmente, andando para trás, em direção à porta.

«Saia já daqui! Você não tem nenhum direito de estar aqui, a menos que me mostre um distintivo ou um crachá!» Os olhos de Marie-France piscavam. Ela entendeu que ele não diria quem é. Seria um investigador de polícia, um agente disfarçado? Provável. Mas poderia não ser ninguém também — um curioso qualquer, um impostor. Não seria uma surpresa: o desaparecimento era assunto público e a boutique, por alguma razão, havia atraído muita atenção. Mas ela podia, e sabia, e desejava defender os limites de seu reino, inclusive diante da obstinada falta de educação que, aos seus olhos, representava a prepotência abusiva e mesquinha daquele indivíduo indefinível. Um verme, ela diria depois, um verme especulador, acrescentaria depois de ter conspirado com Giosuè e Cacioni, quando chegou à conclusão provisória sobre sua identidade. Devia ser um investigador de segunda linha, espontaneamente se oferecendo à família da garota.

Quem sabe quem de fato ele era. Não tínhamos como saber. A única coisa que Marie-France podia fazer era afastar o desconhecido, evitando que Micol contasse detalhes que eram perfeitamente insignificantes, mas que poderiam ser interpretados de várias maneiras. Marie-France não tinha a intenção de deixar que o primeiro que aparecesse entrasse em sua boutique para lançar suposições.

«Isso não vai ficar assim!», gritou o homem com os sapatos ingleses da calçada onde se juntara a um pequeno grupo de pessoas. Estava também a sra. Sollima — ela evitou meu olhar. Todos tinham uma expressão de ressentimento, de irritação coletiva. E lembro que o que mais me impressionou foi a sensação de que todos tentavam olhar dentro da loja, vasculhando com os olhos entre os fícus e as roupas penduradas e os manequins, mas sem olhar para nós. Como alguém que tem medo de tocar em um inseto ao estender o braço em um lugar escuro para tatear o interruptor. Eles estavam perfeitamente compactos, na calçada, e, quando Marie-France o expulsou da vitrine, ninguém perguntou ao homem o que acontecera, nem o que ele queria dizer com *isso não vai ficar assim*.

Eles não precisavam perguntar: já sabiam. Sabiam muitas coisas com mais clareza do que nós.

24. O ocorrido

O homem dos sapatos ingleses tinha razão.

E a coisa ficou evidente logo de manhã. As engrenagens deviam estar em movimento havia dias, só que não vimos nada, não ouvimos nada. O som incessante do interfone nos ensurdeceu, os detalhes fora do lugar nos cegaram. A angústia dos dias em que talvez deveríamos ter pedido ajuda nos tornou insensíveis, impermeáveis, perdidas.

Mas, como Marie-France dizia, quem grita *olhe o lobo, olhe o lobo* não é levado a sério depois.

Então, não havíamos gritado. Ficamos em silêncio, calmas, tranquilas.

Fiquem quietas. Quietas, meninas, ninguém virá ajudar se vocês continuarem criando confusão. Se vocês não se acalmarem. Se vocês não demonstrarem, em primeiro lugar, que vocês não têm medo. Se vocês não se mostrarem imunes, como esperam que parem de atacar?

E não fizemos barulho. Não nos agitamos.

Mas ninguém, absolutamente ninguém, veio nos ajudar.

O bairro inteiro achava que éramos responsáveis pelo que aquelas vozes diziam. E as vozes se espalhavam como um incêndio em um campo. A garota desaparecida, transações pouco claras. O que acontecia nos provadores? Se precisávamos de proteção, era porque alguma coisa tínhamos feito. Não havia dúvida: fomos nós que pedimos por isso. Era impossível, absolutamente inconcebível, que por trás daquela perseguição não houvesse alguma coisa obscura, tortuosa, errada. Se alguém nos atormentava, a pessoa devia ter seus motivos.

Todo mundo sabe, não há fumaça sem fogo.

Alguma coisa elas fizeram. Esse era o pensamento de todo mundo. Sabíamos por causa do novo silêncio na loja. E já tinha acontecido de eu ouvir sussurros sobre isso, da parte de duas ex-clientes nossas, sem a menor preocupação de que eu estivesse ouvindo — uma era a sra. Sollima, a mãe de Cinzia; a outra, a esposa do advogado Scotti, que tinha saído com Micol na noite do assalto.

«Aquela, *ma biche*, tem uns chifres… desse tamanho!», Marie-France me disse uma vez sobre a sra. Scotti. Parece que o advogado mantinha um relacionamento de vinte anos com uma *boneca* (definição de Marie-France), uma loira de Cefalù, secretária de não sei mais qual escritório com ambições artísticas, que ele acomodara em um pequeno apartamento perto do Panteão, onde ia visitá-la em dias ímpares e com quem, nos feriados, jantava e almoçava, duplicando o almoço ou o jantar oficial, em casa com a esposa e os sogros. A boneca, de vez em quando, descobria uma nova vocação e o advogado investia alguns milhões para incentivá-la: organizou algumas exposições em uma galeria na Via Margutta, conseguiu que ela aparecesse uma ou duas vezes em um programa de televisão de segunda linha. A amante tinha envelhecido um pouco ao longo desses vinte anos, mas o advogado também envelhecera e estava tudo bem assim: sentia-se um jovem maduro, moderadamente temerário, sem ambições que ele mesmo não pudesse satisfazer com mínimos esforços. Uma vida talvez não exatamente feliz, mas o mais próximo do sonho de bem-estar que ele tinha em mente.

Tudo tinha corrido bem por vinte anos. Um casamento alargado, não havia muito mais a acrescentar. E então, àquela adição já desequilibrada, imprudentemente se somou nossa Micol, com seus olhos ingênuos, sua voz de chantili, suas maçãs do rosto sublimes e seus 26 anos, menos da metade da idade real, se não da declarada, não só da esposa mas também da amante oficial do advogado Scotti.

Eu sempre me perguntava o que levava homens grisalhos e cheios de responsabilidades a irem atrás de novas conquistas. Mas me perguntava, em especial, o que levava mulheres a se deixarem seduzir pelos elogios grosseiros e pelas confirmações de adoração, por promessas feitas só pelo exagero, não para serem cumpridas — e mesmo assim muitas caíam nessa conversa, mulheres jovens e atraentes, como Micol, mas também mulheres jovens na fase que se esvaecia na amargura das desculpas balbuciadas ao telefone, na resistência de uma ruga aos benefícios dos cremes mais caros, na luz impiedosa que revela as fadigas de cada dia sobrecarregado pela extenuante passagem do tempo.

Elas não percebiam que eram passatempos, distrações passageiras, conquistas para serem exibidas? Seria possível que não sentissem, sob as superficiais investidas da sedução, a tristeza prosaica dessas trocas — dedos demasiado grossos esfregando a pele macia sob o queixo, suspiros exagerados com uma paixão quase suína, o ronco satisfeito de uma fadiga de chumbo, inacessível e impassível. E os elogios feitos sem delicadeza, ainda mais desoladores se sinceros — a voz acostumada a comandar que se derrete por um dedão ou um mamilo: que tédio, que angústia, que claustrofobia!

Mas não. Para Micol, acostumada a causar furor por onde passava, a ser o alvo móvel de todas as atenções sempre que entrava em um ambiente, atravessando-o com sua caminhada oblíqua que parecia cortar, a cada passinho, um imenso e invisível pedaço de manteiga, não lhe incomodava ser a destinatária desse tipo de atenção: pelo contrário, ela por princípio não aceitava convites para jantar com homens que não tivessem pelo menos quinze ou vinte anos a mais do que ela. Um pouco porque os rapazes de nossa idade nem sabem que devem abrir a porta do carro, ela argumentava, e nunca sonhariam em puxar a cadeira para nós em um restaurante. Um pouco porque ela acreditava que, com a diferença de idade, um amante mais velho continuaria a pensar nela como uma jovenzinha durante um tempo exponencialmente maior do que o que seria necessário para um rapaz de nossa idade começar a vê-la como uma mulher em declínio: em resumo, buscar homens maduros significava, para ela, garantir cadeiras puxadas e portas abertas por um período de tempo definitivamente maior.

«E se eles se cansarem?», Marta costumava intervir a essa altura, com um pragmatismo acentuado.

«E depois, portas, cadeiras, você sabe muito bem como manuseá-las sozinha», eu não podia deixar de observar.

Ela sorria e piscava.

«Não é a mesma coisa. Em cinco anos no máximo, pretendo parar de remar e não fazer mais o menor esforço.»

«Mas você não acha que é exatamente esse o raciocínio de todas aquelas esposas e amantes oficiais que vivem com a ansiedade de serem abandonadas a qualquer momento por causa de alguém como você?»

«Meninas, mas eu preciso ensinar tudo a vocês!», Micol ria em frente ao espelho, enquanto fazia bico, como dizia Marie-France, pois para ela a ginástica facial era fundamental para prevenir rugas, e com certeza não havia risco em começar cedo. «Não é importante ser o primeiro amor de alguém. O importante é ser o último!»

E começava a rir, apesar de a ginástica facial não prever isso. E nós ríamos com ela, vendo seus olhos no espelho.

Quando o telefone tocou, Marie-France correu para atender, como vinha fazendo nos últimos dias — ela e Giosuè demonstravam uma prontidão que nos deixava de boca aberta, pulavam como molas ao primeiro toque, eles que até algum tempo atrás fingiam não ouvir a insistência das ligações para que nós as atendêssemos. Mas naquele dia, pela primeira vez, fui mais rápida do que ela. Eu estava mais perto do aparelho, imagino. Ou talvez eu *realmente* quisesse atender? Tinha percebido que estávamos recebendo ligações estranhas — caíam muito rápido, sem dar tempo para uma resposta. Marie-France e às vezes Giosuè desligavam com os lábios pálidos e ficavam em silêncio.

«E aquela entrega de carne fresca?» A voz parecia abafada. Como se saísse amortecida por uma mordaça, um trapo de pano — algo que a protegia.

«Carne fresca?» Assustada, não encontrei nada melhor para dizer do que repetir as últimas palavras daquela voz. «Você deve ter ligado para o número errado, desculpe...»

«Mas você está se desculpando pelo quê?! Não percebeu que são *eles*?» Marta arrancou o telefone da minha mão e gritou: «Não somos um açougue, entendeu? Parem com isso!»

Ela desligou com fúria. Ninguém, até então, tinha desligado aquele telefone com tanta veemência. Era, além de tudo, um telefone de boutique. Esperava-se que fosse tratado sempre com uma delicadeza sussurrada.

«Mas quem são *eles*?», perguntei a Marta, que de tanta raiva estava quase ofegante, com as bochechas vermelhas como se tivesse corrido.

«*Eles*! Os que querem enlouquecer Marie-France!»

A cotovelada de Micol não chegou a tempo. Viramo-nos em uníssono. Marie-France estava atrás de nós, mas pareceu que ela não tinha ouvido ou visto nada. Olhava um ponto acima de nossa cabeça, além da vitrine, com um olhar ausente. Era como se ela não fosse mais ela. Antes que pudesse nos repreender, já estávamos de volta ao trabalho.

«E aí, quem são *eles*?», sussurrei para Marta, mas ela deu as costas para mim e, com uma eficiência ostentosa, começou a dobrar os casacos de tule que guardávamos na prateleira à esquerda da vitrine.

25. Calúnias

«Eles devem ter feito alguma coisa, né?»

Fiorenza cursava Letras, tínhamos estudado juntas para os exames de Latim I e Latim II. Ela morava em uma casa grande e escura, com um pai viúvo de voz poderosa e uma governanta recurvada como um gancho, que preparava o melhor café de Roma — pelo menos era o que seu pai dizia, sempre falava desse café. Talvez quisesse justificar o afeto pela mulher que havia criado a filha com miúdos e rabo de boi, talvez realmente gostasse tanto assim daquele café. Em mim dava taquicardia, e essa era uma das razões pelas quais me preparei para ambos os exames de Latim com Fiorenza, que, por outro lado, não era muito simpática comigo. Ela estava sempre com uma cara de entediada, uma expressão que eu muitas vezes encontrava nos rostos de nossas clientes, em especial nas esposas dos tabeliões. Fiorenza tinha uma cabeleira crespa porque fazia permanente duas vezes por mês. Eu a encontrei justamente quando saía do cabeleireiro, a cem metros da loja, com a mesma careta de desgosto.

«O que você está fazendo por aqui?»

Não sei por que não lhe contei sobre a loja. Talvez eu estivesse envergonhada por não ter mais aparecido na universidade, por minha monografia que não estava progredindo, pelas aulas a que eu tinha faltado. Desde que tinha mergulhado na vida da boutique, nas manias de Marie-France, sem perceber eu perdera o ritmo. A vida continuava e eu havia ficado para trás. Eu não tinha mais taquicardia e, portanto, não estava fazendo nada.

Fiorenza mascava um Brooklyn, como sempre, e, como sempre, todo o seu rosto parecia concentrado naquele ato, como se a mastigação exigisse diligência máxima e constante. Ela não esperava que eu respondesse realmente à sua pergunta. Até nisso ela não tinha mudado.

«Hoje à noite vou me encontrar com Patrizia e Ricco, talvez Manlio e Ruggero com Sabrina venham também», continuou, mastigando seu chiclete de limão. «Por que você não vem, assim conversamos um pouco?»

Ficou combinado em um bar perto da praça Euclides. Não consegui dizer não: mesmo se tentasse, ela não ouviria.

Eis que estou diante de meus antigos colegas de universidade.

Fiorenza e eu chegamos e eles já estavam sentados em uma mesinha. Não pareciam muito surpresos em me ver; para eles, eu fazia parte do cenário habitual, mesmo que a gente não se visse havia meses. Era eu que não estava mais acostumada a eles. Conversavam sobre alguma coisa que eu não tinha captado o que era.

«Claro que eles fizeram alguma coisa! Aqueles ali, até meio século atrás, tiravam o sangue das crianças, vocês não sabiam?» Manlio, que em um determinado momento tentou ser chamado de Mario, era suplente em um colégio na Cassia. Ele havia se formado em Letras Clássicas em julho e continuava a publicar artigos com o nome de seu orientador. Esperava ser efetivado a qualquer momento, nos disse; e não na Cassia, mas no Giulio Cesare, o único colégio digno desse nome, suspirou com ares de arrogância enquanto dava uma tragada no Marlboro. Era a paixão pelo latim, ou melhor, como ele dizia, pela era clássica da latinidade, que o reconciliava com o nome que seus pais lhe deram. Apesar de eu não ter esquecido a fase em que ele tentou esconder as origens de sua família, as simpatias fascistas de seu pai, havia algo que parecia estar enraizado nele. E raízes eram importantes para ele. Até demais.

Instintivamente, fui bastante vaga quando me perguntaram o que eu andava fazendo: não pretendia dar satisfação a eles dos últimos meses de minha vida. Mas me perguntei, por um momento, se minha reticência tinha alguma relação com o jantar na casa de Marie-France, quando, pela primeira vez, por trás da mulher brilhante e perfeita que me encantava, por trás da *bonne vivante* com quem eu me orgulhava de trabalhar por tanto tempo, vi abrir uma rachadura: e, dentro da rachadura, descobri algo que não queria enxergar.

Eu não queria que eles vissem nem isso. Disse que eu estava pesquisando na Biblioteca Nacional, que me trancava em um cubículo da hemeroteca. Sim, mas sobre o que era minha monografia? Respondi sem pensar: sobre a história da moda entre as duas guerras. Schiaparelli etc. Ninguém se atreveu a perguntar mais nada.

E, por sorte, não perguntaram sobre o orientador, que eu não tinha, porque essa monografia nem existia. Na realidade, eu estava comprometida com meu antigo trabalho sobre Husserl, que não acabaria nunca.

Mas eles tinham esquecido disso, eu fazia parte do cenário, nada mais. Todos nós nos esquecemos das pessoas que não vemos todos os dias. E até das pessoas que vemos.

«Falando em moda», disse Fiorenza, que mastigava outro Brooklyn, dessa vez de canela. «Vocês estavam falando da história da loja? Bruna me contou...»

«Que história?» Esperei que ela não se referisse a uma loja que eu conhecesse.

«Como assim, você não está sabendo? Ali perto de onde nos encontramos hoje. Tem uma loja... Minha mãe ia lá, às vezes, quando eu era pequena. De uma senhora francesa...»

Engoli em seco.

«É, até parece, francesa! Mas aqueles ali são judeus, meu pai me contou», disse Manlio, esquecendo-se de todos os esforços que havia feito alguns anos antes para ser reconhecido nas salas de aula da universidade como Mario e fugir de um impasse. Agora, com a gente, ou melhor, com eles, com o grupo de amigos com quem se formou, ele sentia que podia soltar as rédeas. E se deixava levar.

Eu tinha a impressão de que não conhecia aquela história. Imagino que as coisas sejam sempre muito diferentes quando não é possível vê-las de fora. Você deixa de perceber muitos detalhes, enquanto arruma os provadores, enquanto limpa o chão com água e vinagre, e pode acontecer de se deparar com um detalhe inesperado. Mas você não tem tempo para parar e pensar por que a vida é essa, e você a vive dentro do aquário, deste lado do vidro, visível para a rua inteira, mas não para si mesma. As coisas são muito diferentes se você conhece o nome das pessoas e as pequenas rugas nos cantos de seus olhos quando sorriem, e a textura de seus cabelos, e o barulho dos saltos enquanto caminham. Nesses casos, você nunca pensaria em usar palavras da maneira como Manlio as usava.

E nem de detalhar os outros pormenores que seguiram.

«Me disseram», Sabrina disse com os olhos arregalados, «que desapareceram vinte e oito garotas lá dentro. Vinte e oito! Vocês têm noção?»

«Você não acha que isso teria saído no jornal?»

Fiquei muito grata a Ricco, que mantinha sua desenvoltura, leve e sarcástico como era na época em que nos encontrávamos nas aulas, ele sempre sentado na última fileira, parecendo que não escutava nada, que estava ali por acaso, mas ele na verdade ouvia tudo.

«Bom, eu li sobre uma… Só uma, não vinte e oito!»

«Vocês nasceram ontem! Essas notícias não vêm à tona porque são… eles!»

«Eles quem?»

«*Eles*. Os rabinos. Vocês não entendem? Eles são protegidos pelos jornais, pela polícia… são histórias que só circulam de boca em boca. Aqueles estão envolvidos de um jeito que vocês nem imaginam. São avarentos, é verdade, mas é claro que sabem lubrificar as engrenagens certas.»

E foi então que todos riram. E eu? Eu ri com eles. Talvez nem tenham percebido, mas eu sim. Eu ria e a risada ficava atravessada. Eu ria para ser um deles, mas não era. E, se eu tivesse um pouco mais de coragem, teria admitido que eu nem queria ser.

Pelo contrário.

«Essas histórias de que você fala, que aparecem de boca em boca, elas são calúnias», Ricco disse com seu sorrisinho. Ele tinha a coragem que me faltava. Mas Sabrina, que como sempre não entendia nada, começou a se exaltar.

«Quem me disse foi Flaminia, uma amiga que mora ali perto, aquela cacheada que você falou que parece a Raquel Welch, lembra?» Manlio acenou com um olhar de tordo. «Ela disse que a loja é de fachada.»

«Sim, exatamente!» Patrizia era apaixonada por lendas urbanas. Não sei quantas vezes ela me contou, com os olhos brilhando, sobre os crocodilos nos esgotos de Nova York.

Havia me confessado que, antes de usar a privada, sempre tentava olhar dentro, porque *nunca se sabe*. Agora os olhos dela pareceram, mais do que brilhando, frenéticos. «É uma das estações do tráfico de mulheres brancas, na verdade é a primeira! Elas são recolhidas ali, recrutadas, não sei como se diz… Mas elas não sabem! Criaram sapatos especiais, com uma pequena seringa embutida na sola. Você vai achando que está experimentando sapatos, e pum! Você se fura sem perceber, em três minutos está dormindo. Quando veem que você está dormindo, atrás dos provadores apertam um botão que abre um alçapão no chão, assim você rola para o porão e dali uma galeria subterrânea vai até o rio Tibre, onde você embarca, à noite, em um submarino que vai até o mar de Ostia e depois para os bordéis na Argélia, na Tunísia, não sei mais o quê…»

«Não sabe mais? Porque até aqui me pareceu muito realista! Um submarino no Tibre?»

Eu nunca tinha estado tão feliz pela presença de Ricco em minha vida. Mas estava claro que sua lógica não convencia muito os outros.

«Eles pensaram em tudo mesmo», suspirou Sabrina com um ar meditativo. «Mas vocês têm noção? Dizem que escolhem garotas de quinze, dezesseis anos…»

«Então por que vocês estão preocupadas? Vocês já são velhas demais!» Manlio estava se retorcendo de rir. Pareceu-me que Patrizia o fulminava com o olhar, mas talvez tenha sido só uma impressão. Todos caíram na risada juntos, menos Ricco e eu, mas só porque eu estava com a boca seca. Caso contrário, eu teria rido de novo.

«Não é verdade, não são só as de dezesseis anos! Embora, obviamente, com elas seja mais fácil, foi por isso que começaram a vender coisas para adolescentes também.»

«Você está bem? Seus lábios estão brancos!» Eu havia permanecido em silêncio e quase pensei que eles tinham se esquecido de mim, mas Fiorenza havia notado minha palidez.

Também comecei a suspeitar que ela tivesse entendido tudo. Que ela sabia o que eu fazia, apesar da minha reticência. Talvez essa Flaminia...

Uma ideia absurda, sem pé nem cabeça. «Coincidentemente, onde *eles* estão, sempre surgem essas histórias. Que, não é por nada não, mas deve ter algo de estranho, não? Onde quer que estejam, os problemas aparecem... Mas não podemos falar nada, por favor, mesmo que um belo massacre à moda antiga...», bradava Manlio, que claramente não se preocupava mais em disfarçar seu antissemitismo rasteiro. Se eles soubessem onde eu trabalhava, não teriam dito aquelas coisas. Ou teriam?

Riram do entusiasmo exacerbado de Manlio como de uma intemperança compreensível, um leve excesso de caráter a ser desculpado com um sorrisinho. Até Ricco estava rindo agora.

Eu disse que não estava me sentindo muito bem e que preferia voltar para casa, eles continuariam a noite no Piper. Vi pelo canto do olho que Fiorenza estava zombando de mim, um gesto que significava que eu era a mesma chata de sempre. Despedi-me de cada um com um beijo na bochecha. Sempre nos despedíamos assim, embora eu já estivesse acostumada com os três beijos de Marie-France. *On se fait la bise*, dizia ela. Eles, por sua vez, não diziam nada. Só Ricco, quando me aproximei de sua bochecha áspera por causa da barba de alguns dias, sussurrou algo que talvez eu não tenha entendido bem — mas eu estava tão atordoada que não quis insistir.

Será possível que ele tenha me dito para *ficar esperta*?

No dia seguinte, fui trabalhar do avesso. Sem dúvida, eu tinha bebido demais, mas não era só esse o problema: isso explicava a dor de cabeça, mas não o fato de que eu sentia algo novo no ar.

Algo elétrico, como o momento que antecede uma tempestade.

Marie-France parecia ausente, de forma mecânica estourava as bolhas da mercadoria recebida, de forma mecânica mexia nos cabides para que ficassem à distância que ela tinha em mente. Só que os cabides já estavam exatamente nessa distância, pois acabáramos de colocá-los de volta no lugar conforme suas instruções. O ar estava pesado, o céu carregado, tanto que me perguntei se eram realmente coincidências meteorológicas o fato de que nos dias tristes a melancolia pesa nas nuvens baixas, ou se simplesmente, quando estamos tristes, prestamos mais atenção ao céu.

Fique esperta: sim, mas com o quê? A que eu deveria prestar atenção?

Eu pensava no alçapão de acesso, nas ideias de romance de Verne. Como era possível aquilo ter ocorrido aos meus colegas de curso, que haviam estudado a história das perseguições aos judeus na Rússia czarista, que conheciam a falsificação dos Protocolos dos Sábios de Sião, que haviam lido e relido, para o exame de História Medieval, as lendas sobre os ritos de assassinato.

Fique esperta.

Eu estava esperta. Eu estava em alerta. E assim fui a única, naquela noite, enquanto fechávamos, a notar um novo bilhete enfiado na fresta entre a grade e a parede.

Eu diria que a caligrafia era a mesma da última vez, mas sabia que estava intencionalmente falsificada. Podia muito bem ser de outra mão.

ONDE HÁ FUMAÇA, HÁ FOGO
MAS ÀS VEZES BASTA UM MONTE
DE ESTERCO FRESCO

Uma ideia bizarra, no mínimo. Pensar nisso até poderia ter graça. Onde há fumaça, há fogo — eu também já tinha achado isso muitas vezes. Talvez eu tenha achado isso na noite anterior, enquanto escutava meus velhos amigos, enquanto fingia que minha vida não me pertencia.

Talvez, no fundo, eu ainda achasse isso.

Quem sabe o que me levou a agir por conta própria de novo, a não confiar. A não avisar ninguém. A errar por iniciativa própria.

Fique esperta.

Esperta, sim, mas com o quê?

26. Onde há fumaça, há fogo

A garota chegou no final da manhã, relutante atrás da mãe. Estava claro que a matriarca (nunca antes vista na loja) não havia escutado suas objeções, apesar de a menina ter tentado dissuadi-la.

«Ela precisa de um vestido para a crisma da prima», a mulher anunciou, apontando para a filha, com o peito inchado como aqueles pombos que arrulham girando em volta de si mesmos com pequenos passos.

«Tem alguma coisa em amarelo, enfim, algo claro?»

Marie-France, que apesar de parecer ausente não tinha perdido sua postura de comandante, me enviou aos fundos da loja com um gesto calculado. Acabara de chegar uma caixa de vestidos Cacharel em tons pastel, então voltei com os cabides no braço. Havia dois modelos: um com mangas bufantes e uma estampa de flores rosas e amarelas, e um sem mangas, tipo tubinho, um azul que puxava para o azul-marinho. Marie-France torceu o nariz, coloquei o vestido claro na mão da menina e corri para esconder o outro.

«Precisamos de sapatos!», ela murmurou antes que eu saísse.

Voltei com as sapatilhas Repetto rosa-claro, em camurça.

«Estas são apenas para você ver o efeito, mas são muito macias, é difícil resistir!», Marie-France sorriu cerimoniosa, passando-as para a garota, que já havia entrado no provador e puxado a cortina.

No ar, fazia horas, era possível ouvir músicas infantis, repetidas pelo toca-discos de plástico laranja que Marie-France trouxera naquela manhã: ela o segurava debaixo do braço, como uma maleta.

«Era da Corinna», ela nos disse. «Estou tentando liberar um pouco de espaço e pensei que seria bom tê-lo aqui.»

Ela o colocara sobre o balcão e ligara sem nunca mais desligar. Perguntei-me se o disco, que insistia em voltar para o início toda vez que chegava ao fim, estava lá desde a última vez que Corinna o tocou. Se fosse o caso, isso provavelmente tinha acontecido muito antes da desgraça: era um disco de melodias em inglês para crianças.

Itsy bitsy spider climbed up the waterspout.
Down came the rain
and washed the spider out.

O coro de vozes infantis era insuportável. Giosuè tentou — uma, duas, três vezes — desligar o toca-discos; em vão. Com a maior naturalidade, Marie-France ligou de novo, sem nenhuma palavra, sorrindo.

«O que deu nela hoje?», Marta falava baixo, como se não quisesse perturbar. Marie-France usava um chapeuzinho preto, preso ao coque, que poderia ser um daqueles modelos ingleses para prender no cabelo ou um chapéu infantil.

«Acho que era de Corinna», ela sussurrou em meu ouvido.

Out came the sun
and dried up all the rain

and the itsy bitsy spider climbed up the spout again.

Sim, eu também tinha a impressão de que era um chapéu de criança. Era plausível que ela tivesse decidido reabrir a porta do quarto de Corinna, libertar o pequeno mausoléu daquela prisão parada no tempo?

A garota saiu do provador com o vestido de mangas bufantes.

«Adorável», Marie-France disse sem olhar para ela. A mãe sorriu satisfeita.

«Carla, o que você está fazendo com esses sapatos?» Ela havia mantido seus tênis Superga azuis, com meias de renda branca. «Eles estão péssimos, calce aqueles que a senhora lhe deu, para vermos o efeito. E tire essas meias, elas estão prendendo sua circulação!» A mãe piscou para Marie-France, um gesto de entendimento que caiu no vazio. Mas a mulher-pomba não desanimou. «Vamos, Carla, não temos o dia todo.»

«Não», Carla sussurrou.

«Como não? É só um segundo, não me faça perder tempo.»

«Não», repetiu Carla em voz mais alta, olhando fixo para a mãe.

«Estou perdendo a paciência! Pegue as sapatilhas!»

Em um piscar de olhos, a mãe se ajoelhou diante de Carla e desamarrou os cadarços dos tênis. Tirou um pé, que a menina mantinha rígido, tirou a meia branca, que caiu no chão, e começou a calçar a Repetto. No entanto, Carla se atirou para trás, gritando como uma águia, e correu em direção à rua.

«Tem agulhaaaaaaaas!»

Ela estava se esgoelando. A mãe, constrangida, com um sapato da filha na mão enquanto ela se equilibrava no outro pé na calçada, recolheu pacientemente o moletom e os jeans da garota. «Desculpem», disse timidamente a Marie-France. «Ela tem me desesperado nessa fase. Imagino que vou levar o vestido, ela vai vestindo.»

«Ela está bem?», Giosuè perguntou, apontando com a cabeça para a menina. «Vou conferir.»

Ele foi até a calçada enquanto eu registrava a venda e a mulher-pomba pagava. Micol colocou, em uma sacola de papel com o nome *Joséphine* escrito em letras pretas, o moletom, os jeans, a meia e o sapato.

A garota, ao ver Giosuè se aproximando, deu um pulo como se tivesse visto uma cobra. «Fique longe de mim! Fique longe de mim!», ela gritava. Na lanchonete da frente, apareceram duas senhoras do bairro, nossas antigas clientes que não víamos entrar na loja fazia algumas semanas. Elas balançavam a cabeça.

A mulher-pomba, que não parecia muito abalada pelo comportamento da filha, sem se perturbar pagou com um cheque, despediu-se, pegou a filha pelo braço e foi embora. Giosuè ficou sozinho diante da vitrine, olhando para as unhas da mão direita, como costumava fazer quando estava com alguma dificuldade. Olhei para Marie-France, que durante toda a cena havia se comportado como se não estivesse acontecendo nada de anormal. Seus olhos estavam novamente vazios, mas, a seu modo, parecia quase estar presente em si mesma. Devagar, aproximou-se de novo do toca-discos e o colocou para tocar.

Mais uma vez as vozes infantis. Elas estavam perfurando meu cérebro.

«Eu comprei este disco para ela em uma loja do centro, *ma biche*, uma tarde em que saímos para fazer compras só ela e eu.»

Pela primeira vez, eu me surpreendi pensando quanto tempo elas devem ter passado juntas, só as duas. O crescimento exponencial, depois da morte de Corinna, da solidão de Marie-France.

«Ela era só uma criança, mas adorava ouvi-lo, porque queria aprender inglês. Sabe, ela queria ser comissária de bordo quando crescesse. Eu disse a ela que as comissárias têm pernas muito longas, lindas, e ela queria ser uma delas.»

Eu não sabia o que dizer.

«Ela nunca teria conseguido, minha pobre filha. Puxou ao pai… Uma perna curta, grossa. Pois é, não tinha o que fazer. Você pode tentar natação, tênis, equitação. Mas dificilmente vão te aceitar como comissária de bordo. Sim, seria realmente difícil, coitadinha.»

Itsy bitsy spider climbed up the waterspout.
Down came the rain
and washed the spider out.

Os olhos de Marie-France me inquietavam, lembrei das palavras da noite anterior. *Fique esperta*. Realmente havia algo de estranho.

Onde há fumaça, há fogo, pensei. Sem dizer nada — pela primeira vez ninguém me fez perguntas — fui até o depósito. Repassei todos os sinais de alerta possíveis. O que eu poderia ter subestimado? Pensei e repensei. Abri a portinha que dava para as escadas da despensa. Seria possível que tivessem montado aquele sistema de alçapões? Claro que não, não era possível. *Mas alguma coisa devia ter*. Eu tinha lido em algum lugar que às vezes vazamentos de gás são tão lentos que envenenam as pessoas aos poucos, sem que elas percebam que estão respirando gases letais. Poderia estar acontecendo algo semelhante? Talvez fosse melhor dar uma olhada na caldeira. Uma vez tive de verificá-la na casa onde morei nos primeiros anos da faculdade: havia uma chave para girar, para fechar e depois reabrir o gás, ou algo assim… Eu estava certa de que, ao vê-la, me lembraria do que precisaria fazer. Marie-France sempre dizia que o corpo guarda a memória nos músculos.

Out came the sun
and dried up all the rain
and the itsy bitsy spider climbed up the spout again.

Desci as escadas, a porta da sala da caldeira estava aberta.

27. O início do fim

O último dia de vida da boutique começou como outro qualquer. A condenação provavelmente já havia sido proferida, o veredito emitido sem possibilidade de apelação. Só que nós não sabíamos. Os manequins não sabiam, apesar de seus olhos indiferentes fixos na rua. As pilhas de suéteres e as araras com os cabides repousando a exatos quatro centímetros um dos outros não sabiam. Os fícus em vasos de plástico vermelho-laca, o telefone, que havia dias não tocava mais, com exceção de algumas ligações esparsas que deixavam Marie-France pálida, com os lábios apertados, não sabiam. *Não é daqui*, repetia sempre e então desligava. Depois da única vez que atendi, ela não havia deixado ninguém mais atender. Ao primeiro toque, ela corria até o aparelho como quem espera uma ligação importante.

Talvez Marie-France realmente estivesse esperando, quem sabe. Talvez para ela também tivesse chegado o momento de pedir ajuda a alguém, mas ela não decidiu fazer isso. Mais uma vez, pretendia se salvar sozinha, sem se perguntar quais eram de fato as possibilidades de conseguir isso.

Desde que ouvi como meus antigos amigos da universidade falavam da loja, era como se dentro de mim tivesse ocorrido um daqueles deslizamentos quase imperceptíveis que, em certas circunstâncias meteorológicas, desencadeiam uma avalanche.

Um minúsculo deslizamento de pensamentos, uma mínima oscilação da ideia que eu tinha — de Marie-France, de Giosuè, do relacionamento entre eles. De nosso trabalho, das caras que eu via todos os dias, das silhuetas secas ou esbeltas das senhoras e das garotas nas quais eu ajudava a vestir tubinhos e saias rodadas, que eu abotoava, amarrava, fechava. Toda aquela carne, toda aquela pele em minhas mãos, selada em gabardine e musselina, tule e cetim, protegida por zíperes e fivelas, botões automáticos e velcros, toda aquela intimidade imotivada e talvez injustificável, uma espinha vermelha na meia-lua de uma nádega que minha mão armada com um zíper fechava no linho de um vestido sem mangas, o desaparecimento dos olhos que no espelho não reconheciam a silhueta à qual a mente estava acostumada. Toda aquela confiança, aquela fé, aquela ânsia por parecer bonita — para quem, por quê?, não nos perguntávamos, e provavelmente com razão: se começássemos a buscar respostas, nossas existências suspensas naquele momento de proximidade indefinível entre desconhecidas teriam se desfeito, teriam se desintegrado como um tricô quando se percebe que se cometeu um deslize —, toda aquela dificuldade, enfim, e aquela vida comprimida em cinquenta metros quadrados, todo aquele esforço, nos levou a quê, nos deixou o quê?

Nada.

A loja vazia, a indiferença do céu sobre os plátanos. A calmaria excessiva que precede os terremotos.

O telefone que não havia tocado desde que abrimos de manhã.

O silêncio e a testa franzida de Marie-France que fazia contas, registrando em seus fichários de papelão grosso, com a lombada azul, maços de promissórias, recibos, notas fiscais.

Eu que nunca mais desceria até a sala da caldeira, por nada neste mundo. Repetia a mim mesma que não era grave eu ter quebrado a chave de plástico do boiler — se elas são feitas de plástico, deve ser porque não acontece nada se elas quebrarem, certo?

Depois não pensei mais nisso, esqueci. Não poderia ser grave.

Eu não tinha entendido ainda que aquilo que pode quebrar e aquilo que não se deve quebrar são, muitas vezes, a mesma coisa.

Como ninguém entrava, Marie-France, em um lampejo de sua antiga autoridade, nos mandou fazer o inventário das entregas que já haviam chegado. Era um dia agradável. Uma gralha visitando a cidade parou para bicar alguma coisa na entrada da loja — nenhuma de nós estava disposta a se concentrar no inventário. Já sabíamos que a única desculpa para levantar, interromper o trabalho e sair seria fumar um cigarro, *que acalma até o apetite*, Marie-France dizia nos dias em que a hipocondria não a dominava, e com ela o terror pelos efeitos nefastos do fumo.

O ar, lá fora, estava delicioso, eu quase me arrependia de estragar aquela frescura azulada com o fumo cheio de alcatrão da Chiaravalle. Contudo, se eu não o acendesse, não teria uma desculpa para aquele momento de silêncio; se eu não o acendesse, eu não poderia ficar ali na calçada, olhando ao meu redor com a benevolência distraída que talvez meu olhar sentiria pela última vez naquele dia. Na lanchonete da frente, as crianças comiam croissants recheados com creme e tomavam suco de frutas. A porteira do prédio ao lado, que varria a entrada, não respondeu ao meu cumprimento; nos últimos tempos, ela nunca respondia. Eu não me importava, Giosuè e Marie-France costumavam brincar sobre o quanto ela era mal-humorada. Tive a sensação, algumas vezes, de perceber um movimento furtivo atrás de mim, um vulto que desapareceu de imediato, como quando alguém se aproxima para te dar um susto, batendo o dedo indicador em seu ombro.

Entrei de novo, retomamos o inventário. As horas passavam lentas na monotonia daquela tarefa estática, que exigia uma concentração difícil de conseguir com aquele céu, com aquela melancolia de início de outono. Mesmo assim, tentamos de novo e de novo, com os olhos fixos nas folhas a serem marcadas. Quinze pares de sapatilhas Repetto — olhe, como aquelas que a menina não quis experimentar. Quem sabe por qual ótimo motivo Marie-France resolveu pedir mais pares. Cinco bolsas-baú da Naj-Oleari — aqui estão, pode colocar nas prateleiras de cima; marcávamos o item. Desde que abrimos para as garotas, depois do entusiasmo inicial, os negócios foram piorando cada vez mais. Mas Giosuè e Marie-France insistiam em dizer que era só persistir, que era uma questão de paciência. Voltamos a nos debruçar sobre os papéis.

«Deus, como eu queria que alguma coisa acontecesse!», Micol suspirava, sempre melodramática. «Alguma coisa para que pudéssemos ir embora e ficar ao ar livre em um dia tão bonito como este!»

Mas o céu devia ter escurecido, porque não vinha mais, da vitrine, o reflexo azul, nem o aroma do verão que estava terminando. O ar estava escuro agora. Não havia mais a fragrância leve das violetas que vinha dos jardins próximos. Ao invés disso, um cheiro pungente, de roça.

«Que nojo! Mas que fedor é esse?» Marta, como sempre, não usava meias-palavras. Ela saiu correndo para fora e a seguimos.

O sol ainda estava lá, mas na frente da loja se reuniu uma pequena multidão que o encobria. Por isso, havia escurecido dentro da loja.

Estavam todos lá, com caras de desgosto, irreconhecíveis. Passantes, clientes, até o porteiro do número 29. Em silêncio, observavam um ponto na soleira da boutique. Marie-France pálida, ereta como um poste ao lado de Giosuè, tinha a expressão de alguém que está procurando palavras e não as encontra.

E, no degrau da soleira, a origem daquele fedor insuportável.

Um monte de esterco fumegante.

Vindo sabe-se lá como, sabe-se lá de onde. Quem tinha se prestado à ingrata tarefa de transportar aquela montanha de excrementos de cavalo? Pensei que poderia ter vindo das cocheiras da Villa Borghese. Mas que diferença fazia de onde tinha vindo, que diferença fazia quem — e como — havia transportado, em plena luz do dia, em plena cidade, entre os casacos em tom pastel das senhoras e os sobretudos claros dos homens? A única coisa importante era que estava ali, na frente da loja, naquele silêncio que parecia sólido. Como dizia o bilhete.

Mas às vezes basta um monte de esterco fresco.

E bastava. Com toda aquela tensão, não sei como Marie-France conseguiu retomar o controle. Ela nos mandou entrar.

«Não vamos dar um show», ela sussurrou entre os dentes. Estavam todos ali para nos ver, para assistir à humilhação. Estavam ali por nós.

Entramos como se nada estivesse acontecendo. Giosuè tinha olheiras profundas, pela primeira vez percebi o quanto ele devia estar cansado. Ele entrou e abaixou a persiana pela metade, o que irritou ainda mais Marie-France.

«Quem você acha que vai entrar? Você não entende que nos isolaram? Que não querem ser vistos aqui dentro por nada neste mundo?»

A multidão ainda estava lá fora, o murmúrio entrava em ondas. Agora que não estávamos mais sob os olhos deles, sentiam-se livres para falar.

Palavras sussurradas há semanas, do lábio de um para o ouvido do outro. Agora, porém, as vozes aumentavam, subiam.

Desaparecidas, brancas, agulhas, submarinos.

O burburinho crescia como o motor de um bonde que está sendo carregado. O bonde das vozes estourava a vitrine, entrava em nossos ouvidos. Marie-France estava com a boca branca, sentada atrás do caixa.

Chegava o eco das palavras que eu ouvira de meus amigos.

Judeus.

Rabinos.

Por fim entendi quem era a mulher do tarô. Como Madame Bogossian tinha me dito? *Aquela mulher está sempre no meio*. Pensei que pudesse ser uma das muitas mulheres que faziam parte da vida de Andrea. Ou talvez uma das que frequentavam a loja, mulheres traídas, abandonadas, destinadas talvez a se arruinar, a acabar mal. Que pudesse ser alguém como a esposa, ou a antiga amante, do advogado Scotti, ou até Micol, que veio mostrar o que significava carregar em si mesma um brilho que ofuscava tudo ao redor.

No entanto, como me passara pela cabeça em um lampejo que eu não soube interpretar, era justamente Marie-France. Era Marie-France que eu sempre tinha diante de mim, que também havia me transformado de uma jovem desajeitada em uma mulher bonita, mas da qual eu não tinha muito do que me orgulhar. Era Marie-France que eu tanto admirava, para depois traí-la como todos os outros, rindo dela. Era ela. Que me lembrava quem eu era, quem eu podia ser, quem eu nunca seria.

Peguei minha coragem com as duas mãos, como se fosse um haltere: não que fosse pesada, não que eu tivesse muita, nunca tive muita. Mas me sentia responsável por não ter defendido a boutique das zombarias de meus amigos — se é que eu poderia chamá-los de amigos, não estava muito segura. Era o momento de reparar aquele erro de que Marie--France nem suspeitava: eu sabia, porém, e, agora que via claramente a extensão do plano destrutivo do qual os rumores faziam parte, agora que as palavras tinham perdido toda a pretensão de inocência, eu não podia me permitir não fazer nada. Levantei um pouco a porta, o suficiente para passar sem precisar me inclinar demais, e saí à rua. Carregava uma vassoura, uma pá, um saco. Vencendo a náusea, aproximei--me do monte de esterco. O nojo era inevitável — sempre fui uma pessoa enjoada. Tentei vencê-lo, mas, quanto mais eu tentava, mais ânsia eu sentia. Apertava os dentes. Por causa do esforço, tinha lágrimas nos olhos. Quando equilibrei o pequeno monte de merda na pá, me encaminhei, com passos cuidadosos para não me desestabilizar e cair, para a lixeira que estava no final da calçada.

E tudo aconteceu naquele momento. Enquanto eu me afastava, passou uma scooter Ciao com dois… eu diria dois rapazes, mas nunca se sabe, eles estavam de jeans, moletom e capacete fechado. Corriam, tanto quanto era possível correr em dois em uma scooter. E com uma precisão inesperada, quando estavam na frente da loja, lançaram uma garrafa, que escorregou por baixo da porta que eu havia levantado.

De pé, ao lado da lixeira, eu ouvi a explosão antes de ver as chamas. Começaram a soar os alarmes dos carros estacionados em frente. A multidão na calçada, a nuvem de curiosos agora se dispersava entre gritos, um esquadrão de pássaros assustados. Marie-France com Micol, que estava de olhos fechados, depois Giosuè puxando Marta pelo braço saíram correndo, rastejando como soldados, se arrastando por baixo da porta semibloqueada pela explosão. Na calçada, longe da vitrine que imediatamente explodiu, eles se abraçaram. Eu fiquei de lado, distante.

Pensei na pequena peça de plástico que eu havia quebrado: eu não tinha falado com ninguém sobre isso, por vergonha de ser estabanada. Por medo de ser repreendida ou de que alguém me perguntasse que diabos eu estava fazendo na sala da caldeira. Pelo jeito, teria sido melhor que ela não tivesse quebrado. Por instinto eu sabia, não precisava ler nos jornais, que a bravata dos coquetéis molotov não teria sido suficiente para causar tantos danos se não fosse por um pequeno, mas constante, vazamento de gás que havia enchido de energia explosiva comprimida o subsolo da loja.

As más línguas diriam que foi tudo orquestrado para esconder as provas — as provas que eu havia procurado quando também traí Marie-France.

Quando acreditei que não há fumaça sem fogo.

Que algum fundo de verdade devia haver por trás das acusações, por trás das palavras.

Quando não percebi que a mulher vista nas linhas de minha mão não era uma rival amorosa apagada. Nem era a sra. Scotti, humilhada e vingativa, que com olhos cruéis desviava de Micol sentada na calçada, curvada abraçando os joelhos. Não era uma mulher que eu deveria temer: era a mulher que eu deveria proteger.

E agora nossa casa, a boutique, estava em chamas, como a torre que eu havia tirado no tarô.

E nós ali, de pé, com a boca aberta.

Alguém chamou os bombeiros, eles estavam chegando, a sirene soava cada vez mais perto. Então eu, sabe-se lá por quê, comecei a correr, a correr, a correr como uma desesperada, sem nem ver a rua, sem pensar.

Mas ninguém prestava mais atenção em mim.

Epílogo. À revelia

Eu soube da morte de Marie-France por uma coincidência aleatória. Mas justamente ela me ensinara, muito antes de aquele dia chegar, que não há nada de aleatório em uma coincidência.

Naquela manhã o céu também estava azul e os pássaros cantavam, como no dia do ocorrido. Só que era o outono de outro ano e a *Joséphine* não existia mais. Em seu lugar, nas instalações recuperadas, abriram uma lanchonete. Quem estava lá naquele dia, e que havia sobrevivido, já não se lembrava. Todos tinham esquecido, pois todos sobreviveram, reuniram os cacos e seguiram em frente pela estrada que o destino havia aberto para eles. Só eu que fugira e trabalhava como secretária em um escritório de advocacia, o trabalho mais entediante que se pode imaginar. Pelo menos não precisava mais pensar em minha monografia sobre o corpo em Husserl, a qual, é claro, eu não tinha terminado.

Os jornais informaram, justamente no dia do ataque final, que a garota desaparecida havia voltado para casa. Ninguém nunca soube o que acontecera com ela. Segundo alguns, tinha sido o primeiro de uma série de misteriosos sequestros destinados a abalar a cidade e toda a Itália. Felizmente, quando os casos sérios começaram a acontecer, nossa boutique já não existia mais, senão a suspeita teria nos acompanhado para sempre. O que, em certo sentido, aconteceu de qualquer maneira: as deduções são indeléveis e a cúpula da *Joséphine* acabou em pedaços muito antes que alguém decidisse transformar a loja em lanchonete.

Outros disseram que tinha sido uma fuga, uma simples travessura da qual ela logo se arrependeu. A garota quase não foi ouvida. Ela afirmou que a haviam convencido, um homem de azul e outro de sobrancelhas grossas, a segui-los até um lugar à beira-mar para tirar fotos para uma campanha publicitária de cosméticos. Contava isso com vergonha, dizia estar arrependida. Mas as fotos nunca apareceram, os dois homens nunca mais foram vistos e, felizmente, os exames médicos não revelaram nenhum trauma no corpo da garota.

Suas amigas, provavelmente, encontraram outras lojas para desperdiçar dinheiro e tardes.

Não falei mais com Marie-France nem com as meninas. Fui buscar minhas coisas no apartamento enquanto elas ainda estavam em observação no hospital por algum ferimento superficial causado pelos estilhaços da vitrine, ou talvez por terem inalado gases tóxicos.

Soube por Isa Cacioni — que, se aproveitando de seus antigos contatos como jornalista, conseguiu localizar meu novo endereço algum tempo depois do ocorrido e me telefonou, mas não dei trela — que o cachorro tinha sido recuperado por Marie-France. *Fazia companhia a ela*, me disse. Ela havia se retirado *para sua vida particular*, oferecia consultorias personalizadas para senhoras que queriam renovar o guarda-roupa. Giosuè partiu para Ibiza com um jovem com quem há anos, só então eu descobri, ele já compartilhava seu apartamento de solteiro, partidas de tênis e uma série de hábitos, de modo geral, felizes.

A vida seguiu em frente.

Micol apareceu em um filme ao qual fui assistir em uma seção de segunda exibição, ao ar livre. Não a reconheci de imediato, havia tingido os cabelos de preto. Era um papel pequeno. Sob as estrelas do cinema aberto, ninguém poderia saber o que havíamos vivido juntas. Eu era uma jovem mulher sentada sozinha, mastigando tiras de alcaçuz uma depois da outra, com óculos de armação de tartaruga. Eu começava a desaparecer e, toda manhã, ao me olhar no espelho, pensava no quanto Marie-France teria me repreendido pela pouca atenção que dava a mim mesma.

Mas, como sempre, minha sensação era de não ter alternativas.

Um dia, anos depois da explosão, no mercado de flores de Prati, vi uma jovem com um carrinho de bebê, e no carrinho um bebê rechonchudo. Pensei que pudesse ser Marta e corri para me esconder atrás de um enorme vaso de estrelícias. Ela não me viu.

O tempo tinha passado, como sempre passa, sem fazer dobras. Perdemos contato, acontece.

Até que chegou o dia da morte de Marie-France, ou melhor, o dia seguinte. Dado que meu trabalho não era apenas entediante, mas ocupava todo o meu tempo, eu tinha contratado, para vir às terças-feiras e dar uma geral no apartamento onde eu morava — um apartamento no último andar que o corretor chamava de ático, mas que era simplesmente um sótão cheio de correntes de ar e muito frio —, uma senhora que também fazia limpeza no Salve Regina, uma casa de repouso para artistas, ou pelo menos era o que ela dizia: *incrível*, falava, *se você soubesse a vida que essas mulheres tiveram!* Eu sorria e pensava que ela gostava de exagerar.

Em uma terça-feira, eu já estava pronta para correr para o trabalho, Dalia chegou com os olhos brilhando. Usava uma pulseira de pérolas de água doce, o que me impressionou imediatamente porque, em várias ocasiões, me dissera que não usava joias *por uma questão de praticidade*; e, de fato, ela era uma pessoa muito prática. Fiz um elogio à pulseira.

«Foi presente de uma senhora do Regina... sexta-feira passada, no máximo. Eu tinha lhe dito que não precisava, inclusive porque não uso joias, sabe, mas ela insistiu. Disse que tinha tanta coisa, que não sabia mais para quem dar.»

«Você fez bem em aceitá-la! Até porque, praticidade ou não, estou vendo que você está usando.»

«Sim, hoje como uma lembrança.»

«Uma lembrança, como assim?»

«A senhora se foi. Ontem à noite. Eu estive no quarto dela e a vi um pouco abatida... Ela me disse, *Dalia, estou tão cansada, veja quanta coisa há para arrumar aqui, não quero saber de mais nada*. E puff! Me telefonaram hoje de manhã avisando que ela se foi enquanto dormia. E realmente a partir de amanhã precisamos liberar o quarto. E há muita coisa naquele quarto! A senhora tinha um monte de roupas.»

«Oh, sinto muito, Dalia... Não fica assim, não chore!»

«Estou chorando porque me apeguei a ela... eu me apego, sabe, a essas senhoras. E esta, além de tudo, tinha um velho cachorro, agora precisamos ver quem vai ficar com ele. Mas está tão velho, coitado! Quando penso que a gente morre assim, de repente, me dá uma raiva, mas uma raiva...»

«Vamos, não fique assim!»

«Mas a senhora me dizia que não há mal nenhum em se irritar com as injustiças da vida. Ela me disse justamente outro dia, quando me deu a pulseira: *Dalia, até as pérolas nascem da irritação*.»

Eu telefonei imediatamente para a clínica a fim de obter informações sobre o funeral. Seria no dia seguinte, em uma igreja onde provavelmente Marie-France nunca havia pisado, no início da tarde. Devia estar tão sozinha que nenhum parente, nenhum amigo, teve chance de se opor à escolha da igreja. Ou talvez tenham pensado que estava tudo bem assim. Vesti-me de preto, como na época da boutique. Fazia sol naquele dia também.

Não tive coragem de entrar na igreja, fiquei do outro lado da rua esperando que o cortejo saísse. Na frente do portal, fumando como uma chaminé, curvada quase como se sobre seus ombros estivessem acumulados não quinze, mas cem anos, Cacioni segurava a coleira de Elsa, cujo pelo estava branco como se tivesse rolado em açúcar de confeiteiro, mas parecia a mesma de sempre. Isa a consolava, entre um cigarro e outro, com pequenos tapinhas na cabeça com a mão enluvada. Percebi que Elsa choramingava. Achei que ela tinha entendido — que chorava como talvez eu também devesse ter chorado. Eu poderia ter me aproximado: ela teria feito festa para mim? Mas não, provavelmente ela também me esquecera. Todos tinham esquecido de mim, e como culpá-los? Eu havia sido habilidosa, pelo menos para ser esquecida.

As portas da igreja se abriram. Micol saiu com seus novos cabelos pretos, envolta em óculos de sol enormes. Marta empurrava um carrinho de bebê — *não consegui deixá-lo em casa*, disse, mostrando para Cacioni, que o acariciou soprando-lhe uma nuvem de fumaça, um menino que poderia já ter dois anos. Giosuè estava superbronzeado, de braços dados com um jovem igualmente bronzeado. Ambos, ao saírem da igreja, com o mesmo gesto, puseram o kippah.

O caixão branco — último ato de vaidade — foi colocado no carro que partiu a passos lentos. E eles, lentamente, o seguiram. Era o momento perfeito, um momento de recolhimento comovido em que eu poderia me aproximar e talvez ser perdoada, abraçada, apagando os anos de meu exílio voluntário. Da igreja também saíram outras pessoas, uma dezena no total, reconheci apenas Dalia de mantilha preta.

Todos usavam, alguns prenderam no chapéu, outros no casaco, uma flor fresca de gardênia. Marie-France deve ter pensado em preparar a tempo mais essa última liturgia.

Eu só precisava atravessar a rua, um movimento que já repetira milhões de vezes, o que custava? No entanto, como se estivesse amarrada por um fio invisível aos troncos das árvores que, com suas raízes, haviam deslocado em algumas partes o asfalto da calçada, comecei a caminhar no mesmo ritmo que eles, do outro lado da avenida, lenta como se eu também fizesse parte do cortejo: mas não fazia. Quando chegaram ao semáforo, vi que haviam organizado um pequeno transporte com uma perua velha — era do florista que abastecia a loja, reconheci-o com surpresa; ele a dirigia, um pouco ressecado em um velho terno de lã preto, o mesmo senhor que naquela época vinha nos entregar flores.

Todos entraram, a perua os engoliu. Deviam ter instalado alguns bancos no bagageiro, quem sabe, para chegarem todos juntos ao cemitério de Verano.

Eu continuei do outro lado da rua, atrás dos troncos dos plátanos. Havia tão pouco trânsito que, de novo, tive a impressão de ouvir Elsa choramingando, puxando a coleira rosa-choque na mão de Isa, tentando empurrá-la em minha direção. Mas é muito provável que tenha sido só uma impressão.

Nota da autora

Este romance é uma obra de ficção, livremente inspirada em um episódio ocorrido em Orléans, em 1969.

Na primavera daquele ano, espalhou-se o boato de que várias mulheres jovens tinham sido sequestradas nos provadores de algumas lojas de roupa da cidade (todas propriedades de judeus), com o objetivo de forçá-las a se prostituir no exterior, como parte do tráfico de mulheres brancas. Sobre a disseminação desse boato, Edgar Morin realizou, junto com outros jovens sociólogos, uma investigação, que depois relatou em seu livro *La Rumeur d'Orléans* (traduzido para o italiano como *Medioevo moderno a Orléans*, Rai Libri, 1991).

A história dos sequestros nos provadores também circulou fora da França, como uma lenda urbana. Nos anos 1980, ecoou em Roma — Teresa Ciabatti menciona o episódio em seu romance *Sembrava bellezza* (Mondadori, 2021).

O incidente narrado nestas páginas é fruto de minha imaginação, inspirada pela tenacidade dessa calúnia. Não acredito que eu teria sido capaz de escrever este livro se não fosse por meu marido, Guido, que me conhece melhor do que eu mesma e que um dia, há alguns anos, me presenteou com o livro de Edgar Morin, pois sabia que muitas de minhas obsessões convergiam para essa história distante.

Instare
volumes publicados

1. Paolo Giordano
   Tasmânia
2. Ilaria Gaspari
   A reputação

Dados Internacionais
de Catalogação na Publicação (CIP)
(Câmara Brasileira do Livro, Brasil)

Gaspari, Ilaria
A reputação / Ilaria Gaspari
; tradução Cláudia Tavares
Alves. -- Belo Horizonte, MG :
Editora Âyiné,
2024.
Título original: La reputazione
Isbn 978-65-5998-160-1
1. Ficção italiana
I. Título.
24-220863
CDD-853

Índices para catálogo sistemático:
1. Ficção :
Literatura italiana 853
Aline Graziele Benitez
Bibliotecária CRB-1/3129
Nesta edição, respeitou-se
o Novo Acordo Ortográfico
da Língua Portuguesa.